소실점

차례

프롤로그	007
1부	011
2부	191
에필로그	295
작가의 말	302

프롤로그

그녀의 몸을 가린 옷은 없었다.

가늘고 하얀 목에 빨간색과 노란색과 초록색이 발작적으로 뒤섞인 스카프 한 장이 둘러진 것이 전부였다. 그녀의 얼굴과 그녀의 몸과 그녀의 피부와 그녀의 직업과 무엇보다 그녀의 이름을 떠올린다면 그 스카프는 돌체 앤 가바나 정도여야 할 것 같지만, 그 스카프는 재래시장 좌판에서 흔히 살 수 있는 5천 원짜리였다.

그녀가 그다지 높지 않은 2층 난간에서 1층 바닥으로 떨어지는 동안 스카프는 제값을 하듯 튼튼하고 질기게 그녀의 목에 붙어 있었다. 추락하는 그녀의 몸이 깃털같이 천천히 낙하하는 것처럼 보인 것은 어쩌면 그 스카프 때문이었는지도 모른다.

가장 먼저 바닥에 닿은 것은 그녀의 목과 등의 경계선 언저리였다. 나무로 된 바닥이 그녀의 경추와 척추를 튕겨냈다. 그러자 그녀의 몸은 부드러운 리본처럼 유연하게 움직여 올랐다. 그리고 이

내 조금 더 강한 느낌으로 온몸이 바닥으로 떨어졌다.

그 순간, 그녀의 목이 기묘한 각도로 꺾였다. 마치 원래부터 잘못 조립된 인형의 목인 듯.

그녀의 몸은 사람의 신체로는 유지될 수 없는 자세가 되어버렸다.

그녀의 영혼은 즉시 그녀의 육체를 떠나지 않았다. 그녀가 고통을 느끼는 것인지 아닌지는 불분명하지만, 그녀의 신체는 진동했고 눈에는 눈물이 가득 고였다.

그녀를 향해 다가가는 남자는 서두르지 않았다. 느슨하게 걸친 청바지 아래 드러난 그의 맨발이 천천히 그녀를 향해 다가갔다. 그녀가 입술을 열고 무언가 이야기하는 듯하자 그는 바닥에 꿇어앉아 그녀의 입술에 귀를 갖다 댔다. 섣불리 그녀의 몸에 손을 대거나 구급차를 부르기 위한 바쁜 몸짓은 없었다.

그녀가 말을 마치자 그는 천천히 일어나 청바지를 벗었다. 그리고 여전히 미세하게 경련하고 있는 그녀의 몸 위로 올라갔다. 여자는 저항도 반응도 하지 않았다. 할 수 없는 상태인 것이 분명했다. 남자의 정사는 길지 않았다. 그녀의 숨이 끊어진 것이 먼저였는지 남자가 사정한 것이 먼저였는지는 분명하지 않다. 그가 몸을 일으켰을 때 그녀의 몸은 더 이상 경련하지 않았다. 눈물이 가득 고인 눈도 더 이상 깜박이지 않았다.

그는 잠시 그녀를 내려다보다가 이내 돌아섰다.

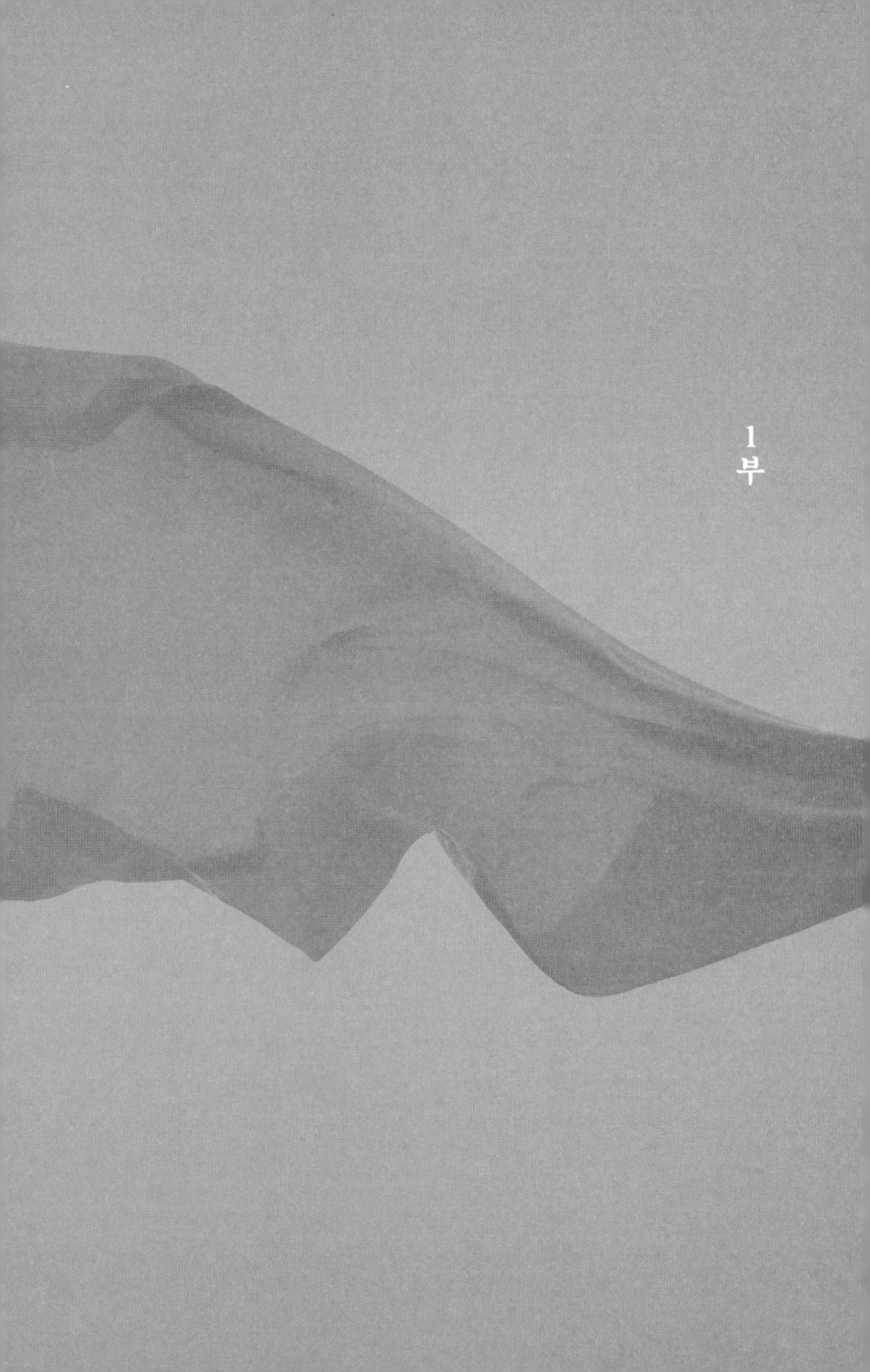

1장

용인 아파트 단지를 벗어난 주희의 차는 용서 고속도로를 타고 시원하게 질주하기 시작했다. 베드타운인 용인에서 서울로 올라가는 차들이 몰리기 30분 전에 출발하기 때문에 차에 갇혀 길바닥에서 시간을 버리는 일은 없었다.

강력부 여성 검사가 교외에서 서울 검찰청을 향해 운전하고 가는 풍경이라면 선글라스와 클래식, SUV, 열린 차창과 하얀 셔츠에 티어리나 타임 정도의 재킷이 연상되지만 주희의 현실에는 그 어느 것도 존재하지 않았다. 8년 동안 10만 킬로미터를 달린 중소형차(중소형은 소형이고 중대형은 중형이 확실하다고 주희는 생각한다)는 날씨에도 예민했고 도로에도 예민했다. 너무 더우면 달리다가 퍼졌고 너무 추우면 달리기를 거부했다. 조금만 울퉁불퉁한 길을 달리려고 하면 주희와 고통을 나누려 했다.

영국에서 포스트 닥터 코스를 밟을 남편에게 4학년, 7학년의 두 딸을 딸려 보내면서 많은 것을 포기해야 될 것이라고 각오는 했다. 만만치 않은 학비와 상상을 초월하는 생활비, 절대로 아프면 안 된다는 각오를 하게 만드는 병원비까지. 검사 월급으로 감당하기에는 당연히 벅찼다. 하지만 남편에게 더할 수 없이 좋은 조건으로 연구소에 근무하면서 포스트 닥터 코스를 마칠 수 있는 기회가 왔을 때, 두 아이의 조기 유학을 시험해볼 절호의 찬스라고 주희는 생각했다.

그렇다고 주희만 희생하는 건 아니었다. 남편 역시 졸지에 전업주부처럼 살림을 도맡아야 했다. 게다가 사춘기에 접어든 두 딸의 정서적 샌드백이 되어주는 것은 공부에만 집중해도 따라가기 벅찬 늙은 박사에게 가혹한 일이 분명했다.

그래도…… 개천에서 용 난 케이스로, 집안의 어떤 후원도 없이 서울대를 나와 각자의 분야에서 힘겹게 자신의 자리를 만들며 살아온 주희와 남편은 아이들에게 기회만이라도 열어주고 싶었다. 그래서 8년 10만 킬로미터가 아니라 18년 20만 킬로미터쯤 버텨주기를 아침마다 차에게 빌었다.

티어리는 명품 짝퉁 제조, 유통, 밀수, 판매 라인을 한꺼번에 털면서 처음 알게 된 브랜드였다. 관심이 없으니 가져보고 싶지도 않아 아쉬움은 없었다. 어쨌거나 그녀가 서울지방검찰청 본관으로 당당하게 걸어 들어갈 때, 검사 신분증을 목에 걸지 않았다면 그녀가 검사, 그것도 강력부의 떠오르는 샛별일 거라고 생각할 수 있는 사람은 아무도 없었다.

주희의 사무실은 오늘도 변함없이 시끌벅적했다. 한 명의 시보와 세 명의 수사관과 한 명의 여직원. 그리고 세 명의 수사관이 모셔온 고객님들. 누군가는 참고인이고 누군가는 피의자이고 누군가는 목격자이지만 어쨌거나 자기 얘기를 해야 하는 사람들이 불려와 수사관들 앞에 앉아 있었다.

"여관에 가긴 했지."
"1억인데 그럼 안 가요?"
"그 새끼가 진짜 그래요? 자긴 안 갔다고?"
"말이 안 되잖아요!"

각자 다른 사건으로 불려온 사람들이 각자 자신들의 이야기를 하고 있을 뿐인데, 그 이야기가 엮이면 묘하게 하나의 스토리가 되기도 한다. 주희는 코미디처럼 편집되는 사람들의 이야기를 들을 때마다 저마다 품고 있는 인생 속에 교묘하게 숨어 있는 공통점이 느껴져 슬며시 웃곤 했다.

불려온 사람들과 식구들을 지나 안쪽 방으로 들어가는데 여직원 보미가 따라 들어왔다. 오늘 하루 해야 할 일을 브리핑해준다. 다른 사무실에서는 수사관들이 할 일이지만 수사관들이 바쁠 때는 가끔 이렇게 보미를 통해 전달하기도 한다. 함께 일하는 모든 사람에게 신뢰받는 20대는 건강했고, 그래서 주희는 막내 동생을 보듯 보미를 대하기도 한다.

전국구로 세력을 펼치기 위해 무리하게 일을 벌인 오류파 중간 보스의 대질신문이 가장 중요한 일이었다. 이런 종류의 사건에서 대질신문은 매우 중요한 스위치다. 피의자나 증인이 마음을 바꿔 딴소리를 하면 수사가 원점으로 돌아갈 수도 있기 때문이다.

"30분 후에 대질신문이 잡혀 있어요."
"대질신문은 오후로 미루자."
"흔들기요?"

보미가 익숙한 주희의 작전 방식을 알아차리고 빙긋 웃는다. 일정이 미뤄지면 피의자들은 초조해지기 마련이다. 그러면 자기 페이스를 잃고 준비되지 않은 진실을 토하기 쉽다. '흔들기'란 이런 방식에 대해 주희의 스태프가 쓰는 표현이다.

피의자의 페이스에 끌려가지 않는 것은 강력부 검사의 기본이다. 그런데 주희는 매우 잘 끌려갈 것 같은 느낌을 주는 외모와 인상을 갖고 있었다. 귀도 여리고 마음도 여리게 생긴, 흔들면 흔들리고 끌면 끌려올 것 같은 푸근한 느낌. 그래서 피의자들은 쉽게 방심했다.

그들의 방심이 만들어낸 틈을 예리하게 비집고 들어가 한번에 숨겨진 사실을 파악해내는 주희의 능력은 몇 년 이상 같이 근무한 사람만이 알 수 있는 그녀의 재능이었다.

오늘 하루의 전략을 정리하고 지시를 내리는 동안 주희는 어쩌면 대형 사건을 또 하나 성공적으로 마무리할 수 있을 것 같다는 예감에 기분이 좋아졌다. 팽팽한 긴장감을 세포에 넣으며 준비하고 있을 즈음 전화가 울렸다. 국제전화였다.

"주희야."

남편의 목소리에는 밤이 묻어 있었다.

원래도 올빼미형인 사람인 데다 낮 동안 두 딸의 뒤치다꺼리를 하느라 공부할 시간을 확보하지 못해 거의 매일 새벽까지 공부하는 남편은 불쑥 외로움이 찾아오면 전화를 걸어 이런 목소리로 부르곤 했다. 연애 시절의 호칭과 목소리. 남편의 목소리에 묻어 있는 밤과 음악의 느낌에 설렐 만도 했지만 이런 전화를 받는 주희의 시간은 이렇게 전투 직전인 경우가 대부분이었다.

상황만 맞으면 당장 폰섹스라도 할 것처럼 끈적이는 남편의 전화에 주희는 킬킬거리며 응대할 수밖에 없었다. 그러나 부부란 늘 현실의 문제를 직시하는 용기의 공동체였으므로 이야기는 아이들의 교복 값이나 아웃리치 비용 같은 내용으로 넘어가곤 했다. 젖 달라고 칭얼거리는 아기를 달래듯 서둘러 전화를 끊고 주희는 방을 나섰다.

동기인 남 검사의 방 풍경 역시 주희의 방과 크게 다르지 않았다. 수사관 둘이 한 남자를 앉혀놓고 빈 콜라 페트병을 왜 이렇게 많이 갖고 있느냐고 다그치자 남자는 콜라를 좋아하는 게 무슨 죄가 되느냐고 대들고 있었다.

'그렇지. 콜라를 좋아하는 게 무슨 죄겠습니까? 콜라병으로 불 지르고 다니는 놈이 있으니 그렇지요.'

남자의 뒤통수를 보면서 주희는 남 검사가 맡고 있는 방화 살인 사건이 경기남부 연쇄 사건처럼 길어지지 않을까 살짝 걱정됐다.

잘나가는 30대 커리어 우먼 두 사람이 자신의 차에서 불에 타 죽었다. 두 건의 방화 사건에 쓰인 게 모두 페트병에 담긴 인화 물질로, 연쇄 살인의 조짐이 보였으나 사회 분위기나 아직 이렇다 할 수사의 진전이 없는 상황을 감안할 때 쉽사리 '연쇄'를 언급할 순 없는 일이었다.

주희는 노크도 없이 남 검사의 방문을 열었다. 동기 중에서도 유달리 마음이 잘 맞고 능력에 비해 공명심이 터무니없이 적다는 공통점 때문에 가장 격의 없이 지내는 친구였다. 남 검사는 심각한 표정으로 연합뉴스를 보고 있었다.

뉴스에서는 KBS 9시 뉴스 여자 앵커 최선우의 실종 사건을 특종으로 보도하고 있었다.

최선우.

지명도로 치면 대통령과 유재석 다음으로 유명한 사람이었다. 태어나면서부터 예쁘고 귀티 나서 죽을 때까지 그럴 것 같은 느낌을 주는 여자. 그 얼굴에 불공평하게 머리도 좋고 말도 잘해서 공영방송 메인 뉴스의 아나운서도 아니고 앵커를 맡은 여자. 대한민국 여대생의 롤모델 1위 자리를 8년째, 그것도 2위와 압도적인 차이로 차지하고 있는 여자. 친정만큼 빵빵한 시댁의 배경과 공무원계의 원빈이라는 별명을 가진 외교관 남편을 가졌으면서도 은퇴하지 않는 여자. 그 흔한 스캔들 한 번, 루머 한 번 나지 않아서 CIA가 평판 관리를 하는 것 아니냐는 말 같지 않은 이야기를 그럴

듯하게 들리게 만드는 여자.

그녀를 묘사하고 그녀를 설명하는 말은 이렇듯 대체적으로 비현실적이었다. 그런 여자가 뉴스를 펑크 내고 연락이 두절됐다니 특종으로 다뤄질 만한 일이었다. 그래도 남 검사의 표정은 너무 심각했다.

"최선우 팬이야?"
"최선우 뉴스 안 봐?"
"내가 최선우 볼 것 같아, 손석희 볼 것 같아?"

남 검사가 인정한다는 듯 고개를 끄덕였다.

"그렇지."
"그런데 왜 그렇게 심각해?"
"우리 사건이랑 연관 있을까 봐."

앞서 죽은 두 여성 역시 검색 포털에 이름을 치면 프로필이 뜨는 사람들이라 세간의 관심이 대단했지만 만약 최선우라면 레벨이 달랐다. 그녀의 시아버지는 재벌 총수로, 역대 검찰총장의 개인 번호를 적어도 다섯 개는 갖고 있을 사람이다. 그녀의 남편도 나이만 차면 외무부 장관이 될 것이라는 데 그 누구도 의문을 갖지 않는 성공가도에 있는 외교관이다. 만약 그녀가 피해자가 된다면 담당 검사는 범인을 잡기 전에 과로로 죽거나 시달려 죽거나 둘 중 하나가 될 확률이 높았다.

방화 살인과 상관없더라도 최선우가 이렇게 연락 두절 상태인 것을 보면 심각한 사건에 휘말린 게 분명했다. "잠깐 바람 쐬러 나갔는데 핸드폰이 꺼진 줄 몰랐네요. 어머, 미안!" 이러면서 필러 잔뜩 넣은 복어 같은 얼굴로 나타날 연예인들과는 다른 사람이니까.

'휴직(休職)'이라고 쓰인 봉투를 내놓는 박무현의 와이셔츠는 직접 쓴 한자만큼이나 단정했다. 전자정부를 표방하는 21세기 대한민국 외무부의 고위 공무원이 휴직원을 하얀 봉투에 손글씨로 써서 낼 필요는 없지만 박무현의 성격이나 자라온 환경을 생각해보면 그다운 방식이었다. 절차를 갖춰 윗사람에게 행보를 알리고 허락을 구하는 것. 그가 어려서부터 엄하게 교육받은 부분이었고, 그래서 그에게는 자연스러운 일이었다. 그러나 휴직원을 받아드는 국장 쪽은 이래저래 당황스러웠다.

"그, 그래. 내가 진작 들어오게 해줬어야 했는데. 그때 러시아 쪽에서……."
"괜찮습니다. 1년을 준비한 회담인데 제가 마무리하는 게 당연하죠."
"이해해줘서 고맙네."

머뭇거리던 국장은 뭐라도 말을 해야 할 것 같았다.

"경찰이 열심히들 하고 있으니까, 아니 뭐 경찰, 검찰 할 것 없이 대한민국 전체가 관심을 갖고 있으니까 너무 걱정 말게."

박무현은 형식적이고 의미 없는 국장의 위로에 깍듯한 목례로 대답하고 방을 나섰다.
아내의 소식이 끊겼다는 소식을 듣고도 곧바로 귀국할 수 없었다. 불의의 사고를 당했더라도 대한민국 안에 있는 이상 신원미상으로 처리될 사람이 아니었다.
해외로 나간 기록은 당연히 없었다. 자발적 잠적은 이유도 없었고 만약 정말로 이해할 수 없는 심리 상태가 되어 잠적했더라도 이런 식으로 허술하게 요란을 떨 사람이 아니었다. 그러므로 생각할 수 있는 것은 하나.

범죄.

차라리 납치이기를 바랐다.
돈으로 해결할 수 있다면 얼마든지, 설혹 그의 집안이 가진 모든 것과 그가 앞으로 평생 벌 수 있는 모든 돈을 압류 당한다 할지라도 기꺼이 대가를 치르고 아내를 데려올 것이다. 살아만 있기를…….
하지만 돈을 노리고 납치했다기에는 너무 주목을 끄는 방식이었다. 단숨에 전 국민이 주목할 이런 방식으로 일을 벌였다가는 협상 자체가 불가능할 텐데…….
박무현은 지난 일주일간 세운 가설과 자기 해설을 무한반복했다. 그의 정신을 깨운 건 엄청나게 터지는 카메라 플래시와 셔터 소리였다.

"두 분 사이에 심각한 갈등이 있어서 최선우 씨가 잠적했을 것이라는 일각의 해석에 대해 어떻게 생각하십니까?"
"박 회장님의 비자금 관리를 위해 해외로 나갔다가 사고를 당했다는 주장에 대해 반박하실 말씀 있으신지요?"

한때는 박무현이 치른 외무고시만큼이나 인기 있고 합격의 벽이 높았던 것이 언론고시였는데, 이제는 기자들이 소설을 써놓고 그것을 사실로 만들기 위해 편집을 하고 우기고 소송을 하는 시대가 된 느낌이었다.

심각한 갈등.

살 맞대고 사는 부부 사이에 갈등이 없다면 그것이 위험한 신호일 것이다. 먹는 것, 입는 것, 자는 것. 사람의 '살이'를 공유하는 두 존재가 부딪침도 없이 합을 맞출 수는 없는 일이다. 하지만 무현이 기억하는 한 그런 문제로 심각해진 적은 한 번도 없었다. 그나 아내나 기본적으로 상대에게 맞추려는 성향이 강한 편이었다.
러시아 대사관으로 발령 났을 때 선우는 휴직하고 따라나서겠다고 했지만 무현이 말렸다. 아내의 일은 성격상 경력이 화려하더라도 한번 단절되면 쉽게 회복하기 어려운 일이기 때문이었다.
아버지 박 회장도 선우가 경력을 이어가기를 원했다. 재벌 대기업 총수들이 며느리를 관리하는 것과는 사뭇 다른 방식이었다. 모든 며느리에게 너그러운 것은 아니었다. 유독 선우에 대한 신뢰가 높고 기대도 컸다.

그런 만큼 선우는 더욱 몸가짐을 단정히 했다. 무현은 때로 그런 선우가 답답했다. 그녀는 훨씬 더 자유롭고 멋지게 살아도 되는 여자였다. 그런 무현의 의견을 대할 때마다 선우는 맑게 미소를 지었다. 세상의 다른 사람들은 모르는, 남편인 무현에게만 보여주는 웃음이었다. 그 웃음이 이야기하곤 했다.

'당신이 남편이어서 다행이다.'

따라나선다고 할 때 러시아로 같이 데려가지 않은 것이 그의 인생 최악의 선택이었다. 선우가 살아 그 웃음을 다시 보여준다면, 살아만 있다면 이제 다시는 한순간도 떨어져 있지 않으리라고 무현은 자신에게 속한 모든 것을 걸고 다짐했다.

여고생 보희는 마당에 깔린 자갈에서 소리가 나지 않도록 걸을 수 있는 방법이 있을까 고민했다. 그러다가 소리를 듣고 서인하 선생님이 나와준다면 그것도 나쁘지 않겠다는 생각에 용기를 내기로 했다.

서인하 선생님의 집은 그의 분위기만큼이나 근사했다. 고만고만한 연립이나 빌라, 오래된 집을 개조한 어쭙잖은 집들만 모여 있는 시골 동네에 어울리지 않는 목조 주택이었다. 마치 외국 영화 주인공의 별장 같은 느낌이었다.

마당에는 검은색 자갈이 깔려 있고 집의 한쪽 면은 통유리창으로 되어 있었다. 물론 그 유리창이 거의 대부분 완벽하게 차단돼 있다는 것을 보희도 안다. 서인하 선생님의 집은 말이 집이지 작업실로, 집 안은 유화 작업을 하는 데 최적화된 상태로 관리되고 있었다. 시골 중학교 미술 선생님이 개인 작업이라니…….

여중생들은 매일 밤 갖가지 상상 속에 서인하를 불러들였다. 한눈에 아티스트임을 알아볼 수 있는 외모와 우아한 작업실. 갖가지 매체에 인터뷰가 실리는 진짜 화가. 그래서인지 보희네 학교에는 미술을 전공하겠다는 아이들이 넘쳐났다. 그중에서도 보희는 아이돌 팬클럽의 회장처럼 서인하 선생님의 최측근임을 자랑했다. 미술부 부장이고 전국대회에서 상도 탔다. 상을 탄 날 서인하 선생은 보희의 소원을 들어주기로 한 약속을 지켜 작업실을 구경시켜주기도 했다.

오늘처럼 서인하 선생님이 수업을 빠진 날, 이렇게 작업실을 개인적으로 방문할 수 있다는 것이 더없이 뿌듯했다. 대리수업을 한 선생님의 수업 진도를 보고하고 미술부 지도카드에 사인을 받아야 한다는 핑계로 이렇게 찾아온 게 크게 이상하게 보일 리 없다고, 보희는 문으로 다가가며 계속 자신을 다독였다.

현관문의 벨을 눌렀다. 반응이 없었다. 문을 두드려보았지만 인기척이 전혀 들리지 않았다.

집에 없을 수도 있다. 여행과 낚시는 선생님의 잘 알려진 취미였다. 그렇다고 이대로 돌아가기엔 너무 아쉬웠다. 혹시 깊이 잠이

든 것일 수도 있었다.

보희는 현관을 돌아 통유리창으로 다가갔다. 두꺼운 암막 커튼으로 가려진 창이지만 아주 조금 벌어진 틈새가 있을 수도 있으니까. 보희의 끈질긴 기대는 보답을 받았다. 커튼이 10센티미터 정도 벌어져 있다. 물론 보희가 서 있는 마당은 햇살이 내리쬐고 있었고 집 안은 어두워서 안이 잘 보이지 않았다. 보희는 창으로 바짝 다가섰다. 기척이 없으니 어쩐지 더 용감해졌다. 눈 위를 손으로 가려 집 안을 더 잘 보려고 애를 썼다. 눈이 어둠에 익숙해지자 일전에 보았던 작업실 풍경이 하나하나 확인됐다.

벽에 기대 세워져 있는 선생님의 작품들과 도구장, 책상, 그 너머의 단출한 주방, 2층으로 연결되는 계단……. 즐거운 마음으로 집 안을 확인하던 보희는 멈칫했다. 뭔가 이질감이 느껴졌다. 고개를 돌려 눈으로 훑어 온 공간을 되짚어 갔다. 바닥에 누군가 누워 있었다. 여자였다. 보희의 시선에는 그녀의 몸이 잘 보이지 않았다. 그녀가 옷을 입고 있는지 벗고 있는지, 잠이 든 것인지 쓰러진 것인지 확인하기가 쉽지 않았다.

이질감의 원인은 그녀의 자세였다. 몸이 놓인 방향과 그녀의 목이, 아니 머리가 도무지 들어맞지 않았다. 사람의 몸과 목이 저렇게 놓일 순 없었다. 보희가 상황을 이해하기까지는 약간의 시간이 걸렸다. 여중생이 시체를 직접 볼 일은, 그것도 목이 부러져 죽은 시체를 볼 일은 없었기 때문이다. 자신의 눈으로 들어온 시각 정보가 모두 해석되자 보희는 비로소 비명을 질렀다.

"확인하고 말고 할 것도 없습니다. 최선우 맞습니다."

이 형사의 보고에 수화기 너머에서 서장은 숨을 몰아쉬었다. 수도권에 비해 상대적으로 강력범죄 발생률이 낮은 지방 소도시의 경찰서장. 기껏해야 조폭들의 난투극이나 서울에서 도망친 강력범들을 추적하는 광수대의 수발을 드는 게 전부였는데, 전 국민이 가장 집중하고 있는 사건 피해자의 시체가 관할 구역에서 나온 것이다. 아나운서 최선우의 시체라니……!

"시체 상태는 어때? 강간이야? 흉기는?"
"흉기는 없고요……. 아, 나중에 보고 드릴게요."

설명하려던 이 형사는 퉁명스럽게 대꾸하고 전화를 끊었다. 이 시체의 상태를 도대체 뭐라고 해야 한단 말인가? 스카프만 두른 나체에 목이 꺾인 최선우라니. 게다가 16도에 설정된 채 에어컨이 세게 돌아가고 있어서 최선우의 시체는 지금 막 죽은 것처럼, 속된 말로 싱싱한 상태였다.

"흥분들 하지 말고 현장 보존 잘해, 자식들아!"

서장이 흥분할 정도이니 어린 형사들 사이에 운동회 준비 중인 어린이 학생회 같은 분위기가 만들어지는 것도 이해할 만한 일이었다. 이 형사는 두루 골치 아파질 앞으로를 생각하며 밖으로 나왔다. 한기가 들 것 같은 실내에 있다가 태양 아래로 나오자 후끈 열기가 덮쳐 왔다. 얼이 나간 여중생 목격자는 아래턱을 딱딱 소리 나게 부딪칠 정도로 떨며 마당 한편에 앉아 있었다.

이 형사가 생수병의 마개를 따서 건네자 여중생은 누가 주는 건지 확인도 하지 않고 받아 단숨에 반 병을 마셨다.

"좀 진정됐어? 이 집엔 어떻게 오게 된 거야?"
"서, 서인하 선생님이, 수업을……. 제가 미술부 부장이라, 사인을 받으려고……."

여중생은 딱할 정도로 두서없이 중얼거렸다.

"이 집이 서인하 선생님 집이야?"

서인하 선생님이라는 말이 카페인 캡슐이라도 되는 듯, 여중생은 갑자기 눈에 초점이 돌아왔다.

"네, 지난번에 선생님이 작업실을 보여주셨거든요. 전화를 드려도 안 받으셔서. 그런데 선생님이 안 계시고……."

갑자기 시체가 생각난 듯 여중생의 눈에 눈물이 차오르기 시작했다. 여중생 더하기 눈물이라니. 이 형사는 최악의 조합을 자기 손으로 수습하게 될까 봐 서둘러 일어섰다.

'서인하 선생이라…….'

　　　　　　　◠

"서인하 선생이야 뭐 나무랄 데 없는 사람이죠. 혼자 사는 총각 선생이 여자 중학교에 있는 거, 나이 든 선생들은 걱정을 많이 하거든요. 근데 뭐 깔끔하기가, 아 그리고 얼마나 유명한 화가입니까? 그런 사람이 우리 학교에 있다는 게 정말, 장학사님이 시찰 오셔서는, 하하하, 주저주저 하시더니만 사인을 받아줄 수 있겠냐고 물어보시더라고요."

　교무실로 안내하며 앞장서 가는 교감 선생은 목소리가 크지는 않지만 말이 많은 사람인 듯 도무지 끝나지 않을 것처럼 계속 이야기를 해댔다.
　사람이 죽었고, 시체가 발견된 집의 주인에 대해 물으러 왔다고 용건을 밝혔건만 도무지 긴장감을 느끼지 않았다. 서인하 선생이 얼마나 훌륭한 사람이고 이 학교가 얼마나 그를 자랑스러워하는지에 관한 이야기를 다양한 각도에서 계속 풀어내고 있었다. 이 형사는 자신이 설명한 용건을 교감이 제대로 이해하지 못한 게 분명하다고 확신하고 다시 이야기했다.

"그, 뉴스에 계속 나와서 아실 것 같은데, 일주일 전에 실종된 아나운서 최선우 씨가 서인하 선생 집에서 시체로 발견됐습니다."
"아, 그래요. 그러니까 그 사람이 왜 우리 서인하 선생 집에 죽어 있는지 모르겠네요."

이 형사는 교감 선생이 나이가 무척 많은 게 다행이라고 생각했다. 그렇지 않았다면 나랑 싸우자는 거냐고 거친 대꾸가 나갔을지도 모를 일이었다. 교무실에 도착해서 서인하 선생의 근무 일지를 체크하는 과정도 크게 다르지 않았다.

"최근 일주일 동안은 학교에 나오지 않으셨어요."

이 형사로선 눈이 번쩍 뜨일 수밖에 없는 정보였다. 이 형사의 눈빛이 변하는 것을 보자 교감은 다소 급하게 변명했다.

"작품을 하셔야 하니까, 학교에서 출근에 대해서는 편의를 제공하는 겁니다. 그 부분에는 학생들이나 다른 선생님도 전혀 불만이 없다 이겁니다."

이런 젠장! 살인 사건이라고! 이 형사는 버럭 고함치고 싶은 것을 꾹 누르며 확인해야 할 내용을 상기시켰다.

"일주일 동안 출근하지 않겠다고 연락해 왔다고 하셨죠?"

교감은 출근일지를 꺼내 들여다보며 계속 '우리 서인하 선생' 대변인 놀이를 이어갔다.

"예, 예. 전화해서 한 일주일 동안 작품 구상을 하러 가야겠다고. 늘 대타를 해주는 강사가 있거든요. 그 사람한테 부탁해놨다고. 예술가인데도 참 사람이 성실하고 그렇거든요, 우리 서 선생이······."
"그 전화가 온 게 며칠입니까?"
"찾아봐야 알지요."
"최선우 아나운서의 연락이 끊긴 게 23일이에요."
"우리 서 선생이 전화한 거는······ 23일이네."

교감은 그제야 뭔가 감이 왔다는 듯 놀란 눈으로 이 형사를 바라보았다.

"하, 거 참 신기하네. 이렇게 우연이 겹칠 수도 있나? 그 사람 실종된 날 우리 서 선생이 전화를 했고, 우리 서 선생 집에서 그 사람 시체가 발견됐다니······. 재미있네."

이 형사가 교육청에 전화를 걸어서 이 사람이 어떻게 교감이 됐는지 알아봐야겠다는 생각을 하는데, 그의 핸드폰이 울렸다. 서인하의 소재가 파악됐다는 연락이었다.

어둠이 내린 낚시터는 고요했다. 차량의 소음과 도시의 소리로부터 멀찍이 자리 잡고 있었고, 무엇보다 인공적인 불빛에서 멀었다. 고요가 어둠을 더 짙게 만들고 있었다.

낚시터에서 서인하의 휴대폰 신호가 잡혔다는 보고가 들어왔지만 그의 신원을 파악하기 전이니 신중하게 접근했다. 낚시터 주인에게 서인하의 사진을 보여주고, 그가 낚시터 중앙의 수상좌대를 빌려 벌써 여러 날 낚시를 하고 있다는 것을 확인했다. 방전된 휴대폰을 접수대로 갖고 와 충전을 맡겼다가 몇 시간 전에 찾아가며 켰다고 했다.

수상좌대의 낚싯대는 비어 있었다. 주인은 그가 텐트에서 자고 있는 것 같다고 말했다. 이 형사는 경찰들을 불러 주변의 낚시꾼들을 조용히 정리시켰다. 요란하게 호루라기를 불고 퇴거 명령을 내리는 것보다 조용히 접근해 낮은 소리로 자리를 정리시키는 경찰들을 보며 더 긴장한 듯 낚시꾼들은 투덜거림도 없이 신속하게 이동했다. 그사이 두 대의 고무보트가 준비됐다. 수상좌대의 좌우로 접근할 보트였다.

이 형사는 보트에 오르며 낚시터의 유일한 입구에 배치한 경찰들의 위치를 점검했다. 물 한복판에서 검거하는 것이니 낚시터 입구에서 일이 벌어질 확률은 거의 없었다. 하지만 전 국민이 지켜보는 사건이고 전 국민 중에서도 까마득히 높은 곳에 계신 분들이 너도나도 한 말씀씩 거들고 있었다. 그러니 경찰대학교 1학년 교과서에나 나올 것 같은 모든 원칙과 수칙을 지키면서 일하는 게 뒤탈을 방지하는 현명한 선택일 것이다. 모든 경찰들의 위치를 확인한 뒤 이 형사는 고무보트에 올라탔다. 두 대의 보트에서 노를 잡고 있는 경찰들은 최대한 물소리를 내지 않으며 조용하게 보트를 접근시켰다.

좌대 중앙의 텐트 안에서는 어떤 움직임도 없었다. 좌대에 보트를 접근시킨 이 형사는 맞은편 보트의 경찰들과 수신호를 주고받았다. 좌대에 오르는 순간 크게 흔들릴 것이고 서인하가 뛰쳐나와 물에 뛰어들기라도 하면 골치 아파진다. 동시에 올라가 동시에 덮쳐서 깔끔하게 체포해야 했다. 이 형사는 조용하고 길게 숨을 내쉬고 손가락으로 셋을 헤아렸다. 하나. 둘. 셋.

좌우의 보트에서 이 형사를 포함한 네 명의 경찰이 좌대로 뛰어올랐다. 경찰 하나가 텐트 입구를 화락 들추자, 저마다 들고 있던 랜턴으로 그 안을 비췄다. 이 형사는 10년 동안 꺼내본 적 없는 권총을 빼 들다가 멈칫했다. 들이닥친 경찰들과 랜턴 불빛에 당황한 서인하는 문자 그대로 놀란 토끼 같은 표정이었다. 도주는커녕 반항할 의지조차 보이지 않았다. 깊은 잠에서 깨어나 이것이 꿈인지 생시인지 가늠하지 못하겠다는 표정으로 물었다.

"누구세요……? 무슨 일입니까?"

이 형사가 현장에서 체포한 모든 용의자들 가운데 가장 공손하고 다정한 음성이었다.

법을 다루는 사람들에게 무죄추정의 원칙은 지켜야 할 미덕이다. 죄가 입증되기 전까지는 그를 혹은 그녀를 죄인으로 취급하지 않는다는, 인본주의 프랑스인들다운 원칙. 그러나 범죄자를 1차적으로 직접 맞닥뜨려야 하는 형사와 경찰들은 그런 고상한 원칙 같은 것은 지킬 수도 없고 지켜서도 안 되는 일이다. 윽박지르건 살살 달래건 죄를 자백 받아야 할 허다한 상황에서 용의자는 일단 다 범죄자로 간주하고 취조에 들어가야 한다. 그러니 용의자의 주요 증거물로 압수된 물건 역시 뭐든지 범죄와 엮어 마땅한 증거물에 불과했다.

유명한 화가이자 미술 선생의 집에 갖추고 있어도 이상할 것 없는 누드 크로키 화집이나 큐비즘 계열의 명화집도 예외가 아니었다. 서인하의 예술 자료집들은 형사들에게 에로 잡지와 똑같이 취급당했다. 사내놈 서넛이 모여 여자의 벗은 몸을 보며 킬킬거리는 것이 별스러운 일은 아니다. 그러나 그 화집은 증거물이라기에는 아직 확인된 것이 너무 없고, 외설적이라기에는 누가 봐도 지나치게 예술적이었다. 그 화집을 보며 공유하는 은밀한 정서의 바탕에는 피해자가 대한민국 최고의 여성이라는 것, 그녀가 나신이었다는 것. 그 두 가지 사실이 깔려 있었다.

"이것 봐, 이거. 예술 한다는 놈들이 고상한 척하면서 우리 같은 보통 남자들을 저급하게 취급하는 거, 그게 더 나쁘다니까."
"그러게. 어우, 이건 뭐."
"야, 이런 애들이 이렇게, 이런 자세로 눈앞에 있으면 그게 그림이 되냐?"
"앉아서는 못 그리겠다, 야."

뭐라고 한 소리할까 하다가 이 형사는 조서철을 세게 내리치며 일어섰다. 후배 형사들이 잠시 찔끔했다. 그러나 자신들이 무언가 잘못했다는 생각이 들지 않는지 이내 다시 화집으로 시선을 돌렸다. 말로 주의를 줄까 하다가 차라리 빨리 조서를 꾸미고 검찰로 넘기는 게 낫겠다는 생각에 사무실을 나갔다. 사실 저 자신도 이해할 수 없는 이 느낌은 후배들이 보이는 수준 낮은 수컷의 언행 때문이 아니었다.

'그 표정……!'

이 형사는 자신이 께름칙함을 느끼는 이유가 명백해지자 더 언짢아져서 쯧, 하고 혀를 찼다. 낚시터 수상좌대의 텐트 안에서 자다가 깬 서인하의 표정. 약간의 피곤함 외에는 다른 어떤 초조함도, 그늘도 찾을 수 없던 순박한 그 표정이 내내 마음에 걸렸다. 사이코패스일 수도 있다. 하지만 그렇다고 하기엔 그 이후의 행동이 또 이해되지 않았다.

아나운서 최선우의 납치 및 살인 사건에 대한 용의자로 체포한다고 하자 그의 동공은 크게 확장됐다. 그녀가 죽은 것을 처음 안 것 같은 반응이었다. 여기까지는 연기였다고 할 수도 있다. 그런데 눈을 내리까는 그의 얼굴을 잠깐 뒤덮었다 사라진 것은 깊은 슬픔이었다. 만약 그 슬픔이 오래 남아 있었다면 연기라고 생각했을 것이다. 범죄자 중에는 톱스타급 연기력을 가진 놈들도 많으니까. 하지만 서인하는 그 표정을 들키기라도 할까 봐 두려운 듯 신속하게 표정을 지웠다. 그리고 그때부터, 묵비권.

이 형사는 경찰서 2층에 마련된 숙직실로 올라갔다. 이미 열두 시간 이상 묵비권을 행사하고 있는 젊은 화가에게 취조실은 더욱 깊은 침묵의 근거를 만들어줄 것 같았다. 신발을 벗고 다리를 펴고 앉으면 마음도 좀 열 수 있을지 모른다고, 그만큼의 가능성이라도 높이고 싶었다. 사건을 해결하고 싶은 마음만큼이나 개인적인 궁금함도 컸다. 형사 생활을 하면서 이보다 유명한 피해자도, 이보다 기괴한 살인 현장도 다시 만나기 어려울 것 같았다. 숙직실은 햇살이 잘 들어오는 남향이라 그런지 문을 여는 순간 후끈함이 밀려왔다. 이 형사는 에어컨 리모컨을 찾아 들었다.

"그, 원래 밀실에서 수사를 못 하게 한 게 욱해서 경찰들이 때리고 뭐 그러다 사람 다치고 죽기도 하고 그래서 그런 건데……."

리모컨이 말을 듣지 않았다. 아무리 여러 번 눌러도 에어컨은 벽에 걸린 장식물이라도 된 것처럼 아무런 반응도 보이지 않았다. 결국 핸드폰으로 수리를 요청하고 서인하와 마주 앉았다. 이 형사는 벌써 땀이 흐르기 시작하는데 몇 시간째 이 공간에 있었던 서인하의 얼굴엔 더운 기색조차 없었다. 어쩐지 그의 주변으로만 서늘한 공기가 흐르는 느낌이었다.

이 형사는 기본적으로 이런 사람들을 좋아하면서도 조금 어려워했다. 말 붙이기도 어렵고 무슨 생각을 하는지 파악하기도 어려웠다. 속 알맹이 없이 겉으로만 예술가인 척, 지적인 척하는 무리에게는 뜨거운 기운이 확확 느껴지지만 서인하는 확실히 그런 부류가 아니었다. 이 형사는 이 취조가 쉽지 않을 거라는 생각을 하며 공연히 변명처럼 자기 설명을 했다.

"어디까지 말했지? 아, 왜 사무실이 아니라 여기서 신문을 하느냐는 건데, 당신 때문에……."

예상했지만 서인하는 아무런 반응도 없었다. 그렇다고 의도적으로 반듯한 자세를 유지하거나 긴장한 것도 아니었다. 마치 아주 친한 선배의 하숙집을 방문해서 대접할 것 없는 선배의 면구스러움을 너그러운 마음으로 이해하는 후배 같은 표정이고 자세였다. 덕분에 이 형사는 주저리주저리 불필요한 이야기를 계속 풀어놓았다.

"피해자가 유명한 사람인 데다 알몸 시체, 뭐 그래서 기자들도 난리가 아니고, 그래서 쓸데없이 관심이 장난들 아니거든. 그래서 그냥 나랑 차분히, 빨리 얘기 마치자고 이리로 오게 한 거니까 오해 말고."

서인하는 그의 말을 무시하는 것도 아니고 그렇다고 반응하는 것도 아니면서, 그저 당신의 상황을 충분히 이해하고 있으니 걱정 말라는 듯한 얼굴로 이 형사를 바라볼 뿐이었다. 점점 더 더워지는 것 같았다. 이 형사는 자료 가운데 반투명 클리어 파일을 꺼내 부채질을 하기 시작했다. 이런 식으로 계속 끌려갈 순 없었다. 이럴 때는 스트레이트를 한 번 뻗어볼 필요가 있었다.

"그래서, 기요, 아니요?"

서인하의 무반응은 예상하고 있었다. 이 형사는 몸을 앞으로 확당겨 그와의 거리를 좁혀버렸다. 체구가 꽤 큰 이 형사가 이렇게 다가가면 누구라도 몸을 움찔하게 마련이다. 몸이 움찔하는 순간 마음도 위축된다. 이 형사는 서인하 앞에 놓인 좌탁에 파일과 자료들을 턱 내려놓고 가장 자극적인 최선우의 시체 사진을 맨 위에 펼쳐놓았다.

"이 사진들 보면……."

이 형사는 사진을 보지 않고 서인하의 얼굴에 시선을 꽂은 채 사진에 관해 설명했다.

"손목에 밧줄로 묶은 자국이 있고, 목은 손으로 눌렀어. 그렇죠? 죽은 최선우 씨 몸에서 정액이 발견됐는데 그건 지금 검사 중이고. 증거로 삼을 게 너무 많아서 순서를 정하기 어려울 지경이야. 피차 힘 빼지 말고 일단 자백부터 하고 시작하는 게 편하지 않을까?"

이 형사는 서인하의 눈을 보고 싶었다. 하지만 서인하는 이 형사가 내놓은 자료 사진에 시선을 고정하고 있어서 눈동자가 흔들리는지 그렇지 않은지 보이지 않았다. 눈가의 근육이나 입술 주변의 근육, 손가락 하나, 어깨 끝도 흔들리지 않았.
자기 집에서 발견된 시체라는데, 고양이나 강아지라고 해도 반응을 보이는 것이 정상이다. 이렇게까지 무반응이라면 그것은 곧 이 시체와 깊은 연관이 있다는 웅변과 마찬가지라고 이 형사는 생각했다. 조금 더 밀어붙이려는데 노크 소리가 들리고 후배 형사가 들어왔다.

"이 계절에 왜 에어컨을 쓰시려고요……."

화집을 보면서 킬킬거리던 형사 무리 중 대장 노릇을 하던 놈이었다. 관리과에 전화를 걸었는데 형사가 부러 나타난 것만 봐도 의도가 뻔했다. 녀석은 좌탁에 놓인 현장 사진을 힐끔거린 뒤 서인하를 뚫어져라 보면서 리모컨을 집어 들었다. 이 형사가 눈빛으로 나무라자 넉살 좋게 눈을 찡긋거리고 입을 뻥긋거리며 의도를 전했다.

'저 새끼 얼굴 좀 보려고요.'

그러면서 기술자라도 되는 것처럼 리모컨을 이리저리 돌려보고 눌러보았다.

"제가 한 기계 하잖아요."

그러면서 서인하에게 은근히 압력을 가하듯 한마디 덧붙였다.

"뭐, 이거 고쳐 쓰기도 전에 자백하고 끝나지 않겠어요? 증거가 이렇게 우글우글한데."

호기심 가득한 형사가 리모컨에 있는 모든 버튼을 하나씩 누르는 동안에도 서인하는 별다른 말은 물론 몸동작 하나 보이지 않았다. 결국 본체 콘센트를 뽑아놨기 때문에 에어컨이 작동하지 않았다는 것을 발견할 때까지 15분 동안 후배 형사는 이렇게 저렇게 잽을 날려봤지만, 서인하에게 가닿지 않았다.

에어컨이 돌아가기 시작하자 방 안의 공기는 서인하의 분위기와 아주 잘 어울리게 건조하고 서늘한 상태가 되었다. 이 형사는 팩트를 갖고 이야기를 하기로 했다.

"서인하 씨 집 뒤에서 발견된 차가 최선우 씨 거거든. 그건 알지?"

서인하가 처음으로 이 형사와 눈을 맞췄다. 마치 사실은 확인해 줄 수 있다는 듯이. 이 형사는 탄력을 받아 다음 질문을 이었다.

"그 차 운전석에서 서인하 씨 지문이 어마어마하게 발견됐어. 그 차를 언제, 어떻게, 왜 운전했을까?"

사실이 아닌 질문에 서인하는 다시 시선을 깔더니 무표정과 미동으로 대답했다. 어느새 창을 통해 어스름한 저녁의 기운이 넘어오고 있었다. 이 형사는 팩트와 추정, 그 사이에 있는 질문을 하기로 했다.

"23일 교감에게 전화해서 일주일 휴가를 내겠다고 한 거, 어디서 전화한 거지? 그때가 최선우 씨가 사망한 지 한 두세 시간 후쯤

되거든."

 서인하는 앞에 앉아 있는 사람을 사물로 대하며 아무 말 없이 여러 시간 보내는 데 어떤 어려움도 느끼지 않는 성격이었다. 캔버스 앞에 앉아 수십 시간 동안 혼자 작업하는 그의 직업을 생각해 보면 그리 이상한 일도 아니었다. 최선우를 납치했건 죽였건, 그것을 어떤 방식으로든 합리화하기 위해 그 스스로 변명해야 하는 질문을 던지면서도 이 형사는 대답을 들을 수 없을 거라고 생각했다.

 "최선우 씨는 어디서 어떻게 알게 된 사이야?"

 이 형사의 예상이 맞았다. 그렇게 취조의 첫날이 지나갔다.
 서인하는 단 한마디도 내뱉지 않았다.

 베이글과 아메리카노는 미니스커트와 하이힐만큼이나 특화된 그룹에게 속하는 조합이다. 이 형사의 상식에서는 그랬다. 부드럽지도 달콤하지도 않은 빵이라니. 설탕도 크림도 들어가지 않은 커피라니. 그러나 '서인하에게 아침을 먹여야 되는데……'라는 생각을 한 순간, 자연스럽게 이 조합이 떠올랐다. 20대 여자애들에게나 어울릴 법한 아침 메뉴가 매치되는 남자. 그렇다고 여성스러운 것도 아닌데.

 "크림치즈도 하시겠어요?"

주문 받는 여자 아르바이트생의 질문에 생각이 멈췄다. 정확하게 그게 뭔지 모르지만 '크림'이고 '치즈'이니 먹는 것일 테고, 베이글과 아메리카노를 주문한 사람에게 물었으니까 그에 필요한 것임이 분명했다. 이 형사가 고개를 끄덕이자 아르바이트생은 챙챙, 경쾌하게 계산기의 입력 펀치를 두드렸다.

"베이글에 핫아메리카노 라지 사이즈, 크림치즈 천 원 추가하셔서 7천 원입니다."

천 원을 지불하고 받은 크림치즈라는 것은 단무지 접시 1/4만 한 크기였다.

'옘병.'

입 밖으로 욕이 나오지 않은 게 다행이라고 생각하며 커피 전문점을 나섰다. 6천 원짜리 북엇국 백반을 시켜 먹으리라는 다짐이 자연스럽게 솟아올랐다. 자기 스스로 서인하를 조금 다르게 생각한 것과, 그래서 일부러 커피 전문점을 찾아 나섰던 것과, 꼭 필요한 것인지 알지도 못하면서 바보처럼 크림치즈 추가에 고개를 끄덕인 것까지 설명할 수 없는 그 모든 짜증이 천 원짜리 크림치즈의 크기에 쏟아졌다. 그렇게 준비해 온 크림치즈와 베이글에 서인하는 손도 대지 않았다.

"설렁탕 같은 거 안 먹게 생겨서 생각해서 준비한 건데……."

짜증을 지그시 누르며 말을 건네자 서인하는 커피를 가져가며 보일 듯 말 듯 고개를 숙여 감사를 표했다. 그리고 마치 추운 겨울에 손가락 고운 여자가 하는 것처럼 두 손으로 커피 컵을 감싸 쥐었다. 저 손으로 그렇게 아름다운 여자의 목을 졸랐을 것 같지 않았다. 이렇게 자꾸 의심이 드는 자신에게 다시 짜증이 날 것 같아서 이 형사는 그냥 말을 하기로 했다.

"서인하 씨 안 먹이고 안 재우고 그렇게 해서 자백을 받는 건데, 그렇게 자발적으로 안 먹고 안 자면 어떻게 하자는 건지, 좀 분명하게 하자고. 억울해? 그럼 억울하다고 말을 하든가!"

진심이었다. 차라리 억울하다는 말이라도 들었으면 좋겠다는 마음이 들었다. 그러면 서인하를 범인으로 몰아붙이기가 훨씬 쉬워질 것 같았다.

마치 어제 하루를 ctrl + c 하고 ctrl + v 해놓은 것 같은 시간이 지나갔다. 이 형사는 팩트를 확인하고 추정을 묻고 다그치고 달래고 얼렀고, 서인하는 혼자만의 침묵 안에서 편안했다. 제대로 청소하거나 가스를 충전한 적 없는 에어컨은 비명 같은 소음을 토하다가 제풀에 멈췄고, 저녁 햇살이 뉘엿하게 들어설 즈음 숙직실은 이 형사의 체온만큼 후끈하게 달아올라 있었다.

후배 형사가 노크를 하고 들어왔는데도 버럭 소리를 지른 것은 크림치즈로 시작된 하루가 정점을 향해 달려가고 있다는 신호였다.

"뭐야? 왜? 뭐?"

엉덩이 씰룩이며 들어오던 형사가 움찔하며 섰다. 그의 손에는 서류 봉투가 들려 있었다.

"부, 부검 결과가 나와서……."

말도 안 되는 속도였다. 최선우 부검에 얼마나 많은 국과수 인원이 들러붙었을지, 얼마나 많은 사건들이 뒤로 밀렸을지 짐작할 수도 없을 만큼 놀라운 속도로 날아온 부검 결과였다. 다행이라 생각해야 할 일이지만 이 형사는 스스로 알아낸 것이, 확인한 것이 하나도 없는데 먼저 날아온 서류가 반갑지만은 않았다.

"주고 나가."

봉투를 건넨 형사가 나가지 않고 서서 다리를 발발 떨며 물었다.

"정액, 이 새끼 거 맞대죠? 예, 맞죠?"
"나가라고!"

버럭 고함친 것은 99.9%라는 숫자가 먼저 눈에 들어왔기 때문이었다. 최선우의 질 내에서 발견된 정액과 서인하의 DNA가 그렇게 일치한다는 것이었다.

'넌 도대체 뭘 기대한 거냐?'

마음의 소리가 실체가 되어 이 형사 자신에게 물어왔다. 이 형사의 표정이 이상하게 일그러진 것을 보고 오해한 형사가 슬금슬금 다가오며 다시 물었다.

"아니에요? 맞지 않나?"
"나가!"

이 형사의 고함에 분노가 묻어나자 다가오던 형사가 찔끔하며 물러났다. 그러면서도 숙직실을 나서며 한마디 덧붙였다.

"자백 없어도 증거 확실하면 그냥 검찰로 송치하라네요."

문 닫고 나가는 소리가 들렸지만 서인하는 시선 한 번 움직이지 않았다. 혹시나 하는 마음으로 부검 결과를 들여다볼 생각도 하지 않았다. 미지근해진 커피를 한 모금 마실 뿐이었다. 이 형사는 시위하듯 책상 위에 늘어놓은 현장 사진들과 서인하의 행적에 관한 증거 자료들을 거둬들였다. 모든 것을 가방에 욱여넣고 찰칵 소리 나도록 잠갔다.

서인하는 기다렸다는 듯 다시 미지근한 아메리카노를 한 모금 마셨다. 그 여유로움이 더 이상 신비해 보이지 않았다. 이 형사는 부검 결과 서류를 책상이 부서져라 내려놓았다.

"부검 결과, 최선우 씨 질 내에서 발견된 정액과 서인하 DNA가 일치하고, 최선우 씨의 목을 누른 손자국 역시 서인하의 손가락 크기와 일치한다네."

서인하는 끝내 눈동자를 보여주지 않았다. 눈을 보지 못한 것이 이 형사가 느끼는 억울함의 이유인 것 같았다.

"더 볼일 없는데 마지막으로 얼굴 한번 제대로 보자."

서인하가 책상 위에 커피 컵을 놓는 순간, 아침부터 책상 구석에 놓여 있던 베이글 봉투가 툭 떨어졌다. 천 원짜리, 단무지 1/4토막만 한 크림치즈라는 물건이 봉투에서 굴러 나왔다. 앞으로 이 사건에 얽히게 될 모든 사람이 그렇게 될 거라는 예감이 들었다. 그런 예감을 털어내기라도 하려는 듯 이 형사는 자신이 낼 수 있는 가장 번들거리는 목소리로 서인하에게 말했다.

"어차피 검찰로 넘어갈 건데 마지막으로 최선우하고 어떤 사이였는지 정도는 알려주고 가지 그래?"

서인하는 1막을 무사히 마친 배우의 안도감을 즐기듯, 보란 듯이 이 형사를 향해 고개를 들고 눈을 감았다. 그 순간 이 형사가 달려들어 서인하의 머리채를 잡아 젖혔다. 순간적으로 눈을 뜰 수밖에 없는 자세를 만들어 이 형사는 서인하와 눈을 마주치는 데 성공했다. 그리고 동네 골목에서 평생을 보낸 개새끼들이 영역 싸움을 하며 내는 것 같은 소리로 말했다.

"납치해서, 강간하다가 목 졸라 죽인 사이라고 말하면 되잖아, 이 씨발 새끼야."

서인하는 이 형사와 시선이 부딪쳤는데도 전혀 당황하지 않았다. 아니, 오히려 이 형사가 규정한 최선우와 자신 사이에 관한 말이 합당하다는 듯 천천히 눈을 내리감았다.

출근하는 주희의 발걸음이 가벼웠다. 여러 달에 걸쳐 조사해온 범죄단체 사건의 끝이 보이기 때문이었다. 흔히들 '조폭'이라고 부르는 범죄단체는 그 조직의 성격상 진짜 범죄를 저지르는 주범까지 치고 가는 것이 불가능하다. 중간 어느 선에서 총대를 멘 놈들이 나타나 죄다 저희들이 저지른 일이라며 자수를 하고 3년이건 5년이건 형을 살고 나오게 마련이다. 그렇게 나온 놈들이 몇 계급 올라가거나 지역 상권을 맡게 되기도 하지만 그사이에 조직이 와해되거나 더 어린 녀석들이 치고 올라와 팽 당하기도 한다.

똑같은 패턴에 검사들도 어느 정도 선에 만족하고 물러날 수밖에 없다는 것을 알고 있지만 주희는 그렇게 끝내고 싶지 않았다. 그래서 자수하러 온 두 놈을 여러 날 설득하고, 설득하고, 설득했다. 그 두 녀석이 마침내 상선, 즉 자기들의 오야지가 저지른 살인에 대해 증언하기로 결심한 것이다.

수사관의 인도를 받아 사무실로 들어오는 덩치 둘은 포승줄에 묶여 있었다. 각각의 덩치가 주희 한 사람의 두 배가 넘어서 그 둘이 나란히 앞에 앉자 주희의 몸은 완벽하게 가려졌다.
주희는 다부진 둘째 누나 같은 표정으로 덩치들을 맞이했다.

"잘 잤나?"
"예."

알고 보니 이들은 주희와 동향이었다. 이 점은 이들을 설득하는 데 무시할 수 없을 만큼 큰 역할을 했다.

"여기까지 온 이상 말 바꾸면 느이랑 나랑 같이 죽는 기다. 아나?"
"압니더."

경상도 출신은 멀쩡하게 서울말을 잘 쓰다가도 동향 사람을 만나면 덥석 손 붙잡고 고향으로 날아가는 부류가 많았다.

"손 깨끗이 씻은 담에 장가들고 아 낳아가 어무이들 손에 안겨 드려야 안 되겠나."

장가와 아기라는 말에 비죽 웃음을 흘리는 얼굴은 덩치와 상관없이 20대 청춘의 표정이었다. 아직은 희망을 볼 수 있는 나이의 아이들이라 설득 가능했을 수도 있다. 주희는 부디 녀석들이 출소할 때까지 조직의 보복 조치가 없기를 간절히 바랐다. 서양의 여러 나라들처럼 윗선을 고발하고 증언해 자기 형량을 협상할 수 있는 제도가 있다면 형을 살지 않게 해서 고향으로 보내 꼭꼭 숨어 살게 해주고 싶은 게 솔직한 심정이었다. 재판에서 필요한 자료의 마지막 확인을 마치자 어느새 점심시간이었다.

"칠룡이는 소머리 해장국을 좋아하고, 동철이는 감자탕을 좋아합니다."

수사관에게 식사 메뉴를 일러주는데 사무실 문이 열렸다. 어젯밤 전화를 걸어 같이 점심을 하자고 약속을 잡은 선배 이 검사였다. 넉넉하고 푸근한 인상에 선후배들 마이너스 통장 사정까지 꿰고 있어 조직의 균형을 잡는 데 누구보다 뛰어난 사람이었다.

"밥."

그 한마디에 주희는 급하게 서류를 정리하고 일어섰다.
검찰청 주변 식당은 11시 30분부터 테이블이 차기 시작해서 15분 단위로 회전된다. 그러니까 공식적인 점심시간인 1시까지 잘만 하면 테이블당 여섯 팀을 맞을 수도 있다. 변호사, 검사, 고소인, 피고소인, 증인, 수사관이 테이블마다 뒤엉켜 전 인류의 공통 문제를 해결하는 공간이었다. 주희와 이 검사는 익숙하게 자리를 잡고 앉아 익숙하게 식당 이모님이 주시는 밥을 받아 15분 내 입에 퍼 넣으면서 용건도 해결해내는 베테랑들이었다.
주희가 건네주는 수저를 받으며 이 검사가 물었다.

"신랑이 포스트 닥터 들어갔다고 했지?"

"예."
"딸들이 중 1이랑 4학년이고?"
"예, 4학년, 7학년."
"개업해야 되지 않겠어? 감당돼?"

느닷없는 개업 얘기는 꽤 중요한 용건이 있다는 뜻이다. 주희는 일단 킬킬거리며 농담으로 받았다.

"그 얘기 못 들었어요, 선배? 우리 기수에서 개업한 송 변하고 김 변, 영업 뛰느라 바쁘다잖아."
"그 친구들하고 강 검사는 레벨이 다르지."

칭찬에 인색한 사람은 아니지만 레벨까지 운운하는 것은 제법 큰 건을 얘기하겠다는 포석일 수 있었다. 그래도 먼저 아는 체해서는 안 되는 일이라 또 한 번 농으로 답했다.

"레벨은 무슨. 도토리 1, 도토리 2, 도토리 3이지."
"확실하게 스타급 돼서 개업하면 사정은 또 다른 거고."

스타급을 만들어줄 만한 사건을 맡기겠다는 뜻이었다. 고등어 김치찌개를 15분 안에 먹으며 끝낼 얘기는 아닌 게 분명했다.

"커피 마시자."

주희는 기대와 걱정이 반반 섞인 시선으로 이 검사의 뒤통수를 따라갔다. 커피 전문점과 다방의 중간 정도 분위기를 가진 커피숍에서 이 검사는 시럽을 잔뜩 넣은 아이스 아메리카노를 마시며 곧바로 이야기를 꺼냈다.

"개업 얘기는 농담이고, 스타급 얘기는 진담이야."

주희가 다음 말을 기다리며 바라보자 이 검사는 한 번 더 쿠션을 깔았다.

"이런 거 저런 거에 휩쓸리지 않고 중심 잡고 사는 데 대한민국 1등은 강주희니까."

주희의 머릿속에 떠오른 사건은 하나였다.

"최선우 사건?"

주희가 제대로 반응해준 것이 고마운 듯 이 검사가 히죽 웃었다.

"그래. 난리들도 아니잖아, 방송이고 인터넷이고. 이거 명쾌하게 끝내면 대번에 전국구 스타 되는 거야. 그거 알아? 우리 부장님이랑 최선우 시아버지인 청산그룹 회장, 그 양반들이 고등학교 동창······."

주희가 가장 싫어하는 대한민국 인맥 사전이 펼쳐지기 시작했다. 5000년 역사를 지닌 단일민족이라고 부르짖는 말이 맞다면 얽히지 않을 사람이 어디 있으며, 같은 집안 아닌 사람이 어디 있다고. 주희는 이 검사의 말을 자르듯 대꾸했다.

"우리 시할아버지 사촌 동생 남편 조카랑 검찰총장님 처삼촌 질부 어머니랑 사귀었다는데……."

주희의 성격을 잘 아는 이 검사가 웃으며 한 걸음 물러났다.

"알았어, 알았어. 까칠하기는……."

그때, 주희 뒤편 테이블에서 이야기하던 두 남자와 한 여자의 목소리가 갑자기 높아졌다. 여자는 50대 초반, 남자들은 잘해야 30대 후반으로 보였다.

"누님이 그 새끼들 말만 그렇게 믿어버리고 그러면 서운하지!"
"너는 전화 따고, 개새끼들은 와서 지랄을 하는데 내가 어떻게 하니, 그럼?"
"그렇다고 고소장부터 지르면 끝장 보겠다는 거 아냐?"

목소리가 커지자 커피숍 안에 있던 모든 사람이 그들 쪽으로 고개를 돌렸다. 하지만 사람들은 이내 자신들의 대화로 돌아갔다. 검찰청 주변 커피숍에서 그야말로 흔히 볼 수 있는 풍경이었다. 무슨 사건인지 전혀 몰라도 누가 누구를 속이는 건지 단번에 눈치챌 수 있는, 본인만 모르는 관계. 뻔하지만 또 너무 뻔해서 가르쳐줄 수도 없는 사기와 진실이었다. 이 검사 역시 가볍게 대화로 돌아왔다.

"독수공방은 할 만해?"
"중성 호르몬이 풀풀 나와주셔서 아무 문제도 없습니다."

주희의 너스레에 이 검사가 피식 웃었다.

"다행이네."
"뭐가요?"
"잘생겼잖아, 최선우 사건 용의자."
"인터넷에 팬카페 생겼다면서요?"
"그렇다니까."
"요새는 뭘 해도 일단 각이 살아야 되나 봐요. 지금이라도 어떻게 한번 노력을 해볼까?"

주희가 자기 얼굴을 쓰다듬으며 푼수를 떨자 이 검사가 킬킬거리며 일어섰다. 주희가 사건을 맡겠다고 답한 것으로 받아들인 것이다.

주희는 1분 정도 거절할까 생각해보았다. 사건을 제대로 해결한다면 이 검사의 말처럼 전국구 스타가 될 것이고, 윗사람들은 물론 정재계에 두루 '똘똘한 놈'으로 명함 돌리는 일이지만, 만약 제대로 해결하지 못한다면……. 게다가 모든 사건은 제대로 해결되지 않을 가능성이 있건만, 이 사건은 제대로 풀지 못할 가능성 따위는 없어야 했다. 이미 나온 증거물들만으로도 빼도 박도 못할 만큼 결론이 '명확'하다는 소문이었다. 그러니 이것은 검사로서의 실력이 필요한 사건이 아니었다. 잡소문 없이 불필요한 소문을 잠재우면서 깔끔하게 떨어내고, 더불어 '짐승만도 못한 살인자'를 법정에서 말 그대로 갈기갈기 찢어발겨 유가족은 물론, 온 국민의 속을 시원하게 해줄 검사가 필요했다. 못 할 것도 없지만 주희에게 그런 공명심은 없는 편이었다. 다만 궁금했다.

범인으로 검거된 서인하는 세간을 떠들썩하게 한 유영철이나 오원춘 같은 부류가 아니었다. 명문대 출신의 촉망받는 예술가이자 학교 교사였다. 돈을 노리고 접근했다가 실패해서 우발적으로 저지른 살인도 아니었다. 그래서 궁금했다. 인간에 대한, 특히 범죄를 저지르는 인간의 내면에 대한 궁금증이 없다면 노동 강도가 세기로 손꼽히는 검사 직무를 수행할 수 없었다. 주희 역시 이 같은 궁금증을 갖고 있는 검사였다. 그리고 대한민국에서 이렇게 독특한 범죄자를 만날 기회는 흔치 않았다. 찾아 나설 것은 아니지만 마다할 것도 아니라는 판단에 따라 맡기는 대로 맡아보자고 결론을 내린 것이다.

이 검사를 따라 일어서는데 뒤 테이블의 남자가 일어나 웃통을 벗고 버럭버럭 소리를 지르기 시작했다.

"협박? 이게 협박 같아, 누님? 내가 죽이겠대? 내가 죽는다잖아!"

여자가 저 말에 한 번 더 속아주면 사랑이고 더 이상 속지 않겠다고 하면 사건이 되는 순간이었다. 결말이 궁금했지만 그냥 나가기로 했다. 혹시라도 사랑으로 결론이 날까 봐, 아니 그럴 게 너무 뻔해서 주희는 급하게 도망치듯 커피숍을 나왔다.

─

쇼핑몰 지하 주차장에는 쇼핑을 끝내고 나오는 차량이 압도적으로 많았다. B로 시작되는 외제차가 종류별로, L로 시작되는 외제차가 종류별로 늘어서 있었다. 수입 차 쇼룸만큼이나 다양한 차들이었고 운전자의 90%는 여성이었다. 20대부터 60대까지 연령은 다양하지만 이 시간에 백화점 출구에서 빠져나가는 여성 운전자들에게선 비슷함이 느껴졌다.

여유로움. 나이에 비해 피부가 좋고 비싼 옷을 입어서 그런 느낌을 주는 것일 수도 있지만, 그것만은 아니었다. 그들은 그 무엇에도 압박감을 느끼지 않는 것 같아 보였다. 아니, 어지간한 것으로는 그녀들에게 압력을 가할 수 없을 거라는 느낌이 더 정확한 표현이다. 현대인들이 돈 다음으로 쩔쩔매는 시간. 그녀들의 시계는 따로 돌아가는 듯했다. 그래서 운전도 상당히 여유로웠다.

대학에 들어가 나름 촉망받는 검사가 된 지금까지 어느 하루 제멋대로 시간을 써본 적 없는 주희에게 그녀들의 여유로움은 늘 미스터리였다. 특히 백화점과 할인마트가 지하에서 연결되는 이런 곳에선 그 느낌이 더욱 확연했다.

주희가 종종거리며 할인마트로 들어가는 시간은 대개 백화점이 문을 닫기 직전으로, 카레이서가 드래프트 기술을 선보이듯 주차

하는 주희를 미친년처럼 바라보는 그녀들의 시선에서 주희는 다시 한번 미스터리를 확인했다.

차에서 내린 주희는 시간 가난뱅이들이 흔히 그렇듯 심야 골목길을 혼자 걷는 여자의 보행 속도로 주차장을 가로질렀다. 에스컬레이터를 타고 백화점 쪽으로 올라가 할인매장 연결 통로로 가는 것이 지름길이었다. 에스컬레이터에 올라타고도 계단을 오르듯 성큼성큼 걷는 것은 주희의 오랜 습관이었다. 그렇게 모든 동선에서 1분, 2분, 5분을 절약해 총 30분을 만들면 그만큼 자료를 더 보든가 그만큼 더 잘 수 있었다.

에스컬레이터를 타고 1층 화장품 매장을 지나 2층에서 내리는데 3층으로 올라가는 코너 자투리 공간에서 속옷 특판 매대가 보였다. 여자들이 제법 많이 모여 서 있었다. 여자들 틈으로 검은색과 빨간색이 조합된 레이스 올인원을 입은 토르소 스타일의 마네킹이 보였다. 환하게 빛을 내는 마네킹을 보며 몇백 년 전 서양의 고급 창녀들이 저런 옷을 입었을 것 같다는, 근거도 없고 맥락도 없는 상상을 하며 주희는 연결통로가 있는 3층으로 가기 위해 에스컬레이터에 올랐다.

두 칸 정도 걸어 올라가던 주희는 갑자기 멈춰 서서 돌아보았다. 천천히 올라가는 에스컬레이터 끝에 매대의 마네킹이 보였다. 모여 있는 여자들의 정수리 너머로 토르소는 푸르스름한 빛을 발하고 있었다. 그 빛에 레이스의 빨강과 검정이 한층 더 강렬하게 느껴졌다.

'최선우도 저런 걸 입었을까?'

눈에 보이는 모든 것, 귀에 들리는 모든 것을 담당한 사건과 연결시키는 게 부자연스러운 일은 아니지만 이 질문은 너무, 조금 너무 검사답지 않았다. 마치 여성 월간지의 객원기자라는 타이틀로 글을 쓰는, 작가 지망생만 15년째인 누군가가 쓴 기사 제목 같았다. 주희는 머릿속에 떠오른 월간지 제목 같은 망상을 떨쳐냈다. 그냥, 오랜만에 나눈 남편과의 농담 같은 대화와 선배 이 검사가 던진 '독수공방'이라는 단어가 만들어낸 파장이라고 생각하기로 했다. 주희는 3층 연결통로를 통해 총총거리며 할인마트 매장으로 향했다.

할인마트 식품 매장은 시식 코너와 청과물, 수산물을 중심으로 타임 세일에 돌입해 이제 막 경매를 시작한 농수산물 도매시장 같은 열기로 가득 차 있었다. 주희는 능숙하게 장바구니를 집어 들고 익숙한 통로를 따라 인스턴트 코너로 향했다.

하나의 사건을 정리했으니 이제 다음 사건으로 넘어가기 위해 식품 저장고를 채워놓을 필요가 있었다. 컵라면도 종류가 많아져서 물리지 않고 먹을 수 있었다. 머지않아 전자레인지만 돌리면 먹을 수 있는 음식으로 궁중요리가 나올지도 모른다고 생각하며 즐거운 마음으로 장바구니를 채웠다. 카트를 밀지 않고 장바구니를 드는 것은 무거워졌을 때, 살 필요 없는 물건을 구경하느라 돌아다니지 않고 바로 계산대로 향할 수밖에 없고, 그렇게 해서 시간을 아낄 수 있기 때문이었다.

주차장으로 돌아오는 발걸음이 평소보다 조금 더 빨라진 것은 백화점이 특별 연장 영업을 하느라 이제야 마감 인사 방송을 하는 것을 들었기 때문이었다. 3층에서 2층으로 내려가는 에스컬레이터에서는 두세 칸을 한꺼번에 내려가기도 했다. 그대로 1층으로 향하지 못하고 고개를 빼고 몸을 돌려 반대편 상향 에스컬레이터 구석을 보았다.

빨강과 검정 레이스를 입은 토르소 마네킹은 아직 그 몸의 불을 끄지 않고 있었다.

"29만 7천 원이라고요?"

누군가가 바로 그 레이스 올인원의 가격을 물었다. 조금 놀란 목소리로 되묻는 고객의 목소리를 듣고서야 주희는 1층으로 내려오는 에스컬레이터를 탈 수 있었다. 주희가 들고 있는 쇼핑 봉투를 채운 대략 한 달치 식량보다 비싼 속옷이라니……. 간단하게 포기되는 게 고마울 지경이었다.

집에 들어선 주희는 욕실을 향해 가며 차례차례 옷을 벗었다. 마치 허물을 벗듯 그렇게 벗으며 전진하면 욕실에 도착할 때쯤에는 완전히 알몸이 되어 있었다. 남편과 아이들이 영국으로 떠난 뒤 생긴 습관이다. 알몸으로 욕실에 들어가 칫솔에 치약을 짜고 양치를 하며 소변을 보았다. 그러다가 생각나면 칫솔을 문 채 나와 장 본 것들을 풀어놓았다. 라면은 선반장으로. 냉동 만두, 냉동 피자, 냉동 해시브라운 등 냉동 형제들은 냉동칸으로. 어묵, 식빵, 떡도 냉동칸으로. 주희는 어느 경제학자가 인터넷보다 위대한 가전이 냉장고라고 했던가 세탁기라고 했던가 생각하다가 어쨌든 간에 자신에게는 냉동고가 인터넷보다 위대한 문명의 산물이라고 중얼거리며 냉동고 문을 닫았다. 입안에 머금은 치약 거품을 삼킬지 뱉을지 결정해야 할 만큼 차오르자 욕실로 돌아가 샤워까지 끝냈다.

신혼여행 갈 때 남편과 커플티로 맞춰 입은 캐릭터 티셔츠는 요즘 주희가 즐겨 입는 잠옷이다. 꽤 질 좋은 티셔츠였기에 몸에 닿는 느낌이 좋고, 오랫동안 세탁기에서 돌고 돌아 적당히 얇아져 잠옷으로 입기에 안성맞춤이었다.

주희는 침대 옆 독서등을 켜고 메인 등을 껐다. 방 전체를 환히 비추던 불빛이 사라지면 적당한 어둠이 방을 덮었다. 독서등이 밝힐 수 있는 침대 한구석은 그럭저럭 봐줄 만한 컬러 매치였고, 그래서 주희는 이 조명으로 바라보는 자신의 침대를 좋아했다. 혼자 버티고 있는 생활의 흔적이나 외로움이 적당히 가려지는 느낌이 들기 때문이라고, 그렇게 정서적인 분석을 하지는 못했지만 대충 그와 비슷한 감정이 들었다. 주희는 이런 시간에 들을 만한 음악을 핸드폰에 저장해놓기도 했다. 에릭 사티. 짐노페디도 좋고, 그로시엔느도 좋았다.

음악에 문외한인 주희에게 남편이 추천해주고 간 음악이었다. 타이레놀보다 진통에 효과 좋은 음악이라는 평가를 받는다고 했다. 예술에 대해 과장도 적당히들 했으면 좋겠다고 생각했지만 혼자인 공간, 이런 시간이 아니면 잘 들리지도 않을 느리고 낮은 피아노곡은 그런 별명을 가질 만한 자격이 있다는 생각이 들었다.

주희는 침대로 파고 들어가 사이드 테이블에 쌓아놓은 책 중 하나를 집어 들었다. 서인하의 회화집이었다. 다른 문서 자료를 보기 전, 서인하를 직접 만나기 전 그의 작품집을 보기로 한 것은 나름 준비운동이 필요한, 어쩐지 쉽지 않은 '겨루기'를 하게 될 것이라는 예감 때문이었다. 범국민적 관심의 대상이 된 사건의 피의자를 편견 없이 대하는 것은 쉽지 않은 일이다. 게다가 주희의 경험상 한 분야에서 최고의 자리에 서본 사람들에게는 그들만이 지니고 있는 에너지가 있다. 그 에너지는 그 세계를 모르는 자들을 가볍게 묵살할 수 있도록 만들었다. 그래서 그런 자들을 상대로 하는 사건은 대개 녹록지 않았다.

주희는 일단 그의 '그림 세계'를 편견 없이, 대중의 눈으로 먼저 보고 싶었다.

'이건 뭐…….'

책에 실린 그림은 분명히 위아래가 바르게 인쇄돼 있을 텐데 주희는 자기도 모르게 책을 돌려 그림을 옆으로도 보고 뒤집어도 보았다. 사실적 묘사에 근거한 회화가 아니면 보통 사람들은 그림의 위아래를 혼동할 수 있다는 것 정도는 주희도 알고 있지만 이건 조금 달랐다. 서인하의 그림은 그 속에 무언가가 숨어 있는 듯한 느낌을 주었다. 여성의 신체를 재구성해놓은, 보이는 그것 속에 뭔가가 있는 듯한 느낌. 그래서 자기가 놓친 게 있는 건 아닌가 하는 생각을 갖게 만들고, 급기야 책을 거꾸로 들고 고개도 이리저리 돌려가며 괴상한 동작을 하게 만드는 그림이었다. 그림에 너무 집중한 주희는 에릭 사티의 피아노를 뚫고 나오는 건조한 벨 소리에 자기도 모르게 "엄마야!"라고 외치며 책을 떨어뜨렸다. 남편이었다. 어쩐지 왈칵 반가운 마음이 들었다.

"자기랑 하루에 두 번 통화하는 거, 연애할 때 말고는 처음인 것 같아."
 "술 마셨어?"
 "아니, 왜?"
 "목소리가 어째 좀 축축하다."
 "기왕이면 촉촉하다고 해주지."
 "원하는 걸 말해. 무섭게 그러지 말고."
 "우리가 몸 떨어져 산 지 좀 됐지만 말이야. 아이를 더 낳으려는 게 아니라면 전화로도 할 수 있는 게 있다는 거 알아?"

 도대체 무슨 소린가 싶었는지 남편은 잠시 대답이 없었다. 그러다 이내 주희가 말하는 게 폰섹스라는 것을 깨닫고는 킬킬거리며 웃었다.

 "지금 한 1200명쯤 왔다 갔다 하는 서점 한복판에 있는데, 여기서 할까?"

 특별히 기대하고 얘기한 게 아니어서 주희 역시 킬킬거리며 대꾸했다.

 "서점. 딱 좋은데……. 미술 코너에 가서 적당한 회화집 펼쳐놓고 섹시한 신음 한번 들려주시죠."

 그렇게 말하며 서인하의 회화집을 다시 집어 드는데, 어쩐지 그림에서 다른 이미지가 보이는 것 같았다. 보일 것 같던 이미지는 이내 사라지고 말았다.

"대한민국 검사가 변태 남편을 영국 유치장에서 꺼내기 위해 변호사가 될 수는 없을 텐데."
"변호사가 되는 건 괜찮은데 영어가 짧아서 변론이 안 될 거야."
"그러니까. 그러면 그런 신음 말고 돈 신음 시작합시다."

주희는 사라져버린 이미지가 뭐였을까 생각하며 남편과 이번 달 추가로 보내야 하는 비용에 대한 의논을 시작했다.

서인하는 독방에 있었다. 아직 기소된 상태가 아니므로 징벌형 독방 같은 곳에 가둔 건 아니었다. 구치소에서 방 하나를 비우고 서인하만 가둬놓은 것이다. 구치소건 교도소건 시설이 모자라 정원을 넘겨 수감할 수밖에 없는 상황이지만 서인하는 독방이었다.
경찰에서 묵비권을 행사했고 검찰로 넘어온 뒤에도 변호사를 선임하지 않은 서인하이지만 혹시 모를 일이었다. 혹시라도 최선우에 대해, 그녀의 몸에 대해, 그녀의 죽음에 대해 서인하가 다른 수감자들에게 자랑처럼 떠들어댄다면 교도소를 통해 온 세상에 끔찍한 소문이 퍼지는 것은 시간 문제였다. 그것은 사건의 진실이나 재판의 결과와 상관없는 거대한 재앙이 될 것이기에 최선우의 남편 박무현은 자신이 아는 모든 라인을 총동원했다.
그룹을 운영하는 아버지는 어땠을지 모르지만 무현은 자신의 시험을 위해서건, 근무지를 위해서건 단 한 번도 '라인'이라는 것을 동원해본 적이 없었다. 그럴 필요가 없었고, 그러고 싶지도 않았다. 세상 모두가 그와 그의 집안이 원하는 것을 알아서 맞춰주곤 했으니까. 그의 아내 선우 역시 무현에게 어떤 부탁도 한 적 없었다. 생전 처음 무현은 누군가에게 부탁을 했다. 아내를 위해. 이미 죽어버린 아내를 위해. 서인하는 그렇게 독방에 수감되었다.

팔베개를 하고 누운 서인하는 편안한 모습이었다. 수상좌대에서 발견될 때처럼 웅크린 자세도 아니고, 이 형사와 마주 앉아 눈을 내리깔고 있을 때처럼 소극적인 느낌도 아니었다. 마치 뭔가 즐거운 일을 기다리고 있는 것 같은 느낌마저 들었다고, 그를 예의 주시한 교도관은 무현에게 그렇게 보고했다.

"휘파람을 불었습니다."

나중에 교도관은 주희에게 서인하의 구치소 첫날밤을 그렇게 이야기했다. 서인하는 팔베개를 한 채 천장을 바라보고 누워 휘파람을 불었다.

2장

 검찰청 화장실의 형광등 조명은 검사건 피의자건 거울 속 모습을 딱 범죄자처럼 보이게 만들었다. 그래서 평상시 주희는 자기 모습을 제대로 비춰 보지 않고 대충 손만 씻고 서둘러 나오곤 했다. 호텔이나 럭셔리한 카페의 화장실에서 여자들이 다른 사람들의 시선에 아랑곳없이 셀카질을 해대는 것과 정확하게 반대 상황이었다. 하지만 오늘은 그런 거울에라도 자신을 비쳐 보며 어깨에 머리카락 한 올이라도 붙어 있지는 않은지, 혹시 소매 단추가 덜렁거리는 것은 없는지 머리부터 발끝까지 두세 번 점검했다.
 완벽했다. 방산비리와 관련된 특검 막내로 차출되었을 때 남편에게 질질 끌려가 아웃렛에서 장만한 정장이었다.

 "조 단위로 돈 굴려먹던 인간들 상대하는데 옷부터 꿀리고 들어가지는 말자고."

"옷 빨로 일하는 검사 아니거든."

남편은 주희를 잠시 아래위로 훑듯 보고는 다시 질질 끌고 명품 매장으로 들어갔다. 그러곤 90% 세일해도 만만찮은 가격의 정장을 6개월 할부로 사주었다. 옷 덕택인지 모르지만 주희는 맡은 분야에서 특검 치고는 보기 드문 성과라는 결과를 뽑아냈다. 이후 이 검은색 바지 정장은 비장의 전투복이 되었다. 징크스라는 게 스스로 만드는 것인지는 모르지만 중요한 사건의 첫 신문에 그 옷을 입고 나서면 늘 결과가 좋았다. 아무 장식도 없지만 질 좋은 원단과 날렵한 앞섶의 선이 어딘지 모르게 자신감을 끌어올려주는 느낌마저 들었다.

서인하를 처음 만나는 오늘, 그 옷을 꺼내 입으면서 주희는 사건을 사건답게 처리하겠다고 다짐했다. 피살자가 유명인이건 아니건 간에, 여성이건 남성이건 간에, 옷을 입었건 입지 않았건 간에 사건에서 중요한 것은 그게 아니었다. 사람이 사람을 죽인 범죄에 대해 법이 정한 대로 형벌을 받도록 하는 것. 본질이 아닌 것에 휘둘리지 않기 위해 주희는 비장의 전투복을 갖춰 입었다.

옷으로, 몸가짐으로 다잡은 결심은 화장실에서 나와 두세 걸음 옮기자마자 흐트러졌다. 복도 창을 통해 내려다보이는 검찰청 입구에 잔뜩 몰려 있는 기자들에게 시선이 잡혀버렸다. 그리고 그들 사이에 서 있는 서인하. 많은 보도와 경찰에서 보내온 서류 속 사진으로 여러 번 봐서 이미 익숙한 얼굴이라고 생각했는데 달랐다.

'뭐가 다르지?'

그 다름이 궁금해서 창 쪽으로 바짝 붙어 섰다. 그 순간이었다. 서인하가 고개를 들어, 마치 주희가 거기 서 있는 것을 안다는 듯 망설임 없이 올려다보았다. 놀란 것은 오히려 주희 쪽이었다. 서인하가 주희를 알 리 없었다. 이 건물 안에 얼마나 많은 검사가 있는데, 자기를 담당할 검사가 누구인지, 아니 이 창가에 서 있는 사람이 검사인지 내방객인지 알 수 없지 않은가. 그런데 서인하의 시선은 마치 자신을 기다리고 있는 사람에게 눈으로 먼저 인사를 건네듯 주희를 향하고 있었다. 자신도 모르게 움찔하며 주희는 창에서 주춤 떨어졌다. 그리고 그 순간 알았다. 사진 속에서 본 서인하와 실물 서인하의 다른 점.

'기름기.'

무수한 인터뷰 자료, 동영상, 사진 자료 속 어디에서도 서인하에게선 기름기를 느낄 수 없었다. '담백(淡白)'이란 표현이 꼭 들어맞는다고 생각했다. 허례도 없고, 허식도 없고, 교만도 없고, 겸양도 없고. 얕지 않으나 너무 깊어 사람을 두렵게 만드는 것도 없는. 그런 점이 팬클럽을 만들 만큼 강한 매력으로 작용했다고 생각했다. 그런데 실제로 나타난 서인하는 속부터 바깥까지 번들거림으로 가득했다. 웃음이 그랬고 손짓이 그랬다. 여성 기자들을 바라보는 눈은 더 노골적인 빛을 발했다. 마치 이 상황을 즐기는 것 같은 느낌. 웃음마다 손짓마다 번들거렸다.

그의 기름기가 기자들의 열기를 달구었다. 서인하는 그렇게 과열돼가는 분위기를 흡족해했다. 휩쓸리면 안 된다고 생각하면서도 주희가 그 자리를 뜰 수 없었던 것은, 그 열기와 기름기가 건물 벽을 뚫고 5층 복도에 서 있는 자신에게까지 전달된다는 느낌, 아니 서인하가 작정하고 그것을 전달하고 있다는 느낌이 사실인지 착각인지 판단조차 되지 않는 혼란 때문이었다.

"증거대로, 사실만 갖고 나 기소할 수 있을까요?"

주희 앞에 미처 앉기도 전에 서인하가 먼저 입을 열었다. 주희가 파일을 펼치기도 전이었다. 좌우의 수사관들이 각각 참고인 조사를 진행하고 있다가 멈칫했다. 전국적 이슈의 주인공인 서인하라는 인간이 경찰에서 내내 묵비권을 행사했다는 이야기는 이미 들은 터였다. 주희 검사실의 모두가 서인하의 입을 여는 게 관건이라고 걱정하고 있었는데 엉덩이를 붙이기도 전에 입을 떼니 수사관들이 놀라는 것도 무리가 아니었다.

그러나 무수한 사건, 무수한 피의자, 무수한 참고인들을 신문하고 대질조사하고 자술서며 진술서를 받아낸 베테랑들이었다. 마치 이 방에선 누구나 입 열고 말하는 게 지극히 당연하다는 듯 다시 자신들의 참고인에게 질문을 이어갔다. 주희는 그들의 숙련된 대응에 고마움을 느끼며 서인하의 예상치 못한 선제공격을 부드럽게 받아낼 준비를 했다.

"서인하 씨, 우선 사실 확인부터 하겠습니다."

주희는 말을 끝내기도 전에 이 전개가 잘못됐다는 것을 깨달았다. 서인하의 번들거림 속에 '작정'이 숨어 있다는 것을 알아채지 못한 자신의 실수. 이렇게 공개된 자리에서 판을 깔면 안 되는 일이었다는 느낌. 그러나 이미 뱉은 말을 거둬들일 순 없었다. 서인하에게 말할 기회를 주지 않고 몰아붙인 뒤 첫 만남을 끝내야겠다는 생각으로 정리하기까지 시간이 0.3초 정도 걸렸을 것이다.

그러나, 그럼에도, 서인하가 빨랐다. 아니, 서인하의 몸이 함께 움직이는 바람에 주희는 말을 이어갈 타이밍을 빼앗겼다.

자리에 앉는가 싶던 서인하가 벌떡 몸을 일으키며 엎어지듯 책상 위로 상체를 숙였다. 서인하의 얼굴이 순식간에 주희의 얼굴 앞으로 다가왔다. 그런 상황에 놀라 소리를 지르지 않거나 의자를 뒤로 빼지 않은 것은 주희가 가진 내공이었다. 선배 이 검사였다면, 부장검사였다면 그 상황에서 버텨내는 정도가 아니라 버럭 소리를 질러 서인하의 입을 틀어막을 수 있었을까? 시도는 할 수 있었을지 모르지만 그들도 서인하가 뒤이어 하는 말을 듣는 순간 입을 다물 수밖에 없었을 거라고 주희는 확신했다.

"나는 최선우 섹스 파트너였어! SM! 사도마조히즘 커플이었다고, 우리가!"

서인하가 몸을 움직이는 것과 동시에 달려온 수사관들이 서인하를 잡아 눌렀고, 덕분에 주희는 당혹감을 들키지 않고 자리에서 일어설 수 있었다. 방을 옮기겠다고 말하는 자신의 목소리가 떨리지 않는 것을 확인하면서 주희는 안심했다.

서인하가 한마디라도 더 했으면 수사관들이 고함을 치려고 잔뜩 벼르는 것이 보였지만 서인하는 수사관 따위에게는 관심도 없는 듯했다. 앞서가는 주희의 뒤통수에 시선을 꽂고 번들번들 웃기만 했다. 안쪽 방에 들어와 소파에 앉은 뒤에도 소란을 피우지는 않았다. 보미가 들어와 두 사람 앞에 물 컵을 놓아주었을 때 가볍게 목례했을 뿐 별다른 움직임은 없었다.

'기세를 보이고 싶었던 걸까?'

폭력과 관련된 범죄자들에게서 흔히 볼 수 있는 행동이었다. 여성 검사, 아직 젊고 몸도 가는 여자에게 털을 잔뜩 세워 보이며 으르렁거리는 고양잇과 동물처럼 구는 것을, 이제는 웃으며 예측하고 우르르 까꿍도 할 수도 있는 주희였다. 그런데 서인하는 전혀 예상 밖이었다. 범죄 역시 그런 종류가 아니고, 경찰서에서 보였다는 태도도 지금과 너무 달랐다. 게다가 처음으로 튀어나온 단어가 섹스 파트너에 사도마조히즘이라니…….
사실 피살자가 최선우가 아니었다면 한 번쯤 그런 단어와 연결 지었을지도 모를 일이다. 젊고 아름다운 여성이 나신으로 죽었고, 질 내에서 남자의 정액이 발견되었으니. 하지만 감히 최선우를 상대로는 여혐주의자들조차도 그런 단어를 쓰지 않았다. 생각지도 못한 단어로 기습을 당한 꼴이었다. 어쨌거나 첫 만남이 주희의 계획대로 흐르지 않은 것은 꽤 유감스러운 일이었다. 주희는 프롤로그를 버리고 1막 1장부터 제대로 시작하면 된다고 자신을 다독였다. 솔직하게, 들어가자.

"묵비권을 포기했다는 건 아주 바람직하게 생각을 바꾼 것 같아요. 그런데, 그 참, 처음 낸 목소리가, 내용이 좀 그렇네요."
"그래요?"

자연스러운 반응. 나쁘지 않다.

"아무리 죽은 사람이라도 명예훼손하면 범죄거든. 사자명예훼손이라고 있어요."
"명예훼손?"

서인하의 눈썹이 꿈틀거린다. 진짜이거나 매우 진짜처럼 보이는 감정적 반응이다. 어느 쪽이든 대화가 진행된다는 건 주희가 바라는 바였다.

"섹스 파트너였다는 얘기는 지금 서인하 씨가 고인이 된 유부녀와 통간했다는……."

주희가 뒤이어 말할 단어는 '억지 주장', '거짓 증거' 같은 거였다. 그러나 서인하는 그 단어가 주희의 입 밖으로 나올 여유를 주지 않고 말을 잘랐다.

"사실과."

주희가 애써 쓴웃음으로 서인하의 주장을 전혀 믿지 않는다고 표현하자 서인하 역시 비슷한 웃음을 지으며 말을 이었다.

"최선우와 내가 섹스 파트너였다는 사실과, 그 파트너의 섹스 취향에 관해 얘기했습니다."

서인하가 자신의 문장을 끝맺었다.

'이 새끼가……'

실제로 입 밖으로 내뱉는 경우는 드물지만 주희가 가끔 이런 남자 범죄자들을 보며 속으로 내뱉는 욕이었다. 자신의 범죄를 덮기 위해 피살자인 여성의 인격과 취향과 인생을 멋대로 주물럭거리는 부류.

서인하가 의도적으로 도발한다는 게 분명해지자 도리어 차분해지는 느낌이 들었다. 차분해진 주희는 더 이상 질문을 할 필요가 없었다. 그저 바라보고 기다리면 서인하가 소설을 쓸 것이다. 소설은 반드시 허구의 함정을 내포하기 마련이다. 그것을 '발견'하면 될 일이다. 그런 느낌으로 바라보자 아니나 다를까 초조해진 서인하가 떠들기 시작했다. 서인하는 주희가 펼쳐놓은 사진들을 짚으며 말했다.

"여기 증거들이 있잖아요. 우리가 얼마나 진하게 놀아댔는지……."

서인하가 처음으로 짚은 것은 최선우의 고급 자동차 내부 사진이었다.

"연예인들이 연애할 때 그러는 것처럼 우리도 대부분 차에서 만났습니다. 만나면 내가 운전을 했죠. 선우는, 차에서는 자기 손이 자유로운 쪽을 좋아했거든요."

서인하는 그렇게 이야기하며 당시의 상황을 떠올리고 즐기는 것처럼 한쪽 입꼬리를 말고 웃었다. 그러니까 그의 말에 따르면 서인하 자신이 최선우의 차를 운전했고, 조수석에 앉은 최선우가 그를 애무했다고 했다. 서인하의 표현은 상세하고 적나라했다.

"만나고 싶을 때마다 만날 수 있는 사이가 아니다 보니 나는 늘 좀 급했습니다. 스커트 아래로 다짜고짜 손이 들어가는 편인데, 그때마다 선우는 깔깔거리고 웃으며 몸을 뒤틀었습니다. 선우는 운전하는 내 손목의 튀어나온 뼈를 만지고, 옷 위를 천천히 아주 느린 속도로 훑어내려가면서 내 반응을 보고 즐기는 것으로 플레이를 시작했습니다."

에로 영화의 정사 장면을 말로 풀어내는 것처럼 서인하의 묘사는 구체적이었다.

"선우가 왜 최고급 기종이 아닌 그 차를 산 줄 알아요? 최고급 기종은 운전석이랑 조수석 사이가 넓거든. 오럴하려고 엎드리면 불편해. 다리가 길고 상체가 짧은 선우는 특히……."

주희는 이 정도에서 끊어야 하나 잠깐 망설였다. 하지만 어느 순간 입을 다물어버리면 다시 시작하게 만드는 게 쉽지 않다. 흥이 올라 제멋대로 떠드는 것을 그냥 참아주는 게 현명한 선택이었다. 어느 한 단어에도 얼굴이 붉어지거나 화를 내지 않도록, 그렇게 서인하의 페이스에 말려들지 않도록 주의만 기울인다면, 제멋대로 삼류 에로물을 찍어대는 서인하를 그냥 두는 쪽이 나았다. 제멋대로 내버려두자 서인하의 묘사는 더욱 거칠어졌다.

"선우가 제대로 오럴할 때는 고속도로를 타서 가장 바깥 차선으로 달려야 해요. 중간으로 가면 옆 차선에서 조수석이 내려다보일 수도 있거든. 시내주행은 더 위험하죠. 오토바이가 옆에 붙거나 버스에서 내려다보일 수도 있으니까."

최선우와 벌인 일이 아니라도 나름의 경험이 있는 건 분명해 보였다.

"고속도로에서 크루즈 기능으로 페달을 밟지 않아도 될 때는 운전석을 좀 뺄 수 있잖아요. 그러면 나도 손으로 선우를 해줄 수 있게 돼요. 선우는 몸이 유연해서 허리를 꺾으면 내 손가락이 충분히 들어갈 수 있는 자세가 나오거든."
"서인하 씨."
"사실 그 정도 상황에서는 내가 손가락을 집어넣지 않아도 돼요.

손을 근처에 갖다 대면 미끄러져 들어가거든. 나는 선우의 몸이 말라 있는 상태를 몰라요. 차에 올라타서 키스하는 순간, 그 짧은 시간에 완전히 젖거든."

"그래서 차에 있는 지문은……."

"아, 네. 맞습니다. 만날 때마다 내가 운전했고, 운전하다가 섹스가 시작되면 몇 시간이고 그냥 달렸지요. 차를 세워놓고 뒷자리로 가서 하거나 운전석 조수석 등받이 눕히고 하는 거, 그런 거는 아주 싫어했어요. 한강변이고 주차장이고 어린애들이 차 세워놓고 하는 그런 종류는……. 뭐 자극이 끝까지 가는 걸 좋아했으니까. 내가 운전하다가 진짜로 몸이 풀리면 둘이 같이 죽을 수도 있는 상황에서도 즐긴 거죠."

그 후로도 서인하는 포르노 수준의 묘사로 자동차에서 이뤄진 성행위를 설명했다. 한 시간쯤 지났을 때 주희는 최선우의 혀가 어떤 촉감이고 그녀의 질 내 근육이 어떻게 움직이는지 눈으로 본 듯한 착각이 들 정도가 되었다.

"이제 다음 얘기로 넘어가도 될까요?"

흥분하지 않고, 분노하지 않고 마치 "식사를 마치셨으면 디저트를 올려도 될까요?"라고 묻는 웨이트리스처럼 질문하자 서인하는 잠시 멈칫했다. 최선우의 오럴 섹스가 다른 여자들과 질적으로 어떻게 다른가에 관해 장황하게 찬미하던 서인하는 초코 퍼지 케이크의 빵 부분을 먹고 이제 진짜 초코를 만나기 직전에 스푼을 빼앗긴 미식가 같은 표정이 되었다. 서인하는 다시 묵비권을 행사할까? 하는 느낌으로 주희를 보며 가늠하기 시작했다. 그때 주희가 다음 미끼를 던져주었다.

"최선우 씨의 시신 서혜부와 질 내외부에 상처가 많았습니다."

서인하의 눈이 반짝였다.

"시속 170킬로미터로 달리는 차에서 두세 시간 오럴 섹스를 하는 여자가 안전하고 얌전한 삽입으로 만족할 것 같습니까? 말했잖아요. 선우는 마조히스트였어요."

주희의 예상대로 서인하는 미끼를 물었다. 서인하의 진술은 카섹스에서 피학대음란증, 마조히즘으로 넘어갔다.

"남자들이 사디스트적인 섹스를 할 때 제일 좋아하는 건 마주 보는 체위에서 뺨을 때리거나 백어텍 자세에서 엉덩이를 때리는 거잖아요?"

주희는 서인하에게 동조하지 않겠다는 결심을 할 필요가 없다는 사실에 피식 웃음이 나는 것을 참았다. 서인하는 마치 '한국 사람은 밥에 김치를 좋아하잖아요?'라는 말처럼 사디즘의 전제조건에 동의를 구했다.

"근데 직업이 직업이다 보니 얼굴은 절대 안 되고, 여름엔 다리나 팔도 조심해야 했죠."

불만스럽다는 듯 서인하는 쯧- 혓소리를 냈다.

"그러다 보니 내가 맘껏 해줄 수 없는 거예요. 그러면 선우는 짜증을 냈습니다. 그럴 때 선우를 달래려면 머리 피부가 뜯길 만큼 머리채를 휘어잡고 강하게 삽입해야만 됐습니다. 가끔 발작을 부릴 때면 적당한 물건으로 고문하듯이 쑤셔박으면……."
"그래서 최선우 씨의 상처가 합의된 성관계에서 발생했다는 겁니까?"

주희의 질문에 서인하는 풋- 하고 웃었다. 주희를 놀리기 위해서나 의도적으로 약을 올리기 위해 웃은 게 아니라 정말로 웃음을 참으려고 했는데 터져 나온, 그런 웃음이었다. 웃음을 수습하려고 애쓰는 그의 모습은 일견 정직해 보이기까지 했다.

"합의? 섹스에 관해 최선우하고 합의되는 남자는……. 글쎄, 진짜 미친놈이면 가능하겠지. 우린 그것 때문에 자주 싸웠습니다."
"싸웠다고요?"

평생 치고 박고 살아온 사이라도 한쪽이 죽으면, 피살되고 그 죽음이 살인 사건이 되면 그 둘의 관계는 살아남은 자에 의해 왜곡되기 마련이다. '싸움'이라는 단어는 검사의 입에서 나와야 한다.

그것이 피의자의 입에서 나오는 건 극히 드문 경우였다.

"최근 들어 선우의 요구가 무리하게, 맞아요. 너무 과격한 걸 요구했어요. 사실 내 취향이 그쪽에 적극적인 것도 아니고. 그래서 자주 다퉜습니다."
"최근 들어 더 자주 싸웠다면, 그날은……?"
"그날?"
"23일."
"23일."
"23일. 최선우의 실종 신고가 있었고, 사망일로 추정되는……."
"아, 그날? 네, 맞아요. 그날도 싸웠습니다."

서인하의 인정은 너무 자연스럽고 당당했다.

"그날도 꽤 거칠게 놀았습니다. 내 작업실 다락에 침대가 있는데……. 아, 보셨죠?"

서인하는 그날, 23일의 일에 관해 그렇게 이야기를 시작했다. 서인하의 진술에 따르면 작업실 문을 열고 들어가면서 본격적인 섹스가 시작된다고 했다.

"그러니까 차를 타고 오면서 내내 손으로, 입으로, 단추나 지퍼 사이로 손이 휘어져가며 들어가서 만지고 주무르던 몇 시간이 전희가 되는 거죠. 선우나 나나 몸은 이미 준비가 돼 있는 거니까 집

안으로 들어가면서 선우가 나한테 덤벼요. 그러면 일단 머리채를 잡아서 바닥에 패대기쳐줘야 해요. 물론 욕도 해줘야 되고."

"그래서요?"

"덤비지 마, 개 같은 년아!"

쓸데없는 묘사를 듣지 않기 위해 적절한 시점에 말을 끊었지만 서인하 역시 기회를 놓치지 않았다. 그래서 결과적으로 주희에게 욕하는 것 같은 상태가 되었다. 주희는 피식 웃었다.

"아, 검사, 주희 씨라고 불러도 돼요? 이름, 맞죠? 주희 씨한테 그런 게 아니라 내가 선우한테 그랬다는 거였어요. 불쾌했겠다."

주희는 웃음을 거두고 물끄러미 바라봤다. 묵비권을 포기하고 노골적인 묘사를 곁들여 수다를 떨기 시작한 서인하의 의도를 파악했다고 할 순 없지만 패턴은 알 것 같았다. 자기 뜻대로 반응하지 않는 주희 때문에 조금 초조해진 것도 사실이었다. 그의 묘사와 언어가 시시각각 거칠게 변하고 있었다. 흔들리지 않는 주희에게 개인적인 친근감을 표시하며 슬쩍 말을 놓는 태도는, 아마도 그가 사는 동안 한 번도 실패한 적 없이 여자들을 설레게 할 수 있었던 주요 무기였을 것이다. 통하면 좋고, "어디서 감히 검사한테"라고 화를 내도 좋고……. 흔들리지 않는 주희를 흔들고 싶은 것은 분명했다.

"미팅하러 온 거 아니니까 호칭은 정한 대로 합시다, 서인하 씨.

내가 정황을 파악할 만큼만 얘기해주면 되는데…….."

　말끝에 주희가 피식 웃었다. 의도이기도 했지만 진짜 조금 웃음이 나왔다. 남자들이 허세를 떠는 분야는 늘 하찮았다. 그들은 놓친 물고기에 대해, 증명할 길 없는 잠자리에 대해, 조기축구회에서 아슬아슬하게 골대를 빗겨 나간 자신의 멋진 슈팅에 대해 요란하게 허풍을 떨었다. 정치, 경제, 역사, 문화, 예술……. 인간의 삶에 지대한 영향력을 끼치는 중요한 문제에 대해서는 정색했고, 야박한 태도를 취했고, 그럼으로써 지성적인 분위기를 가지려고 애썼다.
　대한민국을 들썩이게 한 살인 사건의 유력 용의자. 화가로서 나름의 세계를 구축하고 있다는 남자. 학교에서 학생들과 동료 교사들에게 존경을 받는 남자. 대한민국 최초 강력범죄 용의자로서 공개적 팬클럽을 가진 남자. 그런 남자가 자신이 용의자가 된 사건 당일 벌어진 일에 대해 설명하는데 '남자들의 허세'라는 불쌍한 저주에 걸린 것 같은 느낌이 들어 그냥 웃음이 나온 것이다.
　매일 저녁 같은 시간 대한민국 인구 가운데 1500만 명 정도 되는 사람들에게 자기 얼굴을 보여주는 여자가, 그 긴 시간 동안 카메라 앞에서 머리카락 한 올 흐트러진 적 없는 여자가, 수천 개의 단어로 구성된 문장을 읽는 동안 발음 한 번 꼬였던 적이 없는 여자가, 자기 등 한복판에 속눈썹이 붙었대도 다른 사람보다 자기가 먼저 알아차리고 자기 손으로 뗀다고 말해도 믿어질 것 같은 여자가, 머리채를 휘어잡혀 바닥에 패대기쳐지고 남자에게 섹스를 해달라고 구걸하다가 '개 같은 년'이라는 욕을 먹으며 그것을 즐겼다는, 그 여자가 그것을 위해 자신의 발아래 무릎 꿇고 구걸했다는 말을 믿으라는 것인가. 주희는 서인하의 변호사가 '정신감정' 운운하며 형량을 줄이려고 들 것에 대비해야 하는 게 아닐까 걱정되기 시작했다.

"안 믿을 줄 알았어요. 나도 매번 놀랐으니까."

주희의 반응에 별다르게 화를 내지 않고 서인하가 이야기를 이어갔다.

"아무튼 뭐 그렇게 소리를 지르고 머리채를 잡은 채 1층 바닥에서 옷을 벗기기 시작해요. 그러면 개처럼 기면서 엉덩이를 쳐들죠."
"서인하 씨."
"아, 알았어요. 그렇게 2층으로 올라가서 섹스를 시작했는데 그날따라 더 보채는 거예요."
"뭐를요?"
"자기 목을 조르라고."
"목을?"
"뭐, 그전에도 가끔 그러고 놀기는 했어요. 그래도 그냥 그런 시늉을 하는 정도였는데, 그날은 자기가 숨을 쉬지 못할 때까지 누르라는 거예요. 그래서 원하는 대로 해줬는데……."

확실히 최선우의 목에는 서인하의 손가락 자국이 선명하게 남아 있었다.

"그러니까 목에 남아 있는 손가락 자국 역시, 섹스 행위 중 흥분해서 우발적으로……."
"흥분한 건 내가 아니에요."

주희가 서인하를 바라봤다. 서인하는 이해력 떨어지는 중학생을 바라보는 과외선생 같은 표정으로 주희를 바라봤다.

"흥분한 최선우가 자기 목을 조르라고, 숨을 못 쉴 만큼 누르라고 했고 난 그대로 해줬다는 겁니다."
"숨이 끊어질 만큼?"
"아니요. 그러지는 못했어요. 진짜 숨을 쉬지 못하는 것 같은 얼굴을 보는 순간 겁이 나서 손을 뗐습니다. 그래서 싸웠어요."
"그래서 싸웠다고?"
"네, 자기는 괜찮은데 내가 손을 떼서 김이 샜다고 했어요."
"김이 샜다……."
"아, 그렇게 말한 게 아니라, 기분이 상해서 나를 밀쳐냈어요. 그래서 나도 기분이 상했습니다."

주희는 서인하의 높은 감도에 내심 놀랐다. 서인하가 말하는 동안 주희는 순간적으로 '뼛속까지 앵커인 최선우가 '김이 샜다' 같은 표현을 썼을까?' 하는 의문을 가졌고, 그것을 확인하기 위해 반문하는 순간 서인하는 그렇게 말하지 않았다고 정정했다.

"아, 뭐 아무튼 그래서 그것 때문에 싸웠고, 생각보다 싸움이 길어져서 나는 그냥 낚시를 하러 나왔습니다."
"그러니까 집에서 나올 때 최선우 씨는……."
"멀쩡했다니까요. 원하는 대로 섹스를 못 해서 화가 나 있었을 뿐입니다."

주희는 국면을 바꾸기 위해 서류를 들춰 보았다. 목이 눌리기는 했지만 직접적 사인은 경추 골절이었다. 액사가 아니었다.

"아마 다락 난간에 걸터앉았다가 떨어졌을 거예요. 위험하니까 그러지 말라고 그렇게 말했는데……."
"난간에서 떨어졌을 거라고요?"
"네, 선우는 완전히 벗고 그 난간에 걸터앉아서 아이처럼 다리를 간당거리는 걸 좋아했어요. 아마 제가 나간 후 그러고 있다가 떨어졌을 겁니다."

서인하의 주장은 그 전제- 유부녀 최선우가 외간 남자와 SM 섹스를 즐겼다-의 황당함만 제외하면 나름 일관성을 갖고 있었다. 증거와 배치되는 오류도 없었다. 서인하의 외설스러운 표현이나 도발은 당황스럽지 않았다. 의외인 부분이 없지 않았으나 강력부 검사로 살면서 봐온 참담한 사건들도 만만치 않았으니까. 서인하의 치기 어린 도발을 받아쳐줄 쿠션은 충분했다. 그런데 서인하의 논리와 증거에 괴리가 없다는 것, 그의 논리에 오류가 없다는 것이 주희를 당황시켰다.

'너무 많은 얘기를 하게 내버려뒀나?'

자기 앞에 온 사람들에 대해 최대한 객관적으로, 선입견이나 편견 없이 듣고 보고 검토하고 묻고 다시 듣고, 그리고 판단하자는 것이 용의자를 대하는 주희의 기본적 태도였다. 주희가 당황함을 무표정으로 감추고 바라보는 시선을 불신으로 해석한 듯 서인하가 초조한 기색으로 말을 붙였다.

"아니, 생각해보세요. 내가 선우를 죽이고 나갔다면 제대로 도망쳐서 숨든가, 아니면 차라리 자수하든가 그랬을 것 아니에요."
"23일 낚시터로 간 거는……."
"진짜 낚시하러 갔어요. 싸우고 열 받아서. 그러니까 그런 식으로 잡혔죠. 나 체포한 형사한테 물어보세요. 내가 도망치다 잡힌 것 같았는지."

이것도 맞는 말이다.

"완전히 푹 잠들어 있었던 건 맞는 것 같습니다."

이 형사는 덩치에 어울리지 않는 표정으로 말했다. 대부분의 일선 형사들은 이런 식으로 상황을 분절해 사실 중심으로 이야기하지 않는다. 그들은 대부분 이렇게 이야기한다.

"완전 늘어져 자고 있었죠."
"자는 척한 거지요."
"자다가 놀라서 튕겨 일어나던데요."

자신이 파악한 상황에 자신의 판단을 얹어 확신으로 이야기한다. 그런데 이 형사는 주희의 질문에 낚시터에서 서인하를 검거하던 당시의 상황을 자세히 떠올리며 신중하게 표현을 골랐다.

"너무 예상 밖의 반응이라 정확하게 기억이 납니다."

이 형사가 변명처럼 설명을 덧붙였다. 주희는 고개를 끄덕이며 호응했다.

"조서에 자세히 써놓으신 거 봤고, 본인도 그렇게 이야기하고 있습니다."
"네, 상당한 저항을 예상하고 인원도 꽤 많이 배치했는데, 그냥 뭐 자기 방에서 밤에 잠자다 도둑맞은 놈처럼 깼습니다."
"그것 때문에 수사 초기에 범인이 아닐 수도 있다고 생각하셨나요?"

이 형사는 쉽게 대답하지 않았다.

"편하게 말씀하셔도 됩니다."
"아, 예. 증거들이 나온 뒤 너무 열 받아서……. 저를 가지고 논

것 같은 느낌이 들었던 기억이 나서……."

"범인이라는 확증이 나오기 전에 서인하가 이 형사께 범인이 아닐 수도 있다는 느낌을 준 것에 화가 나신 건가요?"

"네, 맞습니다. 낚시터에서 검거할 때 그런 느낌을 너무 강하게 받았어요. 그때 당시엔 정말 헛다리 짚은 건가 했으니까요."

검거 당시 상황을 확인한 후 주희는 서인하의 태도에 대한 질문을 했다. 이 형사는 역시 신중하게 대답했다.

"큰소리 지르거나 폭력적인 행동을 할 사람처럼 보이지 않았습니다. 아, 덩치나 이런 걸 보고 판단한 건 아닙니다. 저희도 일선에서 양아치부터 조폭까지 두루 겪어서 진짜 폭력적인 놈들이 호리호리한 경우도 있고, 그런 건 압니다. 그런데 그런 부류들은, 검사님도 아시잖습니까?"

주희는 이 형사가 무엇을 이야기하는지 정확하게 알았다. 목소리도 크고 덩치도 크고 요란하게 문신까지 한 녀석들. 그들은 보여주는 것, 들려주는 것이 전부다. 그러나 호리호리한 체형과 나지막한 목소리, 크지 않은 키, 이런 신체 조건을 가졌으면서 조직에서 상당한 위치까지 올라간 녀석들, 혹은 잔인한 범죄를 저지른 놈들에게는 특유의 분위기가 있었다. 입은 웃으면서 눈은 차갑기 그지없는 시선을 유지하고 있을 때, 그들이 내뿜는 기운에는 일정한 간격으로 제물을 받아먹는 저주받은 물의 근원 같은 서늘함이 있었다.

서인하에게는 그런 기운이 없었다. 하지만 확실히 경찰서에서 보였다는 그 온화하고 예술가 같은 분위기도, 주희는 마주한 적 없었다. 태도를 바꾼 것이다.

'어느 쪽이 진짜인 걸까?'

살아 있는 사람들의 증언이 혼선을 빚고 있다면 죽은 자에게 들어봐야 할 차례였다. 주희가 국립과학수사원의 부검의에게 전화를 연결하려는 순간, 전화가 왔다. 최선우의 남편, 박무현이었다.

피해자의 가족과 함께 부검의를 만나는 것은 경찰들이 하는 일이다. 검찰 조사 단계에서 부검의를 다시 만날 필요가 생길 즈음엔 모든 수사 과정에서 피해자의 가족은 배제되기 마련이다. 일반적으로는.

그러나 이런 피해자, 이런 피해자의 그런 남편, 그런 남편의 저런 아버지가 엮이면 검사에게 어떤 요구라도 할 수 있다. 그리고 검사는 특별한 이유가 없는 한 그 요구에 적극적으로 응답해야 한다. '특별한 이유가 없는 한'이라는 표현은 검사로서의 마지막 체면치레를 위한 사족일 뿐, 박무현은 수사와 관련해 주희에게 어떤 요구라도 할 수 있는 위치에 있었다.

사실 박무현에게는 주희를 거치지 않고서도 그가 원하는 정보를 얻을 수 있는 고급 루트가 얼마든지 있었다. 그러나 서인하를 직접 조사하고 있는 주희를 배제시키고 자기 루트를 이용할 만큼 박무현은 어리석지 않았다. 그는 주희를 통해 직접적인 정보를 들

길 원했다. 그래서 어지간한 부분에서 주희의 영역을 침범하지 않으려고 애쓴다는 것을 보여주곤 했다. 가령, 지금같이 부검의를 만날 때 주희를 젖혀놓고 직접 국립과학수사원에 나타나는 무례는 저지르지 않았다. 주희가 허락한 듯이, 사려 깊은 담당 검사의 배려로 부검의를 만나고 있다는 형식을 차려주는 것이다.

주희는 권력이 있거나, 돈이 있거나, 둘 다 있는 부류의 사람들이 이런 형식을 차리는 것에 익숙하지 않았다. 조금 우스운 느낌도 없지 않았지만 이런 부류의 사람들은 그 형식조차 지키지 않으려는 쪽이 훨씬 많다는 것을 알기에 박무현의 노력을 좋은 마음으로 받아들이기로 했다.

"괜찮으시겠습니까?"

주희는 부검의와 박무현을 소개한 직후 누구에게 던지는 것인지 모를 애매한 질문을 던졌다. 박무현에게는 어떤 정보든 들을 준비가 되어 있느냐는 질문이었고, 부검의에게는 거물을 상대로 눈치 보지 않으면서 있는 그대로 말할 자신이 있느냐는 뜻이었다. 이공계인 부검의보다 외교관인 박무현이 훨씬 빨리 질문의 의도를 알아차린 것은 당연했다.

"저한테 마음 쓰실 것 없이 있는 그대로 말씀하시면 됩니다."

그러면서 주희를 보고 다시 확인해주었다.

"검사님도 어떤 질문을 하시건 상관없습니다."

꽤 당당해 보였다. 자신의 죽은 아내에게 완벽한 신뢰를 지닌 남편다운 표정과 자세였다. 그러나 그 표정과 자세는 그리 오래 가지 않았다.

"보고서에 쓰인 대로 직접 사인은 경추 골절과 뇌출혈입니다."
"액사는 아니라는 말씀이죠?"
"네, 목에 손가락 자국이 있는 건 맞는데, 뭐 숨 끊어놓을 만큼 조른 거는 아니고."
"그러면 추락사라고 봐도 되겠습니까?"
"뭐, 그렇다고 봐야죠."

추락사라면 살인이 아니라 사고사가 될 확률이 높아진다. 서인하가 살의를 갖고 밀었다는 증거를 찾지 못하면 서인하에게 걸 수 있는 죄목은 '과실치사'. 구형 가능한 형량이 형편없이 낮아진다. 박무현의 표정이 굳기 시작했다.

"아휴, 그때 너무 재촉해대니까 찾아낸 증거들만 1차 보고 형태로 정리한 거라……."
"네, 알고 있습니다. 그러면 강간에 관한 흔적은……?"
"그것도……."

부검의는 박무현의 얼굴을 힐끗 훔쳐보듯 일별했다. 있는 그대로 이야기하라고 했다지만 남편이 들어도 될 내용인지 확신이 서지 않은 듯했다. 대신 주희가 말했다.

"질에서 발견된 정액이 서인하의 DNA와 일치한다는 내용은 확인했습니다. 서혜부 부근의 상처에 대해서는……."
"예, 그게, 상처가 없지는 않은데 그 정도가 애매한 게 사실입니다."
"애매하다면?"
"강간에 의한 상처로 보기엔 좀……. 아주 과격한 섹스에 의한 상처 쪽에 가까운……."

박무현은 찻잔을 들어 차를 마시는 행동으로 부검의의 입을 다물게 했다. 부검의는 황급하게 말을 덧붙였다.

"아, 하지만 여성이 저항할 수 없는 상태로, 그러니까 결박 상태에서 강간이 행해졌을 경우, 이 정도 상처만 남을 수도 있습니다. 네, 그렇죠."

박무현이 입을 뗐다. 그의 목소리는 갈라져 있었다.

"결박에 의한 상처가 있습니까?"

부검의는 중학교 2학년 남자 아이가 게임이 끝나가는 순간 나타난 아이템을 받아먹으며 감사해하는 것 같은 마음을 감추지 않고 박무현의 말을 받았다.

"있습니다! 예, 있었지요. 손에 묶인 자국이 분명히 있었습니다. 제가 보고서에도 그렇게 썼습니다, 분명히."

박무현이 천천히 찻잔을 내려놓았다. 게임이 끝났다는 듯.
그러나 주희는 서인하의 말을 떠올렸다.

"선우는 묶이는 걸 좋아했어요."

주희에게는 부검의에게 답을 듣고 싶은 마지막 질문이 있었다.

"손목에 난 밧줄 자국은 강압에 의한, 폭력적인 자국인가요, 아니면 SM 플레이를 하는 남녀가 서로의 몸에 낼 수 있는 정도의 자국인가요?"

그러나 주희는 이 질문을 하지 않았다. 박무현을 배려하거나 그의 집안에 맞설 용기가 없어서라기보다 주희 자신이 부검의에게 듣게 될 답이 무서웠기 때문이다. 어쩐지 들어서는 안 될 답을 듣게 될 것 같았기 때문이다.

"잠깐 시간을 내주실 수 있습니까?"

국립과학수사원에서 나온 박무현은 다시 한번 '형식'을 차려 주희에게 시간을 내달라고 요청했다. 주희가 주변에서 차를 마실 만한 장소를 찾으려 두리번거리자 박무현은 자신의 집으로 같이 가자고 했다. 건물 앞에는 박무현의 기사가 최고급 승용차를 대기시키고 서 있었다. 주희가 주차장에서 차를 빼 올 테니 기다려달라고 하자 박무현이 키를 달라고 했다. 검사라는 직업을 가진 인격들은 그 직업에 오래 종사하는 동안 생기는 고집도 있지만 애초에 다른 사람 말을 잘 안 듣고 안 믿는 성격인 경우가 많은 편이다. 다른 사람의 말 잘 듣고 잘 믿는 좋은 성격은 검사라는 직업에 그다지 좋은 적성은 아니다. 주희는 자기 차 키를 손에 꼭 쥔 채 박무현에게 이야기했다.

"앞서 가시면 뒤따라가겠습니다."
"시간을 아끼는 게 어떨까요? 제 차는 제가 운전하고, 검사님 차는 제 기사가 운전해서 따라오게 하면, 가면서 이야기를 나눌 수 있을 것 같습니다만……."

주희가 결정하기 전 박무현을 바라보며 생각을 정리한 시간은 사실 3초를 넘기지 않았다. 그 짧은 순간, 여러 가지 생각이 동시에 떠오르며 주희는 박무현에 대한 생각을 조합하기 시작했다. 제한된 시간에 많은 문서를 읽고 외우고 분석하고 조합하는 것이 업무의 대부분인 검사들이 일반적으로 겪는 직업병 중 하나이기도 했다.

'뭐 이렇게 만화 같은 말투를 쓰지? 외교관이라 일상생활에서도 번역체가 튀어나오나? 같습니다만, 이라니. 웃기잖아. 시간을 아낄 수 있는 방법인 것은 맞는데……. 직접 운전할 줄은 아는 건가? 연애할 때도 이런 식으로 했을까? 최선우라면 이런 경우에 어울리는 답변을 잘했겠지. 잘 어울리는 커플이었을 거야. 집이라……. 이쪽에서도 가보고 싶은 장소이기는 하지.'

게다가 운전하는 사람은 집중력이 흐트러지게 마련이라 본의 아니게 진심과 감추고 싶은 진실 같은 것을 툭 흘릴 수도 있다. 운전하는 박무현과의 대화는 나쁘지 않은 거래 조건이었다. 주희는 박무현의 요구 때문이 아니라 이 같은 자신의 판단에 따라 기사에게 자신의 차 키를 건네주었다. 샌드위치 빈껍데기와 다 마신 커피 컵 두 개와 빈 생수병 세 개, 유사시 신는 운동화와 이런저런 자료 및 책이 뒤엉켜 자동차 껍데기를 쓰고 있지만 사실은 쓰레기통인 그것을 부디 욕하지 말고 잘 끌고 와주기를 바라며.

차에 탄 박무현이 의외의 직격탄을 날렸다.

"서인하가 내 아내와 부적절한 관계를 맺고 있었고, 그들 사이에 격렬한 육체적 관계가 있어서 그런 상처가 났을 수도 있다고 생각하십니까?"

"제가 왜 그렇게 생각한다고 추측하셨는지 말씀해주시겠습니까?"

"내 생각이 중요합니까?"

"생각으로 말씀하시는 게 아니라 수사 상황에 관한 정보를 들으신 거라면……."

"어디서 누구한테 무엇을 들었느냐를 짚어가며 이야기를 나눌 만큼 여유가 있습니까?"

주희가 무언가 답하기 위해 입을 떼려는 순간, 박무현이 말을 이었다.

"검사님."

그리고 보기에는 회장님을 모시고 우아하게 다니는 리무진처럼 생긴 차가 사실은 아주 날렵하고 순발력이 좋아 슈퍼카를 끌고 도심에서 장난질치는 20대들과 겨루어도 부족함이 없는 차라는 것을 보여주려는 것처럼 속도를 올렸다. 거친 운전으로 조수석에 앉은 사람을 불안하게 만들려는 얕은 치기는 아니었다. 박무현이 자신의 내부에 하루하루 차곡차곡 차오르는 분노의 질량을 운전으로 전하고 있다는 느낌에 가까웠다.

"아내와 데이트할 때, 경호원들을 따돌리고 단둘이 있고 싶을 때 운전한 것을 제외하고 내가 핸들을 잡을 일은 없었습니다. 그런데 정말 몇 년 만에 운전을 하고 있군요. 검사님의 시간을 줄여드리기 위해서. 내 아내가 하루라도 빨리 편안하게 쉴 수 있도록 해주기 위해서."

박무현은 주희의 대답을 듣지 않고 계속 말을 이어갔다.

"내가 어디서 정보를 듣건, 어떤 절차를 어떻게 깨고 들어가건 검사님은 사건에 집중해주시면 좋겠습니다."

주희는 침묵으로 대답을 대신했다. 서인하가 강간이 아닌 화간을 주장하고 있고, 그들의 섹스가 변태적으로 이뤄졌다고 증언하고 있다는 사실이 박무현에게 흘러 들어갔다면, 그건 박무현의 잘못이 아니라 주희가 내부 단속을 못 한 탓이다. 그것을 갖고 유가족에게 절차 운운하는 것은 치졸한 행동이다.

"그러면 이제 검사님의 생각을 들려주시겠습니까? 내 아내의 몸에 생긴 상처가……."

주희는 박무현이 고통스러운 표현을 반복하지 않도록 말을 끊었다.

"서인하가 그렇게 주장하고 있습니다. 그에 관해 부검의에게 의학적 소견을 청취한 것뿐입니다. 아직 어떤 판단을 하고 있지는 않습니다."
"절대 그럴 리 없다고 믿지는 않는군요."
"검사는 무엇인가를 믿거나 자신의 생각과 의지로 판단하지 않습니다. 사실로 확인된 증거를 통해……."
"그렇습니까?"

차를 세우며 박무현이 말했다. 어느새 담장 끝이 정확히 어디까지인지 알 수 없는 저택 앞에 차가 멈춰 섰다.

"나만 알고 있는 내 아내에 관한 '사실'을 확인시켜드리죠."

박무현이 단호한 기세로 차에서 내리며 이야기했다.

　한 울타리 안에 조모님의 집과 부모님의 집과 출가한 형제자매의 저택이 각각 자리 잡은 구조였다. 주택을 관리하는 사람들이 거주하는 숙소가 따로 있는 듯했다. 울타리 안에서만 돌아다니는 골프 카트 같은 차량으로 관리자들이 돌아다니고 있었다. 그냥 크다는 의미로 쓰이는 '대궐 같다'가 아니라 진짜 왕조시대의 궁궐처럼 동궁전이니 중궁전이니 하는 방식으로 각자의 건물을 소유하고 한 울타리에 살고 있었다.
　주희는 이 집이 주는 느낌에 함몰되지 않기 위해 의도적인 노력이 필요하다는 것을 느꼈다. '이렇게 사는 여자가 뭐가 아쉬워서 중학교 미술 선생이랑……' 이런 식으로 판단이 흐를 수도 있고, '보이지 않는 울타리에 숨이 막혀서 일탈을 했던 걸까?' 이런 식으로 판단이 흐를 수도 있었다. 박무현이 어떤 의도를 갖고 자신의 대궐을 보여주려 했다면, 그 의도를 읽되 그의 의도대로 주희 자신의 생각이 흘러서는 안 될 일이었다.
　하지만 차에서 내려 성큼성큼 자기 집으로 들어가는 박무현에게선 그런 의도가 보이지 않았다. 마치 집 안 어딘가에 중요한 증거물을 감춰둔 사람처럼 그는 확신에 차서 앞장서 걸어갔다. 그에게는 이런 식의 주거 형태를 처음 본 사람이 어떤 생각을 가질 것인지, 어떤 느낌으로 자신을 바라보게 될 것인지에 대한 기대나 으스댐이 없었다. 주희는 박무현을 따라 그의 집으로 들어갔다.

주희의 예상을 크게 벗어난 인테리어는 아니었다. 적절하게 클래식하고 적절하게 모던한 집이었다. 그러니까 기본적인 구조나 건축에 쓰인 자재는 오래되고 견실한 건축물의 느낌이 물씬 나는 원목이지만 가구와 커튼, 소품 들은 그 중후함을 훼손시키지 않으면서 세련됨을 더하는 디자이너들의 작품이었다. 인테리어에 조금만 식견이 있었더라도 응접실에서 최소한 걸음이라도 한 번 멈췄겠지만, 주희는 그저 '좋군'이라는 느낌으로 지나쳤을 뿐이다.

박무현은 응접실을 지나 서재 문을 열었다. 주희의 발길을 잡은 것은 오히려 서재를 채우고 있는 책이었다. 한쪽은 그러려니 한 책들로 가득했다. 시사, 정치, 경제 분야의 하드커버 원서들. 그런데 한쪽은 1980년대 느낌이 물씬 나는 민음사의 시집이 가지런히 꽂혀 있었다. 어지간한 서점의 시 코너보다 훨씬 많을 듯했다. 그 아래 칸에는 이상문학상 수상집이 연도별로 정리돼 있었다.

책을 뽑아봐도 되겠는가 하는 시선으로 박무현을 돌아보았다. 박무현이 고개를 끄덕였다. 대충 들어본 것 같은 시인의 이름을 찾아 시집을 뺐다. 시집에는 손때가 묻어 있었다. 시집을 펼치자 곳곳에 색연필로 밑줄이 그어져 있었다. 그 옆에는 가지런한 글씨체로 키워드가 쓰여 있었다. '자아(自我)'라거나 '아가페(agape)' 혹은 아이콘화된 그림들. 소녀적인 감성보다는 어른스럽고 철학적인 시였고 그에 걸맞은 메모들이었다. 몇 권을 더 뽑아봤지만 장식용

책이 아닌 것은 확실했다. 주희의 의심스러운 마음을 알아차린 듯 박무현이 입을 열었다.

"앵커로 텔레비전에 비치는 모습은 그 사람의 아주 작은 단면에 불과합니다. 원래 시를 좋아했고 깊은 감수성을 가진 사람이었습니다."

"그러셨군요."

주희는 순순히 동의했다. 이렇게 고전적인 방식으로 책을 읽을 거라고는 생각하지 못했다. 그것도 시를. 최고급 기종의 디바이스로 시사 관련 전자책을 읽거나 해외 오트쿠티르 관련 잡지를 읽을 거라고 짐작했다. 적극적으로 짐작했다기보다는 그저 그런 이미지일 거라고 단정하고는, 그 외에 뭔가 더 있을 거라는 생각을 하지 않았다는 게 맞을 것이다.

박무현이 옆방으로 통하는 미닫이문을 열고 나갔다. 마치 그들 부부가 서재에서 각자 읽을 책을 뽑아 그렇게 걸음을 옮기곤 했다는 듯, 동선을 보여주며 박무현이 앞장서서 보여준 공간은 개인 음악 감상실 같은 공간이었다. 백화점에서 흔히 볼 수 있는 최첨단 AV세트가 아니었다. 턴테이블과 진공관, 그리고 이름을 알 수 없는 몇 개의 나무 프레임 장치들과 구석구석 놓여 있는 스피커가 잎사귀가 큼직한 실내용 화분들 사이에 적당하고 안락하게 자리 잡고 있었다.

스피커를 향해 앉을 수 있도록 안락한 소파 두 개가 나란히 놓여 있었다. 부담스러운 반발력을 지닌 고급 가죽 소파가 아니라 한

눈에 보기에도 꽤 편안하게 몸을 감쌀 것 같은 패브릭 소파였다. 발치엔 같은 색 계열의 아토망이 앙증맞게 자리하고 있었다. 두 소파 사이엔 작은 티 테이블이 있고, 테이블 위에는 부부의 단란한 사진이 들어 있는 액자가 몇 개 놓여 있었다. 박무현이 벽처럼 보이는 곳을 밀자 벽장문이 열리고 한쪽 벽면을 가득 채운 LP 진열장이 나타났다. 방송국이나 LP바에 버금가는 규모였다.

"그 사람이 혼수로 최고급 오디오 시스템을 해 왔습니다. 그런데 제가 어느 강의를 듣고 와서 CD나 파일로 음악을 듣는 게 몸에 피로를 쌓이게 한다고 하더라고 했죠. 그날로 처분하고 턴테이블을 들여놓고, 제가 모아둔 CD들의 리스트를 작성해서 LP로 바꿔놓기 시작했습니다. 고생스러우니까 하지 말라고 했지만 자긴 방송국에서 일하니까 그렇게 어렵지 않다고 했습니다."

박무현은 주희에게 등이 보이도록 LP들을 향해 완전히 돌아섰다. 바지 주머니에 한 손을 찔러 넣고 선 그의 등은 단단했지만 그가 감정을 드러내지 않기 위해 애를 쓰고 있다는 것까지 감출 만큼 꼿꼿하지는 못했다.

"일 끝나고 집에 돌아와 그 사람이랑 이 방에서 음악을 듣는 시간이……"

그의 목소리가 떨렸다. 말을 더 하지 않는 게 낫겠다고 판단한 듯 그가 돌아섰다.

"이쪽으로 오시죠."

박무현이 주희에게 무엇을 보여주고 싶은 것인지 충분히 알 수 있었다. 주희는 피해자 최선우에게 의외의 모습이 있다는 것도 인정할 수 있었다. 하지만 박무현이 그다음에 보여준 것은 조금 더 강렬했다.

"속옷은 언제나 자기가 빨아서 자기 손으로 개켜 정리해놨습니다."

그렇게 말하며 박무현이 열어 보인 것은 드레스룸의 속옷장이었다. 입주 가정부가 적어도 둘 이상일 집에서 속옷을 자기 손으로 빤다는 것은, 꽤 교양 있는 집에서 자란 훌륭한 며느리의 칭찬받을 만한 행동이다. 남편을 위해 LP판을 사 모으고 다니는 여자가 할 법한 행동이다. 하지만 서랍 속 그녀의 속옷 색깔은 그런 것들과 조금 다른 얘기였다. 그녀의 팬티들은 100% 흰색뿐이었다.

색깔 없는 팬티를 사는 것이 오히려 어려운 세상이다. 한 채널 건너 하나씩 나오는 홈쇼핑 방송에서 마네킹에 입혀놓은 8세트 9만 9천 원짜리도 원색에 파스텔컬러까지 다양했고, 레이스는 넓이가 다를 뿐 기본적으로 달려 있었다. 하지만 그녀의 속옷은 레이스도 색깔도 없었다. 그리고 완전히 흰색이었다.

흰색 속옷을 빨아본 사람은 그 흰색을 유지하는 것이 얼마나 어려운 일인지 안다. 시간이 지나면 섬유가 낡고, 그러면 아무리 빨아도 완전한 백색을 유지하는 게 힘들다. 그런데 최선우의 속옷은 완벽한 백색이었다. 가구점에서 손님들에게 전시하기 위해 디스플레이를 해놓은 듯 각 잡혀 채워진 속옷들은 징그럽게 흰색이었다. 주희가 놀라움을 감추지 못하자 박무현은 그제야 만족한 듯했다.

여유를 찾은 박무현은 이제 주희를 놓아주겠다는 듯 차를 대기시키라고 했다. 궁궐에서 나오며 자기 차를 발견한 주희는 이런 경우 차라리 차가 없는 것이 나을까, 이렇게 처참한 상태라도 차가 있는 것이 나을까 잠깐 생각했다. 그러나 박무현은 자신의 궁궐이 지닌 위압감을 의식하지 않았듯 주희의 낡아빠진 차를 의식하지 않은 채 운전석 문을 손수 열어주며 깍듯하게 예의를 차렸다.

"감사합니다."
"우리는……."

차에 타려던 주희를 박무현의 목소리가 잡았다. 주희가 바라보자 박무현이 차 문을 잡은 채 이야기했다.

"부부였습니다."

그걸 부정한 적 없는 주희는 다음 이야기를 기다렸다.

"그냥 법으로 묶인 사람들이 아니라, 그 사람이 열 감기에 걸려 며칠씩 머리를 못 감은 모습도 봤고, 잠자리를 하면서 그 사람이 어떻게 안아주는 걸 좋아하는지, 뭘 싫어하는지, 어느 한순간 타고난 품위를 버리지 못한, 못해서……."

"네, 이해했습니다."

진심이었다. 정략결혼이 아니라고 우기는 게 우스울 만한 집안이고 사람들이었지만, 최선우가 실종된 후 박무현이 보인 태도나, 최선우가 집 안에 남겨놓은 흔적은 그들이 꽤 진심을 나누며 살았다는 것을 증명하고 있었다.
박무현은, 이번에는 감정을 누르지 않고 이야기했다.

"내 아내지만 난 아내를 존경하고 사랑했습니다."
"네……."

한순간 품위를 버리지 못해서, 라는 말에선 여러 가지를 상상할 수 있었다. 침대에서까지 품위를 버리지 못하는 아내, 여자. 남자로, 남편으로 아쉬운 부분이 있었을 것이다. 그러나 박무현은 그런 아내를 존경했다고 이야기했다. 아마, 진심일 것이다.

"그 사람이 그런 놈한테 잡혀서 손목을 묶이고……."

박무현의 내부에서 끓어오르는 분노가 고스란히 흘러나왔다. 존경하고 사랑해서 존중했고 아꼈던 자신의 여자가 문자 그대로 '능욕'을 당한 증거가 나왔는데, 이성을 갖추고 예의를 차리는 게 놀라운 일일 것이다. 주희는 일단 자기 안에 싹트던 의심을 지우는 것으로 박무현의 분노에 대답하기로 했다. 주희가 고개를 끄덕이며 이야기했다.

"무슨 말씀인지, 어떤 의미인지 충분히 이해했습니다."
"모욕당하지 않겠습니다."

가벼운 한숨이 나올 것 같은 느낌에 주희는 눈을 내리깔며 답했다.

"네."

박무현이 말을 멈췄다. 시선을 드는 주희와 박무현의 눈이 마주쳤다. 박무현은 기다렸다는 듯 입을 뗐다. 상처 입은 남편의 얼굴에 권력자의 눈빛이 얹혀 있었다.

"내 말을 정확히 이해했기 바랍니다. 내 아내에 대한 모욕은 나와 내 집안에 대한 것과 같습니다."

주희는 박무현 너머로 그가 등지고 있는 궁궐을 보았다. 여전히 담장은 끝이 보이지 않았고, 그 안에 있는 집이 몇 채인지도 확인할 수 없었다. 전체를 다 보기에 너무 컸다.

　　　　　　　　　⌒

"술요? 선우 알코올 사건 유명해요, 이쪽에서는."

아나운서 동기 가운데 최선우와 가장 친했다는 아침뉴스 아나운서는 마치 백과사전에 다 써 있는데 그걸 몰랐냐는 듯 이야기했다.

박무현의 집에서 나오다가 갑자기 최선우의 주량을 확인해봐야 겠다는 생각이 든 것은, 최선우의 새하얀 속옷이 준 깊은 인상과 서인하가 주장한 최선우의 모습 사이에 너무 큰 차이가 존재한다는 것을 확인했기 때문이었다. 그 차이를 무언가로 다시 확증받고 싶은 마음, 더 정확하게는 객관적인 증거로 서인하가 틀렸다는 것을 확인하고 싶은 마음이었다. 그래야 편하게 잠을 잘 수 있을 것 같았다. 그만큼 박무현이 보여준 분노와 절망감, 그리고 자신의 배경을 온전히 드러내며 보여준 압력은 적지 않았다.

최선우의 주량을 잘 아는 것은 결혼 전부터 오랜 시간 함께 지내온 동료일 텐데, 동료라면 결국 아나운서들이다. 연예인에 준하는 그들을 사전 약속 없이 한두 시간 안에 만날 수 있을까 싶었지만 최선우 사건을 수사하는 데 있어 불가능한 것은 없었다.

최선우가 잔인하게 살해됐다는 '사실'을 뒷받침할 증거를 찾아내기 위해서라면, 서인하가 패악무도한 사이코 범죄자라는 것을 '입증'할 자료를 보충하기 위해서라면 대한민국 안에서 못 들어갈 곳이 없는 듯했다. 그러나 모든 문이 너무 쉽게 열릴수록 주희는 자신이 검사로서 일하는 것이 아니라 최선우와 그 유족들, 대중이 내려놓은 결론을 향해 정해진 역할을 감당하는 부속품 같다는 느낌을 지울 수 없었다.

그렇다고 주희 자신이 다른 결론을 내리고 있다는 뜻은 아니었다. 박무현을 만난 후에는 더욱 그러했다. 하지만 검사가, 검사인데 후루룩 뚝딱 해버린 듯 수사 내용이 부실하기 짝이 없고, 피의자가 완벽한 논리로 무죄를 주장한다고 해서 그 결론을 믿고 갈 수는 없는 노릇이었다. 보다 납득 가능한 결론에 이르기 위해 주희에게는 보다 확실한 증거들이 필요했다.

"나랑 동기예요, 선우가. 입사하고 첫 회식 자리에서 어느 조직에서나 그렇듯 신입들한테 신고식 비슷하게 술잔이 돌았어요. 술 못해요, 안 해요. 뭐 내숭일 수도 있지요. 그런데 선우가 소주잔을 받고 한참 고민을 하더라고요. 그러더니 자기는 정말 술을 못 마시는데, 그래도 한번 마셔는 보겠다고 했어요."
"그전에는 안 마셔봤대요? 대학 다닐 동안 한 번도?"
"회식 자리에 가는 동안 자기는 정말 체질상 술이 안 받는다는 말을 한 걸 보면, 학생 때 무슨 경험이 있었던 것 같았어요. 아무튼 그래도 용기를 낸다니까 선배들도 오오, 뭐 그러고. 입사 때부터 주목 받던 애였으니까요."

그녀는 죽은 최선우에게 느낀 질투의 감정을 숨기지 않았다. 굉장한 사건에 휘말려 죽었는데도 과장된 애도의 느낌도 담지 않았다. 마치 동남아 정도로 여행 간 동기의 옛날 에피소드를 들려주듯 이야기했다. 주희는 그녀의 이야기를 믿어도 된다고 확신했다.

"아무튼 그래서 쭉 들이켰는데, 진짜 다들 그날 혼비백산했어요. 구급차 오고 난리였거든요."
"구급차요?"
"마시고 5분 지났나. 애가 그냥 갑자기 쿵 쓰러지는 거예요. 갈빗집이었거든요. 신발 벗고 들어가 앉는 데. 내가 바로 앞에 앉아 있었는데, 진짜 깜짝 놀랐어요."

"쓰러졌다고요?"

"술 마시자마자 애가 얼굴이 진짜, 난 사람 얼굴이 그렇게 짧은 시간에 그렇게 하얗게 변할 수 있다는 거 내 눈으로 봤으니까 믿지. 순식간에 새하얗게 질려서 제가 괜찮으냐고 물어봤거든요. 그랬더니, '나 좀 어지러워. 어떡하지' 그러더니 그야말로 완전히 쿵 앞으로 쓰러지는데, 그때 나랑 옆에 있던 남자가 동시에 잡아서 이마가 불판에 안 닿았지 안 그랬으면 뉴스룸에 들어가보지도 못할 뻔했잖아요."

"그래서 구급차가 왔나요?"

"네, 하루 입원했다가 나왔어요. 그 이후엔 뭐 술자리 완전 면제 받았죠."

서인하는 최선우가 술 마시고 하는 섹스를 즐겼다고 했다. 그의 거짓말 하나가 입증됐다.

"진짜로 얼굴이 하얘지고, 진짜로 쓰러졌을 겁니다. 마신 게 소주였다면."

동료 아나운서의 증언으로 서인하의 진술이 완벽하게 거짓말이라는 것을 확신하고 다시 시작된 신문에서 서인하는 아무런 동요도 없이 피식 웃으며 주희의 말문을 막았다.

"소주였죠? 선우가 그 회식 자리라는 데서 마시고 쓰러진 거."

주희는 소주라는 것을 확실하게 알고 있었지만 마치 사실 확인을 한다는 듯 무의미하게 서류철을 뒤적였다. 그렇게 서인하의 시선을 피하면서 질문을 던져보았다.

"주종에 따라 신체 반응이 완전히 다른 체질이었다는 건가?"
"그러게요. 신기하죠? 샴페인을 마시면 괜찮았어요. 많이는 아니지만 세 잔 정도. 딱 기분 좋게 섹스할 수 있는 정도였죠."

주희가 서류철을 덮으며 서인하를 바라보았다. 서인하는 빙글빙글 웃음까지 짓고 있었다.

"주종에 대해서는 다시 확인하겠지만, 최선우 씨가 샴페인만큼은 즐기면서 마실 수 있다는 것을 확인해줄 사람도 없을 것 같은데……."
"그게 또 하나의 내 증거입니다."
"……?"
"다른 사람들은 아무도 모르는 최선우의 모습을 내가 알고 있다는 거, 말했잖아요."
"서인하 씨."
"최선우가 대중에게 보여준 모습에 대한 모든 선입견을 버리고 내 얘기를 들으면 내가 미친놈 헛소리하는 게 아니라는 걸 알 거예요. 세상 사람들이 알고 있는 선우의 모습은……."

"전부가 아니죠."

주희가 서인하의 말을 잘랐다. 서인하는 '의왼데?'라는 듯 눈을 조금 크게 뜨고 주희를 바라보았다. 주희는 박무현의 집에서 보았던 시집과 새하얀 속옷을 떠올렸다. 그리고 확신을 갖고 서인하에게 이야기했다.

"최선우 씨는 대중에게 알려진 것보다 훨씬 고전적인 사람이더군요. 현모양처에 정숙하기 이를 데 없는. 살아생전에 만났으면 나는 그 사람을 좀 지루하게 생각했을 것 같아요."

서인하가 어이없다는 듯 웃음을 터트렸다. 그가 반박하고 싶어서 입술을 달싹이는 것을 보며 주희는 빠르게 말을 이었다.

"알려진 것과 다른 그 모습에 대해서는 객관적인 증거물이 나왔습니다. 그런데 서인하 씨가 말하는 최선우 씨의 모습을 뒷받침할 증거는 어디 있습니까?"
"증거를 어떻게 남겨요? 세상 사람들에게 보여주기 싫은, 보여줄 수 없는 모습을 내 앞에서 드러낸 건데, 내가 아닌 누구 앞에서도 그런 모습을 보여준 적 없죠, 당연히."
"그래서 술을 마시고 외간남자와 피학적인 섹스를 즐겼다는 어떤 증거도, 증인도 없다는 거죠?"

서인하는 잠시 망설이듯 고개를 숙였다. 잠시 후 고개를 들었을 때 서인하는 이런 얘기까지는 안 하려고 했는데 어쩔 수 없다는 느낌을 온몸과 얼굴로 드러내며 이야기했다.

"좋은 집안, 좋은 대학, 완벽한 외모, 단단한 실력, 재수 없기 딱 좋은데 술도 못 마신다. 그러면 여자 동료들한테 밉상되고, 남자들은 끊임없이 술 한 잔 먹여보려고 덤빌 테고. 그러느니 소주 한 잔 털어넣고 병원 실려 가는 게 나을 것 같아서 먹고 뻗었다고, 그렇게 얘기했죠. 샴페인을 세 잔째 마시면서."

주희는 서인하의 눈빛과 손동작과 몸짓을 유심히 살폈다. 거짓말일까, 망상일까. 0.01%라도 진실에 가까운 조각은 없을까? 그때 박무현의 마지막 말이 생각난 것은 주희에게 다행스러운 일이었다.

"모욕당하지 않겠습니다."

박무현의 눈빛과 한 음절씩 끊듯 말해 자신의 의지를 실어 보내던 목소리가 주희의 머릿속에서 선명하게 재생됐다. 주희는 서류철을 덮으며 선언하듯 이야기했다.

"사회의 기본 통념과 보편적 인식에 반하는 내용에 대해 증인과 증거가 없어 확인할 수 없는 상태의 것을 사실이라고 말하는 걸 뭐라고 부르는지 압니까?"
"……"

"주장, 억지 주장이라고 합니다."

주희가 자리에서 일어서자 서인하는 큭큭거리며 웃었다.

"최선우가 가장 숨 막혀 한 게 바로 그겁니다. 사회의 기본 통념과 또 뭐라고? 보편적 인식? 그걸로 자기를 얽어매고 있는 거. 그게 끔찍하게 싫다고 했다고, 그 여자가."

주희는 더 이상 듣지 않고 조사실을 나왔으나 서인하는 계속해서 최선우가 박살내고 싶어 했던 것들과 그것 때문에 견디지 못했다고 외쳐댔다.

'문화'라는 말을 붙여 그럴듯한 느낌을 주고, 그럴듯한 해석을 붙이고 아는 체하는 것을 좋아하는 편은 아니지만 주희는 '주류 문화'라는 표현에는 나름 근거가 있다고 생각하는 편이다. 소주를 마시는 환경과 함께 먹는 음식과 그것을 나눌 만한 관계에 대해 대부분의 사람이 동의하는 범주가 있다. 마찬가지로 와인이나 위스키, 막걸리, 맥주, 칵테일 등등 주종에 따라 연상되는 장소는 다르다. 그것을 즐기는 사람들에 대해서도 마찬가지. 마천루 불빛이 내려다보이는 고층 빌딩 펜트하우스에서 소주병을 들고 나발을 부는 사람에겐 뭔가 심각한 결함이 있어 보이고, 고시촌 작은 방에서 몰트위스키를 마신다면 그 역시 문제가 있어 보이는 것이 분명하다.

이 검사와 주희는 지글지글 기름 소리가 날 것 같은 재래시장에서 김치전을 안주 삼아 소주잔을 기울이는 문화에 익숙한 사람들이었다. 심각한 사건을 깔끔하게 끝냈을 때, 보이지 않는 힘으로 조사를 강제종료 당한 날 저녁. 혼자건 둘이건 셋이건 좌석이 정해져 있지 않은 긴 의자에 엉덩이 붙이고 앉아 나누는 술잔. 김치전. 그리고 '건배'라거나 '원샷' 같은 말을 하지 않아도 술잔을 채우면 가볍게 잔을 부딪치고 말끔하게 잔을 비우는 서로의 습관에 익숙한 사람들끼리 나누는 시간은 나름 소중했다.

주희가 너무 깔끔하게 넘어가는 소주에 울컥한 느낌이 든 것은 그러니까 소주 잘못이 아니었다. 김치전은 여전히 맛있고, 이 검사도 별다른 이야기 없이 술을 쳐주고 있었다. 문제는 주희의 머릿속이었다. 샴페인은 즐기지만 소주는 단 한 잔에 구급차를 부를 만큼 소화시키지 못했다는 피살자의 이야기를 들은 저녁에 마시는 소주는 주희의 생각을 최선우에게 집중시켰다.

'정말로 소주는 못 마시고 샴페인은 즐긴다는 게 말이 될까?'

서인하의 면전에서는 억지 주장이라고 단언하고 나왔지만, 믿을 수 없는 최선우의 주종 문제가 잘못 삼켜 가로걸린 비타민제처럼 꾸역꾸역 생각을 밀어올리고 있었다.

"그래서 왜 죽였대?"

이 검사가 잔을 채우며 주희의 의식을 불러왔다. 주희는 그 말이 무슨 뜻인지 한번에 이해되지 않았다. 그래서 대답을 못 한 채 이 검사를 멀뚱히 바라보았다. 이 검사가 김치전을 큼지막하게 찢어 입에 넣고 우물거리며 대답을 기다렸다. 하지만 주희가 그저 멀뚱히 바라보자 이 검사는 잔을 들며 설명으로 다시 질문을 던졌다.

"그 자식, 입 열었다면서. 왜 죽였대?"

무슨 질문인지 이해한 주희는 이 검사가 들고 있는 잔에 자기 잔을 가볍게 부딪친 후 한입에 털어 넣었다. 술술 잘 넘어갔다. 주희는 어른이, 멀쩡한 사람이 정말 이 술 한 잔으로 얼굴이 하얗게 질려 쓰러질 수 있는 건지 이해가 되지 않아 빈 잔을 뚫어지게 보았다.

"왜, 왜? 싱거워?"

주희는 목에 걸린 비타민을 삼키지 않고 뱉어내 다시 확인하기로 했다.

"선배, 나 샴페인 사줄래요?"

느닷없는 주희의 요구에 이 검사는 30초 정도 멀뚱히 바라보다가 두말 않고 일어났다.

"그럼 여기 계산해."

두 사람이 옮겨간 와인바는 지나치게 화려하거나 와인 지상주의자들에게 아부하는 듯한 분위기가 아니었다. 소주, 맥주 마시던 사람들이 어쩐지 기분 전환 하고 싶어 찾아갈 수 있는 수준의 와인바. 그래도 2층 창밖으로 고만고만한 옷가게와 카페의 불빛이 예쁘게 내려다보이고 익숙한 재즈가 흘러 분위기가 나쁘지 않았다. 이 검사는 샴페인을 외치는 주희를 위해 '뵈뵈클리코'라는 여자 이름의 샴페인을 주문했다. 서빙하는 곱상한 청년이 길쭉한 샴페인 잔을 놓고 가자 주희는 빨리 따르라는 듯 이 검사를 보았다.

"칠링 좀 해서 마시자."

샴페인 병은 얼음 통에 담겨 있었다. 주희가 병을 들어 자기 잔에 따랐다.

"나 그렇게 민감한 스타일 아니잖아요."

"야, 야" 하고 말리는 이 검사를 모른 체하며 주희는 꿀꺽꿀꺽 단숨에 잔을 비웠다. 그러고는 인상을 북 그었다.

"왜?"
"달아."
"소주 마시던 입에 미지근한 샴페인이 그렇지 뭐."

주희는 초저녁부터 차근차근 쌓아온 취기가 한꺼번에 올라오는 듯해 의자 깊숙이 몸을 묻으며 앉았다. 뭔가 심상찮은 느낌에 이 검사가 힐끔힐끔 주희를 보았다. 그 시선이 던지는 질문과 상관없이 주희는 다시 자기 질문을 시작했다.

"선배, 샴페인 마시고 섹스해본 적 있어요?"
"뭐?"
"샴페인 마시고, 막 뭔가 좀 특이한 섹스를……."

주희는 금 밟아 죽기 직전에 중심을 잡듯 말을 멈췄다. 자세도 바르게 고쳐 앉았다.

"강 검사."
"……."

이 검사는 별다른 말을 하지 않고 샴페인 병을 들어 주희의 잔을 채웠다. 주희는 한 소리 들어도 별수 없다고 생각했다. 이 검사는 자기 잔에도 샴페인을 따르면서 피식 웃었다. 주희는 무슨 뜻이냐는 듯 바라보았다.

"뭐 너도 여자구나 싶네."

잔소리 대신 풀어주는 말이라는 것을 알고 주희도 피식 웃으며 평소처럼 대꾸했다.

"뭐래."
"여자 검사한테 이 사건 맡기는 거에 대해서 부정적인 말이 좀 있었던 거 알지? 휘둘릴 것 같다. 피살자 최선우에 대해서, 여자이기 때문에……."
"질투?"

설마 그렇겠느냐는 생각으로 말하는데 이 검사는 어느 정도 동의한다는 듯 어깨를 으쓱했다.

"뭐 꼭 질투가 아니라도, 그 반대도 가능하잖아. 지나치게 동정적이 되면 공정하지 못할 수도 있으니까."
"애초에 사람이 사람에 대해 공정할 수 있다는 게 판타지 아닌가?"
"그렇지. 그러니까 사람 놔두고 사실에 대해 공정해지면 되잖아. 증거 없어? 왜 증거를 놔두고 피의자 말에 휘둘려?"
"……."
"이렇게 미묘하고 섬세한 판단이 요구되는 강력 사건에 강주희만한 적임자는 없다고 내가 밀었다."
"미묘하고 섬세한 판단이 필요한 부분이 있다는 걸 선배도 인정하는 거네요."
"말이 그렇고, 세상 사람들 생각이 그렇다는 거지."
"사건 자체는 그럴 일이 없다……?"
"없지."
"본인이 절대 죽이지 않았고, 최선우가 살아생전 우리한테 보여준 모습은 몽땅 다 거짓말이고, 자기만 최선우의 본 모습을 알고 있다고 주장하는데?"

"……."

"서인하는……."

"네가 맡은 사건 중에 진범인 놈들이 처음부터 인정하고 들어온 거 몇 건이나 돼?"

"……."

맞는 말이었다. 대부분의 범죄자가 죄를 부정하거나 의도를 부정하며 진술을 시작한다. 사건의 규모가 그렇게 커진 것은 옆에 있던 누군가 때문이거나, 그때 마침 옆에 있던 우체통 때문이거나, 그믐날 어두운 밤길 때문이라고 주장했다. 정말로, 정말로, 정말로 서인하의 주장이 단순한 억지가 아닌 것처럼 느껴지는 게, 최선우에게 그렇게 경악할 만한 성격이 숨어 있었다는 것을 진실로 믿고 싶어 하는 마음이 여자로서의 질투 때문이라면 최악이었다.

주희의 마음을 읽은 듯 이 검사가 잔을 들며 격려하듯 이야기했다.

"페이스 잃지 말고 밀어붙여. 길게 끌어서 좋을 거 없다. 알지?"
"네……."
"부장님이 강 검사한테 직접 채근하면 부담될까 봐 아침저녁으로 나한테 물어보신다."

주희는 자기 자신을 다잡듯 잔을 들어 건배를 했다.

서인하는 독방에 누워 강주희와 나누었던 대화(서인하는 검사의 신문을 대화라고 인식했다)를 하나하나 떠올리며 긴 밤 시간을 보내고 있었다. 사실 강주희가 최선우의 속옷 서랍까지 보고 나타날 것은 예상하지 못했다. 최선우의 속옷 서랍이 어떻게 생겨먹었는지 본 적이 없고, 강주희도 말을 아끼면서 자세히 얘기하지 않으니 짐작할 뿐이지만, 강주희가 제법 충격을 받은 것은 사실 같았다.

동료 아나운서에게 최선우의 주량을 확인한 것도 예상 밖이었다. 하긴 강주희 같은 검사가 이 사건을 담당한 것부터 모두 다 예상을 벗어난 일이기는 했다. 권위적이고 남의 말 듣지 않는 노련한 검사를 붙여서 서인하 자신이 한마디도 하지 못하게 만들 것이라 예상했는데. 최선우의 남편이나 그 주변 세력이나 그들을 돕는 검찰 쪽 인물들이 제법 세련된 짓을 하고 있다는 생각이 들자 서인하는 피식 웃음이 나왔다.

'무슨 상관이야.'

딱히 누구를 향한 말이라기보다는 그저 이 상황에 대한 서인하 자신의 감상이었다.

'무슨 상관인가.'

최선우는 죽었고, 서인하 자신은 독방에 갇혀 있다. 온 세상은 순결한 최선우가 납치 감금 폭행을 당해 끔찍하고 억울하게 죽었다고 믿고 있다. 떠들고 있다. 검사 강주희는, 냉정한 중립적 태도로 사건을 바라보기 위해 안간힘을 쓰고 있다.

"큭큭큭."

서인하는 웃음이 소리가 되어 비집고 나오자 마치 방 안에 누군가 다른 사람이 있는 것처럼 흠칫 놀랐다. 그저 강주희의 표정이 떠올라 미소가 지어졌다고 생각했는데, 독방에 있는 시간이 길어지면서 머릿속 생각이 소리나 말이 되어 흘러나오곤 했다. 서인하는 이것을 통제하지 못하면 불필요한 꼬투리를 남길 수도 있겠다는 생각을 하며 짐짓 강주희 앞에 있는 것처럼 알 수 없는 표정을 지어보았다. 오랜 시간 표정을 감추며 살아온 것이 이렇게 도움이 될 줄은 몰랐다. 아니, 어쩌면 언젠가 이런 시간이 올 것을 예견하고 그렇게 표정을 지우며 살아온 것인지도 모르는 일이라고 그런 생각을 하며 서인하는 자기 안에 감상적인 흐름이 생기는 것을 느꼈다.

'좋지 않아.'

이런 상황에서 자기연민이나 슬픔이나 후회 같은 감정은 위험하다. 지금까지 그랬던 것처럼 강주희와의 대화에 집중하기로 했다. 강주희가 검사로서의 높은 자존심을 지키기 위해 애쓰는 모습이 예상 밖의 즐거움인 것도 사실이다. 서인하가 샴페인과 소주에 관한 이야기를 할 때 강주희의 눈 속에 가장 먼저 나타난 것은 놀라움이었고, 그다음엔 경멸 비슷한 색깔이었다. 그러다가 자신 속에서 피어난 최선우에 대한 느낌에 놀라서 순식간에 그 빛을 지웠다. 그리고 냉정한 판단을 하기 위해 이성을 불러오느라 애쓰는 일련의 과정이 눈에 보이는 듯했다.
검사로서의 강주희는 유능하고 성실하고 정직했지만, 여자로서의 강주희는 아직 색채가 완성되지 않은 그림에 가까웠다. 그래서 여자로서의 강주희가 노출되는 순간을 읽을 수 있다는, 조금만 위험을 감수하면 자신이 원하는 대로 색깔을 입힐 수도 있다는 생각까지 들었다.

'강주희 검사.'

색깔이 다 빠져버리고 스케치도 뭉개져버린 백전노장 아저씨보다 다행스러운 상대임에 틀림없었다. 독방에서의 시간을 보내는 데도 확실히 도움이 되니까.
서인하는 강주희가 다음 만남에 자신이 기대하는 말을 들려줄 수 있을까 생각하며 잠을 청했다.

3장

주희는 아침에 눈을 뜨는 것과 동시에 의식도 깨고, 몸도 깨고, 그래서 발딱 일어나 침대 밖으로 내려오는 스타일이다. 고시 공부를 할 때부터 잠 호사를 누리지 못하는 인생이 시작됐고, 결혼 생활과 육아와 전문직을 병행하면서 잠에 대한 미련을 스스로 끊는 것이 맞다고 판단했다. 그러지 못하면 모자란 잠 때문에 자기 인생 자체가 너무 불행하다고 생각하게 될 것 같았다.

이 검사에게 질책 아닌 질책을 받으며 샴페인을 비운 다음 날 아침, 가장 먼저 의식이 깨어났다. 의식만 깬 것이다. 눈이 떠지지 않았다. 몸은 더 했다. 온몸이, 특히나 머리가 자신은 깨어날 준비가 되지 않았다며 망치를 두드리고 시위를 해댔다. 머리를 진정시키고 눈을 뜨기 위해 손을 들어 머리를 지그시 누르기 시작했다. 밖에서 누르는 힘 때문에 안에서 두드리는 것이 느껴지지 않도록. 최대한의 힘으로 관자놀이 부분을 누르기 시작했다. 망치 소리가 잦아들 즈음, 이런 생각이 들었다.

'현장을 보자.'

최선우의 시체가 발견되고 서인하가 거주했다는 사건의 현장. 이 검사가 뭐라고 떠들건 부장이 무슨 걱정을 하건 박무현이 러시아 마피아를 불러와 자기를 청부 살인하겠다고 날뛰더라도 사건을 사건으로 대하기 위해. 범죄자를 옭아매 죄를 자백하도록 만들 자신의 증거를 찾기 위해.

경찰은 수사권을 오롯하게 자신들의 몫으로 갖기 위해 '약은 약사에게 처방은 의사에게' 같은 전문성을 강조하곤 했다. 여론에 호소도 하고 법 제정을 위해 노력하기도 했다. 검찰은 검찰대로 수사권 수호가 자존심 수호라는 태도를 견지하곤 했다. 그러다 보니 첨예한 사건에 대해서는 서로간 수사 내용을 공유하지 않아 뻔히 잡을 수 있는 범인을 놓치고 국민의 비웃음을 사는 일도 벌어지곤 했다. 그러나 대부분의 경우, 현장 수사는 경찰의 몫이고, 검사들은 수사 보고서와 취합된 증거를 토대로 자백을 받아내는 일에 집중하는 분업이 이뤄지고 있었다.

검사들은 일이 많다. 늘 많다. 어느 검사나 많다. 종이를 넘기다가 지문이 닳아 없어지고 피부가 손상될 만큼 서류의 바다에서 허우적거리는 것이 검사들의 일상이다. 대부분의 일선 검사는 엄지에 골무를 끼고 자료를 읽어 나갔다. 그러니 검사에게 현장이란 경찰 보고서에 끼워진 사진 속 현장일 뿐이다. 형사들이 문장으로 정리한 살인 현장이고, 부검의가 전문 용어로 도배해놓은 서류 속 시채일 뿐이다.

주희는 이 형사가 베테랑답게 서인하 사건 현장을 접수했고, 국과수가 실수 없이 부검했다고 믿었다. 그러나 시간이 너무 짧았다. 온 나라, 온 기관이 힘을 합해 서두르는 동안 놓친 것이 하나 혹은 둘 정도 있을 수도 있었다. 그것을 자신의 손으로 찾을 수 있기를, 서인하를 밀어붙일 자신만의 무기를 찾을 수 있기를 바랐다.

혹은 백의 하나, 천의 하나, 만의 하나 그 반대의 경우라도. 그 반대의 경우라면, 그러니까 서인하가 맞는 말을 하는 것이라면 여론과 힘을 가진 기관과 최선우를 둘러싼 권력자들로부터 진실을 수호하기 위해, 진실을 이야기하는 무고한 자를 보호하기 위해 누군가 잘 다듬어 손에 쥐어준 무기가 아니라 자기가 찾아내고 자신이 다듬어 잘 벼린 칼 한 자루가 필요했다. 그래서 주희는 현장을 찾아가기로 결심을 한 것이다.

서인하의 집은 주희에게 오래전부터 드나든 친구의 집처럼 익숙했다. 아마 사진을 통해 너무 여러 번 봤기 때문일 것이다. 그리고 또 하나. 서인하의 진술을 들으며 이 풍경을 배경으로 주희의 머릿속에 다양한 상황들이 재구성되었기 때문일 것이다.

서인하의 말대로 최선우가 그렇게 은밀히 그의 집을 드나들었다면……. 서인하의 말대로 최선우의 차가 그렇게 들어왔다면……. 서인하의 말대로 집 안에서 최선우가 옷을 벗은 채 돌아다녔다면……. 주희의 머릿속에서 재구성된 장면들은 하나같이 강렬했고, 그래서 그 배경이 된 풍경들 역시 매우 강력하게 각인돼 있었다. 그래서 주희는 서인하의 집에 들어섰을 때, 자기 머릿속에 구성된 것을 확인하는 느낌으로 바라보기 시작했다.

"그 여학생은 그러니까 여기서 시체를 처음 본 겁니다."

이 형사의 목소리가 주희의 끝모를 '서인하의 말대로 ……였다면'을 끊어주었다. 주희가 서 있는 곳은 집 마당의 거실 유리벽 앞이었다. 유리벽은 짙은 색 커튼으로 대부분 가려져 있었다. 커튼은 열려 있다기보다 조금 벌어져 있는 정도의 틈 밖에 없었다.

'이 사이로 시체를 봤다고……?'

주희의 생각을 읽기라도 한 듯, 이 형사가 설명을 이어갔다.

"서인하는 커튼을 잘 가렸다고 생각했을 겁니다. 여학생이 작정하고 안을 들여다보지 않았으면 시체를 발견할 수 없었을 테니까요. 그나마 최선우 씨에겐 다행스러운 일이지요."

주희는 여학생이 정원으로 들어와 이 위치에 설 때까지의 동선을 눈으로 쫓아보았다. 그리고 다시 커튼이 드리워진 유리벽 쪽을 보았다. 초인종을 눌러도 대답이 없고, 문을 두드려도 응답이 없는 집. 이렇게 두꺼운 커튼이 집주인의 의도를 반영하듯 유리 전체를 가리며 드리워져 있는데 채무자를 쫓는 채권자나 아이돌을 쫓아다니는 팬, 선생님한테 반한 10대 여학생이 아니라면 포기하고 돌아서는 것은 당연한 일이었을 것이다.

'여학생들이 그렇게까지 극성일 거라고 생각을 못 한 걸까?'

서인하가 살인을 저지르고 시체를 감추기 위해 커튼을 친 것이라면 10센티미터도 안 되는 이 틈은 두고두고 뼈아픈 후회로 남을 실수고, 최선우의 생애 마지막 행운일 것이다. 서인하의 말대로 최선우가 그냥 실족사한 것이라면 이 틈은 누구의 행운일까. 주희는 '판단유보' 상태를 유지하기 위해 생각을 떨쳐내고 집 안으로 들어갔다.

집 안 역시 서인하를 통해 수백 번 재구성된 섹스 장면의 배경이었기에 주희는 눈을 감고도 그릴 수 있을 만큼 익숙한 느낌이었다. 주희는 숨을 짧게 내뱉었다.

'리셋.'

모든 기록, 모든 사진을 지우고 주희의 시선으로 새롭게 봐야 했다. 주희 자신의 현장으로 만들기 위해.

"잠깐 혼자 보고 싶은데요."

문을 열어준 이 형사는 뭔가 할 말이 있는 듯했지만 이내 나가면서 문까지 닫아주었다. 주희는 1층을 넓게 차지한 서인하의 작업 공간을 천천히 훑어 나갔다. 공간이 눈에 들어오기 전, 주희의 감각을 자극한 것은 특유의 냄새였다. 유화 물감의 냄새인지, 붓을 빠는 재료의 냄새인지 어쨌거나 동양적이라기보다는 서양적인 기름의 냄새였다.

주희는 그 냄새가 범죄 현장의 느낌을 희석시킨다고 생각하며 눈을 공간에 적응시켜 나갔다. 한쪽 벽면을 길게 차지하고 있는 넓은 목재 테이블에는 다양한 채색 재료들과 여러 종류의 용기에 담겨 있는 화학 재료, 물감용 나이프, 붓, 연필 등이 자연스럽게 놓여 있었다. 무질서하게 어지럽혀져 있다기보다는 나름의 규칙을 갖고 작업하는 예술가가 한창 작업 중인 듯, 현장감이 살아 있는 정도. 마치 화보 촬영을 위해 일부러 스타일링해놓은 듯한 느낌이었다. 테이블이 끝난 벽에는 다양한 크기의 캔버스가 겹쳐 세워져 있었다. 하나씩 넘겨 보니 화집에서 보았던 풍의 그림들이었다. 모두 서인하의 작품이었다.

주희는 천천히 돌아섰다. 맞은편 벽에는 사실 주희가 들어오자마자 뒤져보고 싶었던 서인하의 책장이 놓여 있었다. 그림을 통해 그 사람의 정신세계를 알아내는 것은 그 분야의 어지간한 전문가가 아닌 다음에는 불가능한 일이다. 어설프게 한두 학기 색채심리학을 들었다고 해서 '짐작질'했다가는 선무당 사람 잡기 딱 좋았다. 하지만 책은 좀 달랐다. 어떤 책을 읽는 사람인지, 어떤 책을 좋아하는 사람인지, 어떤 글에 동의하는 사람인지에 따라 그 사람을 어느 정도 분류해내는 것은 텍스트에 강한 직업을 가진 사람들이 훈련을 통해 쌓을 수 있는 기술이었다. 최선우의 시집 책장에서 그녀의 전혀 다른 일면을 발견한 것처럼.

하지만 서인하의 책장은 생각보다 많은 정보를 주지 않았다. 우선 책의 종류가 너무 광범위했다. 여성심리학, 색채학, 정신분석학, 유전학, 해부학……. 어떻게 생각해보면 여성, 여성의 신체를 모티브로 작품 활동을 해온 화가의 책장에 걸맞은 것인지도 모른다. 그러니까 이 책장은 자연인 서인하가 아니라 화가로서의 직업을 위한 서가였다.

다른 칸에는 상당히 가지런하게 정리된 클리어 파일들이 꽂혀 있었다. 파일에는 M, F 등 자신만 알아볼 수 있도록 암호화된 표제가 깔끔한 글씨로 붙어 있었다. 무작위로 파일을 꺼내 넘기자 상당히 아름다운 여성 모델들의 사진이 스크랩되어 있었다. 모바일 시대 이전부터 모아온 자료인 듯, 어떤 프린트는 색상도 바래고 모델들의 화장이나 옷차림이 유행을 지나 있었다.

다른 파일을 꺼내니 여성들의 맨발 사진만 잔뜩 있었다. 전신사진을 확대해서 발 부분만 잘라 모은 것도 있고, 어떤 사진에는 발 부분에만 동그라미를 쳐서 스크랩해놓기도 했다.

또 하나의 파일을 꺼냈다. 여성 인터뷰 기사 모음이었다. 서인하는 '그녀'라는 시리즈 작품으로 유명한 화가였다. 그의 작업실에 여성과 여성의 신체에 관한 자료가 많은 것은 그다지 이상한 일이 아니었다.

2층으로 연결되는 계단으로 올라서는데, 의도와 다르게 또 다시 서인하의 진술이 떠올랐다.

"손을 뒤로 돌려 묶은 채로 섹스를 하면 선우는 몸을 뒤틀며 도망치기 시작해요. 내가 강하게 들어가면 자기도 모르게 등을 굽히면서 도망치는데, 그러면 나는 줄을 잡아당기죠. 허리가 펴지도록. 그래야 선우의 몸 끝까지 가서 닿으니까요. 그러면 선우가 비명을 질러요. 고통과 절정의 딱 중간인 그런 감각이라고 하더군요. 그렇게 도망을 치다가 계단을 올라가려면 선우는 짐승처럼 몸으로 기어 올라가게 되고, 나는 내 몸이 빠지지 않도록 잡아야 하고. 몸싸움을 하는 것처럼 그렇게 될 수밖에 없었어요. 선우 몸에 난 상처는 그렇게 생긴 것들입니다."

 박무현의 말은 환하게 불이 밝혀진 상태에선 잠자리를 하지 못한 듯한 뉘앙스였다. 잠자리를 할 때뿐만 아니라 옷을 갈아입을 때도 내외를 한 것 같았다. 그러니까 박무현은 완전하게 벗은 최선우의 몸을 보지 못한 것 같았다. 딱 부러지게 그렇게 말한 것은 아니지만 부부지간의 예절을 지키며 살아왔다고 말했다. 그리고 "타고난 품위를 버리지 못하여……". 박무현은 그렇게 해석했다. 서인하는 최선우가 그런 식으로 자신과 뒹굴었기 때문에 온몸이 상처투성이였다고 했다. 어느 쪽도 말이 된다.
 서인하의 말대로라면 그들은 계단을 걸어서 올라간 게 아니라 온몸으로 기어 올라갔을 것이다. 계단 위 2층 공간의 매트리스에서 난잡한 섹스의 끝을 맞기까지.
 주희는 다시 머리를 흔들며 생각을 떨쳐냈다. 2층으로 올라서자 문제가 된 난간과 그 너머 아래층 바닥이 내려다보였다. 1층 마루에는 최선우의 시체가 놓였던 형태대로 흰색 라인이 그려져 있었다. 최선우는 늘씬한 사람이었는데 그려진 선은 뭉툭하고, 작고, 평면이었다.

자신만의 현장에서 자신만의 증거를 찾아 방향을 정하고자 했던 것인데 별반 달라진 것이 없었다. 박무현의 주장과 서인하의 주장. 어느 쪽의 이야기든 가능했다.

'놓친 게 없을까?'

주희는 입구부터 천천히 시선을 돌려 되짚어가며 공간을 면과 선으로 잘게 쪼개면서 점검했다. 기다리던 이 형사가 문을 열고 들어섰다.

"검사님, 다 보셨는지……."

밝은 햇살이 열린 문틈을 타고 가는 선으로 들어와 점점 그 면적을 넓혔다. 주희는 반사적으로 이 형사 쪽을 돌아보았다. 빛이 비추는 면을 따라 시선이 움직였다. 이 형사가 안으로 들어오며 문을 닫았다. 그러자 빛이 빠르게 면적을 좁히며 물러났다. 빛이 문밖으로 완전히 밀려나기 직전 마지막에 비춘 것은 책꽂이였다. 주희는 수확이 없다는 것을 인정해야겠다고 생각하며 계단을 내려갔다.

"네, 형사님 보고서에 잘 적혀 있어서요."
"더 찾아봐야 할 게 있으면 말씀하시죠."
"그러게요. 뭔가가 더 필요한 건 맞는데, 그 뭔가가 뭔지 아직 모르겠네요."

의외로 솔직한 주희의 반응에 이 형사가 머쓱해했다.

"더 둘러보실 것 같으면 나가 있겠습니다."
"아니에요. 가죠."

이 형사가 다시 문을 열었다. 주희는 아쉬운 마음에 다시 한번 고개를 돌렸다. 그때, 문 사이로 들어온 빛이 책장 모서리에 닿아 멈췄다. 책장 위, 감춰놓은 듯도 하고 잘 올려놓은 듯도 한 캔버스가 보였다. 모서리 부분만 아주 조금 밖으로 삐져나와 있고, 책장과 비슷한 색깔의 천으로 싸여 있어서 그냥 책장의 일부처럼 보였기에 눈에 띄지 않았던 것이다.

"저게 뭐죠?"

나가려던 이 형사가 돌아보았다. 이 형사는 주희가 손가락으로 가리키는데도 뭘 얘기하는지 알아차리지 못했다. 그만큼 캔버스는 교묘하게 자리 잡고 있었다. 주희는 이 형사가 알아채기를 기다리지 않고 저벅저벅 책장 쪽으로 향했다. 주희의 키로는 손에 닿지 않았다. 주희가 두리번거리며 의자 같은 것을 찾을 때에야 이 형사는 주희가 발견한 것이 무엇인지 알아챘다.

"제가 내리겠습니다."

쫓아온 이 형사가 까치발을 하고서 겨우겨우 책장 위의 캔버스를 내렸다. 캔버스는 책장과 비슷한 색깔의 보자기로 싸여 있었다. 보자기를 풀자 백색 한지로, 한지를 풀자 일명 뽁뽁이라 불리는 에어캡으로 다시 싸여 있었다. 에어캡 안쪽은 다시 한지였다.

이 형사가 한 겹씩 풀며 중얼거렸다.

"아니, 다른 그림들은 저렇게 그냥 내버려놨으면서 이게 뭐기에……."

같은 생각이었다. 그래서 마음에도 걸리고 눈에도 걸렸던 거라고, 주희는 그렇게 믿고 싶었다. 이 그림이 '뭐'이기를 바랐다. 마침내 마지막 포장까지 풀었을 때, 주희는 자신이 자기만의 증거를 찾았다는 것을 깨달았다.

연극적인 연출이 필요했다. 서인하가 머리를 쓰거나, 말을 교묘하게 돌리거나, 다시 침묵으로 돌아갈 수 없도록 하기 위해 타이밍을 잡아채야 했다. 그러려면 모든 요소가 정확하게 맞아떨어져야 했다. 다른 사건을 담당하고 있는 수사관들에게 지시가 내려졌다. 검사실 식구들 외에 다른 사람들이 들어오는 일이 없도록, 다른 대화가 오가지 않도록 조정했다. 서인하가 좋아한다는 아메리카노도 준비시켰다. 피의자를 위해 특별히 음료를 준비시키자 보미가 눈을 동그랗게 떴다.

"혹시……?"

"왜?"

"아니죠?"

"뭐가?"

"여기에 무슨 자백제 같은 거…….'

"어제 영화 뭐 봤니?"

"죄송합니다."

농담처럼 넘기긴 했지만 보미가 서인하에게 자백제를 먹이려는 것이냐고 던진 질문은 시사하는 바가 명확했다. 강주희는 서인하에게 휘둘리고 있었다. 검사가 살인 용의자에게, 증거가 확실한 살인범에게 자백을 받아내지 못한 채 그의 궤변에 휘둘리고 있었다.

'그랬지. 그놈이 펼쳐놓은 전제조건을 믿어버렸으니까.'

그래서 주희는 판을 다시 짜기 위해, 서인하가 펼쳐놓은 전제조건들을 한번에 뒤집고 진실을 고백받기 위해 탄탄하게 연출하기로 작정했던 것이다.

서인하는 질 좋은 원두의 에스프레소 베이스 아메리카노가 몹시 마음에 든 듯 두 손으로 컵을 감싸고 오래도록 향을 음미했다.

"고맙습니다."

주희에게 이 말을 할 때 서인하는 정말로 소년 같은 미소를 지었다. 진심 혹은 진심처럼 느껴졌다.

"커피 언제부터 좋아했어요?"
"대학생 때부터요."

대답이 순순했다.

"서울대 98학번이죠?"
"네"
"최선우 씨가 동문이던데."
"뭐, 그렇다고 들었습니다. 저보다 두 학번인가 위라고……."
"만나고 안 거네요. 동문 선배인 거."
"그렇죠."

주희는 잠시 서인하를 보았다. 서인하는 조심스럽게 커피를 마셨다. 주희의 시선을 알아차리지 못할 만큼 커피에 집중하고 있었다. 커피는 만만찮게 중독성이 있는 음료이니 당연한 일이다. 서인하는 카페인 금단에 시달리고 있을 터였다. 서인하 너머에서 보미와 수사관들이 잔뜩 신경을 곤두세우고 있었다. 하지만 겉으로는 마치 자신들의 일상적인 업무를 지루하게 해내고 있는 것처럼 키보드를 두드리거나 서류를 검토하는 척했다. 주희 역시 무심하게 서류를 보며 확인하는 목소리로 물었다.

"최선우 씨를 처음 만난 게 2년 전, 무슨 모임에서였다고 했나?"
"네, 후원의 밤에."
"그때 동문인 거 알았어요?"

서인하가 잠시 생각하는 듯 즉답을 회피했다. 그러다가 문득 깨달은 것처럼 사무실을 둘러보았다.

"오늘은 되게 조용하네요."
"서인하 씨, 최선우 씨가 동문인 거 언제 알았어요?"
"글쎄요. 그날 바로 얘기했던 것 같기도 하고, 잘 모르겠네요. 제가 거기에 대해 뭐라고 얘기했나요?"
"기억 안 나요?"

서인하가 커피 컵을 내려놓았다. 그의 눈이 번들거리려 했다.

"우리가 동문인 거는 별로 중요……."

서인하의 눈이 완전히 번들거리기 직전, 주희가 손을 움직였다. 지시 받은 수사관이 바람처럼 일어나 벽에 세워두었던 캔버스를 갖고 다가왔다. 캔버스의 뒷면, 그러니까 어떤 그림인지는 보이지 않았다. 하지만 뒷면만으로도 서인하의 표정이 굳어졌다. 번들거림이 사라졌다. 그가 획 고개를 돌려 주희를 바라보았다.

"이거……."
"그래요. 서인하 씨 작업실에서 갖고 왔어요."

주희가 고개를 끄덕이자 수사관이 그림을 돌려 보여주었다. 서인하의 책장 위에 곱게 싸여 있던 그림이었다. 그림을 확인한 순간, 서인하의 얼굴이 무너졌다.

"2014년에 처음 만났고, 동문인 것조차 그 이후에 알았다면서 이 초상화는 뭘까요?"

주희가 찾아낸 그림은 꽃을 안고 있는 최선우였다. 그림 속 그녀는 여전히 아름다웠지만 주희가 아는 모습과 조금 달랐다. 그림 속 그녀는 매우 젊었다. 20대 초반의 모습. 그림 하단에 그림 속 그녀의 나이를 증명하듯 연도가 쓰여 있었다.

'98.'

그리고 그 옆에 선명하게 낙관처럼 쓰인 한 글자.

'인(仁)'.

서인하가 모든 그림에 써넣는 본인의 서명이었다.

"1998년. 서인하 씨가 1학년, 최선우 씨가 3학년이었겠군요. 그런데 몰랐다고요? 최선우를 몰랐다고?"

"저는 우리는……."

"서인하!"

강주희는 자리에서 벌떡 일어서며 서류철을 집어 던질 듯 책상에 패대기쳤다. 남자 검사들이 공연히 피의자를 위협하거나 자기 화를 못 이겨 이런 행동을 할 때 주희는 낄낄거리며 웃곤 했다. "그런다고 겁먹을 것 같아요? 말로 합시다, 말로. 말로 다 되잖아. 소리를 왜 질러?" 그런 주희였지만 이 시점에는 이렇게 소리라도 질러 서인하의 말을 한 번 막아야겠다고 생각했다. 작전을 짜면서 여기까지 의도한 것은 아니었다. 하지만 또 다시 서인하에게 주도권을 빼앗기고 싶지 않다는 마음. 거기에 그동안 휘둘렸다는 분노가 더해졌다. 꼬박꼬박 '씨' 자를 붙여 부르고 가능하면 반말도 하지 않았지만, 순간 '씨' 자를 떼고 동네 깡패 대하는 순경처럼 큰 소리로 이름을 불렀다.

기세가 통한 것일까? 그렇게까지 큰 소리가 아니었는데 서인하는 감전이라도 당한 것처럼 움찔하며 입을 닫았다. 진심으로 겁을 먹은 것 같은 얼굴이었다. 주희는 자신이 낼 수 있는 가장 차갑고 묵직한 목소리로 이야기했다.

"거짓말하려고 꿈꾸지도 마라. 지금부터는 한마디도 그냥 넘기지 않는다."

"알겠습니다……."

주희가 앉으며 턱짓하자 수사관이 그림을 갖고 자리로 돌아갔다. 서인하는 마치 그림이 사람이라도 되는 것처럼 잡고 싶은 듯 몸을 움찔거렸다. 그러나 주희의 시선을 의식한 듯 몸을 돌려 제자리에 앉았다. 서인하가 벌벌 떨리는 손으로 커피 컵을 잡으려 했다. 그때 약속한 대로 보미가 다가와 커피 컵을 가져갔다. 서인하는 이제 곧 울 것 같은 얼굴이 됐다.

"최선우를 어떻게 알게 됐는지부터 시작하자."
"우린, 선우는, 선우 선배는, 제 첫사랑이었습니다."

그리고 서인하는 진짜로 울기 시작했다.

"선우 선배를 처음 본 건 4월 정도였을 겁니다."

서인하는 울음을 그치고 이야기하기 시작했다. 하지만 목소리에는 계속 물기가 남아 있었다. 그가 그려낸 1998년 캠퍼스의 풍경은 손에 잡힐 듯 생생했다.

"대학 들어가서 맞은 첫 번째 봄이라 매일 들뜬 분위기였습니다. 매일매일 술을 마시는 패거리도 있고, 하루 걸러 미팅을 하는 놈도 있고, 학과별로 동아리별로 MT다 단합대회다 그렇게 몰려다니던 그런 때였습니다. 아, 한편으로는 2000년이 오기 전에 종말이

올 거라고 떠들던 패거리도 있었습니다. 그런데 미대 서양화과는 그해 부임한 전임교수가 의욕적으로 지도하겠다고 나서서 과제가 아주 많았죠. 그래서 대부분 다른 활동을 못 하고 창작실습실에 갇혀 있다시피 했습니다. 그날도 다들 창작실습실에서 개인 과제물 작업을 하고 있었습니다."

서인하는 대학 입학을 앞두고 제법 규모가 있는 일반 대회에서 입선한 까닭에 주목받는 학생이었다고 했다. 그래서 교수들이 더 주목했고, 동기와 선배들은 다른 의미로 주목했기에 부담이 큰 시간을 보내던 중 그녀를 보았다고 했다.

"미대 앞으로 지나가는 선우 선배를 보고 동기 중 한 명이 소리쳤습니다."
"어떻게?"
"최선우다, 라고……."
"1학년이 다른 과 선배 이름을 알았다고?"
"저 같은 사람 몇 명을 제외하고는 우리 학교뿐만 아니라 다른 학교에서까지 이미 유명한 사람이었습니다. 그 정도 유명하다는 것은 나중에 알았지만."

최선우가 지나가면 모든 사람들이 연예인을 보듯 바라보았다. 함께 사진을 찍어달라는 사람도 있고, 사인을 해달라는 학생도 있었다. 최선우는 그런 일에 익숙한 듯 행동했다. 그렇다고 해서 잘난 척하거나 연예인처럼 구는 것은 아니었다. 그래서 많은 사람들이 불편함을 느끼지 않고 그녀를 좋아했다. 하지만 서인하는 그렇게 '유명한 최선우'에게 별다른 느낌이 없었다.

"예쁘고, 똑똑하고, 원어민 교수가 강의하는 수업에서는 더 빛났으니까요. 발음이며 어휘력이 뛰어나서 영국에서 온 젊은 교수가 쫓아다녔다는 말도 있었지요."
"그런데 왜 관심이 없었다는 거지?"
"너무, 비현실적이라서……."
"비현실적?"
"무영등 같은 느낌이었습니다."
"무영등? 수술실에서 쓰는 조명?"
"네, 그냥 빛만 환하게 비추자고 덤비는, 그림자 같은 건 아예 없는 것 같은 존재로 보였어요. 가까이 가면 불편할 것 같았습니다."
"그런데?"
"……."
"첫사랑이었다면서?"
"중간고사가 끝난 토요일이었습니다."

그날도 서인하는 작업을 해보겠다고 학교 실습실에 나왔다. 아무리 과제가 많아도 중간고사가 끝나자마자 실습실에 나오는 사람이 없어서 실습실은 텅 비어 있었다.

"선배 하나가 뭘 가지러 왔다가 쉬엄쉬엄하라고 말하다가는 알 만하다는 표정으로 나간 기억이 나네요."

"뭘 알 만해?"
"선 하나도 그리지 못하고 있었습니다, 대학에 온 이후에."
"부담감 때문에?"
"아마 그랬던 것 같습니다."

서인하는 당시 자신의 상태를 꼼꼼하게 되짚어 떠올리듯 잠시 말을 쉬었다. 그다지 중요한 대목이 아닌 부분에서조차 신중하게 이야기하고 말을 고르는 모습에서 진심이 느껴졌다. 주희는 서인하에게 진심을 느끼는 자기 자신을 경계했다. 최선우와의 섹스에 대해 광기 어린 표정으로 떠들던 서인하와 지금 이 모습 가운데 어느 쪽이 진짜인지 알 수 없는 것은 마찬가지다. 단지 이 모습이 진짜이기를 바라는 주희의 마음이 투영됐을 가능성이 높았다. 서인하는 주희의 이런 눈초리를 전혀 의식하지 못한 듯 순수한 예술가의 눈빛으로 자신의 청년 시절을 되짚어갔다.

"뭘 그려야 할지, 뭘 그리고 싶은지도 못 느끼는 채 두 달을 보내고, 중간고사를 치르고……. 그래서 꽤 황폐한 느낌이었던 기억이 납니다. 창 밖 햇살이나 멀리서 들려오는 음악 소리나 뭐 찬란하지 않은 게 없었고 그래서 점점 더 바싹 말라가는 느낌이었습니다. 숨 쉬는 것도 힘들어 창가로 갔습니다. 창문은 열려 있고, 그때 저 멀리서 꽃이 걸어왔습니다."

주희는 서인하가 최선우를 향해 그런 표현을 썼다고 판단했다. 자신도 모르게 '무슨 그런……!'이란 느낌이 얼굴 표정에 드러났다. 주희의 표정을 읽은 서인하가 해맑게 웃었다.

"아, 진짜 꽃요. 진짜 꽃 무더기. 안개꽃이 완전히 한가득이고 그 사이에 카라가 스무 송이쯤, 이 정돈가……."

그러면서 서인하는 자기 팔을 한껏 벌려 보였다. 두 팔을 펼쳐 가득 안아야 할 만큼의 꽃을 안고 걸어오는 누군가를 보았다는 의미였다.

"사람 얼굴이 안 보이니까, 처음엔 다리를 확인할 생각도 안 하고 진짜 꽃 무더기가 움직인다고 생각해 놀라서 보고 있었습니다."

꽃을 안은 사람이, 앞을 제대로 확인할 수도 없는 자세로 천천히 걸어와 그대로 실습실 앞을 지나갔다. 눈앞을 지나쳐갈 때에야 꽃을 든 사람을 확인할 수 있었는데, 그녀가 바로 최선우였다.

"그 이미지가 너무 강렬했습니다. 비현실적인 느낌이었고……."
"그때부터 최선우에게 관심을 가진 건가?"
"매주 토요일 같은 시간에, 매주 다른 꽃을 그만큼씩 안고 지나갔습니다."
"……?"
"나중에 들었습니다. 그 캠퍼스를 지나 북문 쪽에 있는 작은 교회에 꽃꽂이 자원봉사를 다녔다고 하더군요."

최선우다운 자원봉사였다. 주희는 자신의 머릿속에서 순간 피식 소리가 나는 것 같았다.

"그 이유를 듣기 전까지 꽤 여러 번의 토요일을 그렇게 지켜보는 동안 내 안에 선과 색이 떠올랐습니다."

서인하는 그 느낌으로 그림을 그리기 시작했다. 그녀가 안고 가는 꽃의 색과 향을 보면서. 어느 토요일에는 친구와 웃으며 이야기하는 그녀의 목소리를 들으면서. 어느 비 오는 토요일에는 우산과 꽃을 함께 들고 가느라 위태로운 그녀를 보면서.

"말은 걸지 않고?"
"말을 걸 필요가 없었습니다, 어느 순간까지는."

그 어느 순간이 온 것은, 그러니까 색과 향과 느낌만으로 채워지지 않는 갈증이 느껴진 것은 여름방학이 시작될 무렵이었다.

"선우 선배, 그녀가 내게 던져준 영감이 아니라 그녀 자체를 그려보고 싶어졌습니다."

매미 소리가 모든 소리를 뒤덮을 만큼 찢어질 듯한 여름의 어느 토요일. 방학을 맞은 캠퍼스에는 여름방학 단기 특강 현수막들이 너풀거렸다. 그늘과 햇빛 아래의 온도차가 크게 느껴지는 날씨였다. 선우는 그날 밀짚꽃과 아스틸베를 한 아름 안고 서인하의 실습실 앞을 지나고 있었다. 꽃의 생김새와 색깔이 날씨와 닮아 있었다.

꽃으로 가려져 시야가 충분히 확보되지 않았지만 늘 다니는 길이었고, 통행이 드문 길이라 그녀의 걸음은 여유로웠다. 그러다가 문득 앞에 누군가 서 있다는 느낌에 멈춰 섰다. 제법 무거운 꽃 더미를 살짝 치우며 앞을 바라보았을 때 3년 동안 수백 번도 더 보아 온 분위기의 남학생을 발견했다.

자신의 인생이 걸린 아주 중요한 이야기를 하겠다는 듯한 결연한 표정. 어색한 청바지와 어색한 티셔츠, 진짜 땀을 흘리는지 알 순 없지만 땀이 가득 차 있을 것 같은 어색한 손. 그리고 그런 남학생들이 늘 그렇듯, 묻지 않은 자기소개를 했다.

"서양화과 1학년 서인하라고 합니다."

이럴 때 선우가 상대를 대하는 방식은 모자라지도 넘치지도 않는 예의와 상냥함이었다. 약간의 웃음과 약간의 거리감.

"네."

그러면 남학생들은 이제 자신의 진짜 용건이 시작이라는 듯 얘기를 꺼내려 한다.

"저어……."

그때 선우는 자신이 길을 가던 중이었음을 상기시킨다. 선우는 자기가 꽃을 잔뜩 들어 매우 무겁다는 것을 표시하며 서인하에게 이야기했다.

"날씨가 더워서……."

날씨가 더운데 이만한 무게를 들고 가는 나를 더 이상 잡고 있지 말아 달라는 상냥하고 단호한 거절. 네가 하는 말에 나는 아무런 호기심도 기대도 없다는 절대강자의 마무리. 그 단련된 기세에 서인하는 움찔 놀라며 길을 비켜섰다.

"아, 죄송합니다."

그녀가 자신의 뜻대로 걸음을 옮겨 앞을 지나쳐갈 때까지 서인하는 그 기세에서 헤어 나오지 못했다. 그러나 '기약 없는 사랑'이라는 꽃말을 가진 아스틸베와 '항상 기억하라'는 꽃말을 가진 밀짚꽃의 들꽃 같은 향기가 그를 각성시켰다. 자신이 최선우를 필요로 하고 있는 상황이라는 자각. 그리고 이것이 매우 절박한 일이라는 인식. 또 다시 선 하나 그리지 못하는 동굴로 들어갈 순 없다는 초조. 그것이 서인하의 입을 열었다.

"당신을 그려야 합니다, 최선우 선배."

그녀가 발걸음을 멈췄다. 그리고 돌아보았다.

사진을 찍고 싶다거나, 그리고 싶다거나 그런 표현을 들은 적은 셀 수 없었다. 더러는 선우의 허락이나 양해 없이 그녀를 그리고 찍어 온갖 호화로운 장식과 선물을 곁들여 그녀에게 갖고 오는 무리도 있었다. 하지만 '그려야 합니다'라니……. 표현만큼이나 서인하의 목소리는 절박했고, 절박한 만큼 진심이었다. 예쁘고 잘난 여자를 향한 열병 같은 것이 아니어서, 그래서 그녀는 처음으로 그 말을 내뱉은 사람의 얼굴이 궁금해졌다. 돌아보았을 때 거기 서 있는 것은 어색한 남학생이 아니었다. 단 하나의 빛을 향해 서 있는 예술가의 모습이었다.

선우는 자신을 둘러싼 세계에 대해 궁금한 것이 거의 없는 사람이었다. 그녀가 궁금해하기 전에 모든 사람이 모든 것을 알려주고 싶어 했기 때문이다. 그녀가 약간의 호기심만 보이면 사람들은 존재하지 않았던 것을 만들어가면서까지 그녀에게 설명하려 들었다. 그녀를 이해시키고 싶어 했다. 그리고 그녀가 미소 지으며 자신을 지지해주기 바랐다. 그 질리는 과정에서 벗어나기 위해 그녀는 서둘러 이해했고(이해하는 척했던 것인지도 모르지만), 서둘러 미소 지었다. 그렇게 살아왔다. 그래서 그녀는 서인하에게서도 곧 그런 종류의 대답을 들을 수 있을 거라고 생각했다.

"왜 나를 그려야 하죠?"
"……."

서인하는 매우 곤혹스러워했다. 선우는 그런 서인하의 모습이 흥미로웠다.

"이름이 서……."
"서인하입니다."

서인하는 서둘러 이름을 말했다. 그것이 근본적 질문에 답하지 못하는 자신의 면죄부가 되지 않겠냐는 듯, 그러기를 바란다는 듯 큰 목소리였다. 그 돌연하고 촌스러운 반응에 선우는 푹 웃음이 났다. 진짜 웃음이었다. 사람들의 기대에 부응하기 위한 웃음이 아니었다. 자신의 진짜 웃음에 스스로 놀란 선우에게 서인하가 조심스럽게 이야기했다.

"그려보면, 선배를 그려보면 그 답을 알 것 같습니다. 그냥 멀리서 보는 것만으로도 충분한 빛이었는데……."

멀리서 보아왔다는 뜻인가 질문하는 시선을 던졌다. 서인하는 돌리지 않고 이야기했다.

"네, 실습실 창가에서 토요일마다. 그림을, 대학 와서 그림을 그릴 수 없었는데, 선배님이 꽃을 들고 지나가는 모습을 처음 본 날 그림을, 그릴 수 있었습니다."
"그런데……."
"그런데 어느 순간 다시 그림이 멈췄습니다."
"그러니까 서인하 씨의 그림을 위해 내가 필요하다는 거네요."

"아, 그렇네요!"

서인하의 이 같은 반응에 선우는 다시 웃음이 났다. 이렇게까지 지독한 이기심을 내세우며 자기에게 다가온 존재가 없었기 때문에 웃음이 났고, 그것을 깨닫지도 못하고 있었다는 것 때문에 다시 웃음이 났다. 많은 사람들이 선우를 위해서 뭔가를 해주겠다고 다가왔다. 선우가 좋아할 거라고 생각하며 선물한다고 했다. 그러나 한 번만 더 깊이 생각해보면 그것은 자신들의 자기만족을 위한 것이었다.

선우의 아름다움을 탐하고 그것을 잠깐이라도 혼자의 것으로 소유하기 위해 사람들은 선물을 했고 찬사를 보냈다. 서인하는 선우를 위해서 뭘 해주겠다고 말하기는커녕 그럴 의지도 없어 보였다. 그는 서인하 자신의 그림을 위해 선우를 이용하겠다고 당당하게 이야기했다.

"그림으로 뭘 할 건데요?"
"네?"
"어딘가 출품하거나 과제라거나……."
"아, 아닙니다. 과제 다 냈고, 출품은……. 아뇨, 아마 안 할 것 같습니다. 애초부터 그런 생각도 아니었고."
"그런데 왜 그림이 필요해요? 그려지지 않으면 안 그리면 되잖아요?"

서인하는 멍한 시선으로 선우를 바라보았다. 마치 밥이 들어가지 않으면 밥을 안 먹으면 되는 것 아니냐는 말을 들은 사람 같은 당혹감이 얼굴에 떠올랐다. 하지만 곧 대부분의 사람에게 그림이 밥과 다르다는 것을 인지한 듯, 절망감이 그의 눈을 뒤덮었다. 그리고 입을 굳게 다물었다. 선우가 집요하게 대답을 기다리는 시선으로 바라보자 서인하는 더듬거리며 입을 열었다.

"저는, 그러니까……."

그러다가 그야말로 기발한 말을 꺼냈다.

"아, 혹시 모델비를 드리면……."
"나를 설득하지 않고 돈으로 해결하고 싶어요?"
"아뇨, 죄송합니다."
"나는 대답을 들어야 결정할 수 있겠는데요."

선우는 집요했다. 다른 사람을 곤란하게 만드는 일도, 말도 하지 않고 살아온 그녀에게는 기억에 있는 한 처음 있는 일이었다. 선우 스스로도 자신의 반응에 놀라고 있었다. 서인하의 무엇이 선우를 이토록 집요하게 만든 것인지, 어쩌면 서인하의 입에서 듣고 싶은 말이 있는 것이었는지도 몰랐다.

돈이 되는 일도 아니고, 명예가 따르는 일도 아니고, 배가 부른 일도 아니고, 스스로 즐거운 일도 아닌데 그토록 절박할 수 있는 그 무엇. 그것이 알고 싶었다. 한 사람의 인생에서 그만한 것을 풀어줄 수 있는 것이 자신 안에 있다는 고백은 신선했다. 그것이 사실이라면 남학생이 발견했다는 최선우 내부의 그 '무엇'이 무엇인지 자신도 알고 싶었다.

서인하는 망설임이나 절망을 몰아낸 시선으로 선우를 바라봤다.

"제 그림을 봐주시겠습니까?"

추상화였다. 보라색과 초록색과 노란색이 섞여 있었다. 그런데 무언가가 보이는 느낌이었다. 마치 그 속에 사람이 있는 듯한 느낌이었다.

선우는 자신의 눈에 보이는 것이 착시인지 아닌지 알고 싶어서 그림 가까이 다가섰다가 물러섰다가 조금 더 가까이 다가서기를 반복했다. 하지만 거기까지였다. 보이는 것 같았지만 정확히 어디부터 어디까지가 그 형상을 나타내는지 설명할 수 없었다. 마치 거기에 사람이 있는 것 같은 '기색'이 느껴지는 그림이었다. 기색이 느껴지는데, 그 사람을 볼 수도, 부를 수도, 설명할 수도 없다는 느낌에 답답해졌다.

"답답하죠?"

마치 선우의 마음을 읽은 듯 서인하가 이야기했다. 선우는 돌아보지 않았다. 그 순간 돌아보면 너무 진심으로 서인하에게 동의할 것 같아서.

"저 안에 있는 사람을 불러와야 하는데, 멀리서 지켜본 선배의 모습만으로는, 그 에너지만으로는 불러낼 수 없어요. 그래서, 그래서 선배를 그려야겠다고 생각했습니다."

선우는 서인하를 돌아보았다.

"저 그림으로 무엇을 하려는 게 아닙니다. 저 그림 속에 있는 사람을 불러내면, 불러낼 수 있게 되면 저는 제 그림을 그릴 수 있게 될 것 같습니다."
"왜 나인지 설명할 수 있어요?"
"아니요."
"그림을 그리면 설명할 수 있게 될까요?"
"아마, 아닐 겁니다."

선우는 한동안 서인하를 바라보았다. 서인하는 끝내 이 작업을 수락하는 것이 선우에게 어떤 도움이 되는지 말하지 않았다. 말할 내용이 없었기 때문일 테고, 그것에 대해 거짓말을 할 생각도 없었기 때문일 것이다. 선우가 모델을 허락한 것은 어쩌면 서인하의 이 침묵 때문인지도 몰랐다. 물에 빠진 사람이 자신을 구해주면 이런저런 이득이 있을 거라고 설명하면서 손을 내밀지 않으니까. 그만큼 서인하가 내민 손은 절박했고, 절박한 만큼 순수하다고 판단한 것이다.

"방학 동안 끝낼 수 있으면, 좋아요. 해보죠."

"그렇게 해서 그림을 그리기 시작했다는 건가, 당신이 최선우를?"

주희의 목소리에 의도와 상관없이 옅은 조롱이 실렸다. 연애소설 도입부 같은 서인하의 이야기를 믿어줄 이유도 근거도 없었다.

"네."
"당신이 그림을 그리도록 최선우가 저런 자세로 앉아서 모델이 되어주었다는 건가?"

주희는 그렇게 말하며 서인하의 캔버스 쪽을 가리켰다.

"아! 그, 그건 아닙니다."
"아니면?"

주희는 마음에 떠오르기 시작한 생각이 확신으로 발전해가는 것을 느끼며 질문하는 목소리에 힘을 싣기 시작했다. 생각할 여유, 뭔가 그럴듯한 사연을 만들어낼 시간을 주지 않고 밀어붙이기. 하지만 서인하는 그런 압박을 느끼지 못한 듯, 마치 1998년 대학 신입생의 얼굴과 비슷한 표정과 말로 이야기를 이어갔다.

"제가 그리고 싶었던 건 최선우이지만 최선우가 아닌……."

"말장난하지 말지."
"말장난이 아니라, 죄송합니다. 하지만 그게, 그러니까 선우의 내면에서 본 그 어떤 에너지였기 때문에 선우가 앉아 있는 모습을 볼 필요는 없었습니다."
"그러면?"
"그냥 제 앞에서 자기 혼자 시간을 보내달라고 했습니다."
"시간을?"
"책을 읽건, 공부를 하건, 음악을 듣건, 운동을 하건 뭐든 그냥 제가 없는 것처럼……. 놀아도 되고."

그 말끝에 서인하는 빙긋이 웃음까지 지어 보였다.

"선우는 정말 제가 없는 것처럼 놀아주었습니다. 자유롭게, 아무런 방해도 받지 않고, 그 여름 실습실은 완전히 우리 두 사람만의 공간이었습니다."

그러면서 서인하는 정말 그리운 무언가를 바라보듯 캔버스 쪽을 돌아보았다.

"저 그림은, 그러니까 원래 그리려던 추상화를 완성하고 제 눈에 남아 있던 선우의 모습을 생각하면서 그린 겁니다. 초상화처럼 보이지만 제게는 선우의 에너지가 구체화된 또 다른 모습일 뿐입니다."

궤변. 예술가를 자처하거나 예술가이고 싶어 하는 자들의 언어.

"내가 알고 싶은 건 팩트야."

서인하가 눈을 크게 뜨며 말했다.

"진실을 말씀 드리고 있습니다."
"서인하, 당신 마음속에서 일어난 진실에는 관심 없어. 최선우와의 사이에서 물리적으로 벌어진 일만 말하라고. 무슨 뜻인지 알겠어?"
"아……."

서인하의 얼굴에 아주 짧은 순간 경멸 혹은 절망 같은 빛이 지나갔다. 주희가 그것을 눈치챈 것은 주희 스스로 오직 '사건'으로 '벌어진' '그 무엇'에만 집중하려는 자신의 모습이 어쩐지 형이하학적인 존재처럼 여겨진다는 생각을 했기 때문인지도 몰랐다. 그리고 어쩌면 그런 생각을 갖게 만든 것은 서인하일지도, 그런 생각을 갖게 만들겠다고 세운 서인하의 작전일지도 몰랐다. 그래서 주희는 더욱 단호하게 질문을 이어갔다.

"이 그림이 그런 식으로 완성됐다고 치고. 그다음은?"
"그다음에……."

서인하는 눈을 감았다. 마치 그 시간으로 되돌아가려는 듯. 가슴

아프게 그리워하는 누군가를 생각하는 모습이었다.

"제가 고백을 했습니다. 그녀를 사랑한다고."

"사랑해요."

서인하는 선우를 바라보지 않고 자신이 그린 그림을 향해 말했다. 선우는 그의 뒤에 서서 함께 그림을 바라보고 있었다. 누가 보더라도 그 고백은 선우를 향한 것이 분명했지만, 선우는 대답하지 않았다. 서인하가 몸을 돌려 선우를 바라보았다.

"사랑해요."

선우가 피식 웃었다.

"나를?"
"네."

그림 작업을 하는 동안 두 사람 사이에 별다른 대화가 있었던 것도 아닌데 선우는 서인하에게 어느새 아주 자연스럽게 반말을 하고 있었다. 같은 과의 아주 친한 동성 친구 몇몇을 제외하고는 어느 누구에게도 하지 않는 선우의 반말. 하지만 선우는 자신이 반말을 하고 있다는 인식조차 하지 못한 듯했다.

"아니지."
"……?"
"너는 네가 그린 그림 속의, 나와 닮은, 하지만 내가 아닌, 네가 발견해서 형상화한 그 무엇을 사랑하게 됐겠지."

그러면서 선우는 서인하가 그린 그림을 가리켰다. 선우는 서인하의 고백이 진짜 자기가 아니라 그림 속 선우를 향한 것이라고 생각했다. 서인하는 그림을 향해 다시 돌아앉았다.

"어쩌면 맞는 말."
"맞아."

선우는 자신의 짐을 챙기기 시작했다.

"그런데 저 그림 속에 있는 최선우가 진짜 최선우라고 하면 어떻게 할래요?"

짐을 챙기던 선우의 동작이 멈췄다. 서인하의 뒷모습을 바라보는 선우의 눈이 한순간 무섭도록 차가워졌다. 서인하는 뒤도 돌아보지 않고 이야기했다.

"지금 나를 굉장히 사나운 눈으로 보고 있죠?"

선우는 잠시 주춤했다. 그러나 이내 피식 웃으며 짐을 마저 챙기기 시작했다.

"왜 그렇게 생각해?"

그렇게 말하면서 선우는 자기의 짐을 모두 들고 서인하 앞으로 와서 섰다. 딱히 대답을 기대한 질문이 아니었다. 그녀의 대답은 정해져 있다는 뜻이었다.

'네 생각은 틀렸어.'

서인하는 그림 속 선우를 향해 이야기하듯 천천히 입을 뗐다.

"누구보다 뜨겁고, 누구보다 고집스럽고, 누구보다 이기적이고, 그러면서 겉으로 보이는 모습은 누구보다 냉정하고, 누구보다 유연하고, 누구보다 이타적인 모습으로 사는 여자."

선우는 별다른 반응을 보이지 않았다. 서인하가 눈을 들어 선우를 바라봤다.

"겉으로 보이는 모습, 당신이 보여주고 싶은 모습만 보는 사람들이 사랑하는 당신과 내가 사랑하는 당신은 다른 사람이에요."

선우는 큰 눈을 천천히 깜박이며 서인하를 바라보았다.

"내가 느낀 당신의 에너지는 그렇게 안에 있는 거예요. 그래서 내가 그렇게 어느 순간 답답해졌던 거예요. 너무 꽁꽁 자기를 감추고 있어서, 멀리서 지켜보는 것만으로는 알 수가 없어서."

"이제 알았다는 건가?"

"그림을 그리기 위해 당신을 지켜보면서……. 네, 자연스럽게 보였어요."

"그래서?"

"사랑해요."

"네가 인식한 나는 나 자체가 아니라 너의 시각을 통과한 나이고, 그것은 나의 실존과 차이가 있을 수밖에 없지."

선우의 독서량은 소문이 나 있었다. 그냥 읽은 양이 많은 게 아니라 호기심을 느낀 분야의 전문가와 대담할 수 있을 만큼의 지식을 쌓은 독서였다. '실존' 같은 단어를 쓰는 데 어색함이 없었고, 말하는 사람이 어색해하지 않으니 듣는 쪽도 과하다는 생각을 할 수 없을 만큼 그것이 '화장품'이나 '자동차' 같은 일상어로 들리곤 했다.

"사랑? 나를?"

"선우 선배."

서인하는 초조한 마음에 벌떡 일어났다. 선우는 더 이상 차가울 수 없는 말투로 이야기했다.

"다른 사람이 보는 나는 위선 덩어리이고, 그러니까 내가 그렇게 위선을 떨면서 산다는 뜻이고."

"오해하지 마요."

"이보다 더 명료할 수 없는데 무슨 오해?"

"나는……."

"네가 다른 사람은 모르는 나를 보았고, 그런 모습의 최선우라면 사랑하겠다는 거잖아?"

이쯤 되자 서인하는 어렴풋이 선우가 무엇 때문에 화를 내고 있는 것인지 짐작할 수 있었다. 말투는 차가웠지만 눈빛만큼은 한 번도 본 적 없는 뜨거움으로 가득 찬 선우가 말을 토했다.

"네가 본 나는 네가 보고 싶은 나이거나 네 시각 안으로 들어온 나일 뿐인데, 그 모습이 마음에 드니 으스대면서 사랑을 고백하고, 그러면 내가 감격할 줄 알았던 것 아닌가? 내가 원하는 것, 내가 꿈꾸는 것, 내가 생각하는 것. 그런 것의 100분의 1, 1000분의 1도 모르면서, 그러면서 다른 사람들이랑 너 자신이 뭔가 다르다고 생각하는 거. 하! 오만의 극치지. 다르긴 뭐가 달라? 내 껍데기에 현혹되지 않고 내 자아를 봤다고 자신 있게 말할 수 있어?"

서인하는 뭔가 말을 해야 한다고 생각했다. 입을 벌렸지만 목소리가 나오지 않았다. 입을 다물었지만 뭔가 답답하고 뭔가 억울했다. 다시 입을 벌렸다. 그러나 그녀의 분노가 어디에서 기인한 것인지 깨닫자 할 말이 없어졌다. 입을 다물었다. 마치 금붕어처럼 뻐끔거리는 모양새가 되었다.

그런 서인하의 손목을 잡아끌고 선우가 실습실을 나갔다.

선우는 거칠게 차를 몰아 교외로 빠져나갔다. 서인하에게는 낯선 국도였다. 어디로 가는 거냐고 물어도 대답을 해주지 않을 게 분명했다. 선우의 입술은 고집스럽게 닫혀 있었다. 그런 옆모습이 어딘지 심통 난 어린 여자아이 같은 느낌을 주었다. 이런 순간, 이런 느낌, 이런 상황 속에서도 그녀가 아름다워 보인다고 생각하며 서인하는 혼자 실소했다.

아홉 살 소녀처럼 보이는 여자가 차를 몰아 도착한 곳은 러브호텔이었다. 대학 1학년 새내기가 호텔, 그것도 러브호텔에 들어와 볼 일이 없었으니 모든 것이 생경했지만, 그런 것을 감안하더라도 서인하에게는 조금 더 낯선 호텔이었다. 종업원도 없고, 숙박객을 체크하는 프런트 데스크도 없었다. 마치 자판기에서 음료를 꺼내 마시는 것처럼 방을 고르고 돈을 지불하고 들어가는 방이었다.

선우는 익숙한 듯 모든 과정에 망설임이 없었다. 서인하에게 의견을 묻는 일 따위는 하지 않았다. 들어올 것인지도 묻지 않았다. 마치 서인하에게 의지나 의견 따위가 있을 리 없고, 있다 할지라도 전혀 고려하지 않겠다는 행동 선언이었다. 서인하가 거부할 능력이 없다는 것쯤은 이미 알고 있다는 우월한 위치의 오만.

서인하는 그러한 선우에게 한 조각의 반항도 할 수 없었다. 선우가 이렇게까지 하지 않았더라도 사랑한다는 고백을 한 스무 살 남자는 자연계에서 가장 연약한 생명체다. 서인하는 상대가 끄는 방향으로, 끄는 힘만큼 끌려갈 수밖에 없었다.

객실은 비즈니스호텔보다는 로맨틱하고 러브호텔보다는 단정한, 제법 깔끔하고 모던한 인테리어로 꾸며져 있었다. 침대는 뜨겁고 육체적인 장면보다 길고 고요한 수면을 기대하게 만들 만큼 순백에 잔주름조차 없었다.

한순간 모든 것이 시야에서 사라졌다. 선우가 불을 껐다. 비상구를 가리키는 녹색등의 불빛만으로 사물을 구분할 수 있을 때까지는 시간이 좀 걸렸다. 하지만 소리가 먼저였다.

사락사락. 선우가 옷 벗는 소리가 들렸다. 서인하는 이미 굳어 있었지만 한 번 더 온몸이 굳어지는 느낌이었다. 자신의 귀에 들려오는 소리가 진짜인지 의심스러웠다. 소리가 멈췄다. 그리고 서인하는 자신이 들은 그 소리가 틀리지 않았다는 확인을 받았다.

"벗겨줘?"

당황할 것인가, 담담할 것인가. 스무 살의 남자. 법이 인정한 어른이 된 후 여자의 벗은 몸을 실제로 본 적도, 만나본 적도 없는 남자는 담담할 수도 없었지만 당황하고 싶지 않은 마음이 더 컸다. 서인하는 셔츠를 먼저 벗었다. 이미 상당히 진땀을 흘렸기 때문에 씻어야겠다고 생각했다. 깜깜해지기 전에 욕실 위치를 확인해두지 못했다는 생각이 들었다.

"땀을 많이 흘렸……."

서인하는 말을 끝내지 못했다. 기척도 없이 다가온 선우가 서인하의 입을 막았다. 선우의 매끈하고 날렵한 혀가 무기력하게 벌려진 서인하의 입속으로 미끄러져 들어왔다. 서인하는 자기의 나머지 옷이 어떤 식으로 벗겨지는지 인지하지 못했다. 선우의 입술이 닿은 입으로, 선우의 손이 닿은 등으로, 선우의 또 다른 손에 잡힌 성기로 신경과 피가 몰렸다. 다음 순간 선우의 젖꼭지가 닿은 갈비뼈 근처로 모든 신경이 집중되면서 피부가 타는 듯한 느낌이 들었다.

그 깔끔하고 우아한 침대 근처에도 가보지 못하고 서인하는 바닥에 누웠다. 아니, 눕혀졌다는 표현이 보다 정확한 것인지도 몰랐다. 선우가 큰 힘을 들이지 않았지만, 한마디 말도 하지 않았지만, 서인하의 몸은 자신이 누워야 한다는 것을 느꼈다.

선우의 온몸이 서인하의 몸에 명령을 내리고 있었다. 서인하가 눕는 것과 동시에 선우의 몸이 서인하의 몸으로 들어왔다. 일반적으로 남자의 몸이 여자의 몸으로 들어가며 인터섹스가 시작되는데, 선우가 만드는 느낌은 그렇지 않았다.

선우의 허벅지는 생각 밖으로 탄탄했다. 딱딱하지는 않지만 근육이 서인하의 몸을 잡았다. 피부는 부드럽다기보다 매끈했다. 온몸의 피부가 때로는 완전히 밀착되고, 때로는 최소한의 부위만 접점을 가진 채로 서인하의 몸을 유린했다.

서인하의 사고 기능은 간단하게 정지당했다. 몸의 한 곳으로 모든 신경과 피와 생각과 세포와 서인하의 전 인격이 모여들었다. 선우가 내려주는 깊은 기쁨과, 안타까운 떨림과, 미끄덩한 마찰이 끝나지 않기만을 빌고 빌었다. 혹시라도 자신 때문에 이것이 끝날까 봐 초조했다.

선우는 마치 10미터 위의 조종실에서 서인하를 내려다보는 것처럼 정확하게 어떤 순간을 읽어냈다. 서인하가 더 이상 참을 수 없다고 생각한 순간, 선우는 몸을 뺐다.

'어떻게 하지?'

일어나야 한다고 생각했지만 몸이 뜻대로 움직이지 않았다. 딸깍. 냉장고 문 여는 소리가 들렸다. 노란색 냉장고 불빛 속에서 그 앞에 쭈그리고 앉은 선우의 모습이 보였다. 조금 전까지 지상의 것이 아닌 것 같은 열락을 안겨준 여자의 얼굴이나 몸이 아니었다. 선우는 마치 이 공간에 아무도 없는 것처럼, 마치 혼자 목욕을 하고 나와 시원한 맥주라도 찾는 것 같은 모습으로 냉장고 앞에 앉아 있었다. 그리고 무엇인가를 꺼내는가 싶더니 이내 불빛이 사라졌다. 주위가 다시 깜깜해지자 서인하는 그제야 일어날 수 있는 힘을 얻었다. 하지만 이내 전혀 다른 감각으로 제압당했다.

얼음. 그 차갑고 냉혹한 감각. 선우는 입에 얼음을 물고, 그 입에 서인하의 성기를 담았다. 서인하는 감각을 참아내는 것과 비명을 참아내는 것 중 뒤의 것을 선택한 자신을 대견해했다. 선우의 불 같은 혀와 100도 정도 차이가 느껴지는 얼음이 번갈아가며 서인하의 성기를 휘감았다. 피부는 얼얼해지고 핏줄이 그 차갑고 얇아진 피부를 뚫고 나올 가시처럼 부푼 순간 선우의 몸이 다시 들어왔다. 무기력하던 서인하의 몸이 이번에는 반응하기 시작했다. 서인하의 손이 선우의 가슴과 엉덩이를 만지기 시작했다. 선우가 낮게 웃었다.

어두운 곳에서 시작해서 어두운 곳에서 끝난 그 섹스에 얼마의 시간이 흘렀는지 알 길 없었다. 바닥 카펫에 누웠던 서인하의 등과 허리, 엉덩이까지 약한 찰과상이 일 만큼의 시간이었다. 배고픔과 졸음 가운데 무엇을 먼저 해결해야 할지 심각하게 고민해야 할 만큼의 시간이었다. 그렇게 시간이 흘렀고 그만큼의 땀과 그만큼의 뜨거움과 그만큼의 차가움이 오갔지만 선우는 실습실에서 마지막 질문을 할 때와 마찬가지의 목소리로 물었다.

"네가 날 알아?"

서인하가 선우의 손을 잡으며 뭔가를 이야기하려는 순간, 선우의 몸은 완벽하게 서인하로부터 떨어져 나갔다. 이렇게까지 가혹해야 할 이유가 있을까. 자신의 마음을 어떻게 설명할까 단어를 고르는 순간 확 하고 불이 켜졌다.
　서인하는 겨우 상반신을 일으켰다. 선우는 어느새 들어올 때와 똑같은 모습으로 변해 있었다. 선우는 서인하를 보지 않고 문을 향해 걸어갔다. 문손잡이를 잡고 잠시 뭔가 할 말이 있는 것처럼 멈춰 섰지만 서인하가 움직이는 듯하자 그대로 문을 열고 나갔다. 일부러 큰 소리를 내며 문을 닫은 것은 아닐 테지만 문 닫히는 소리는 아주 크게 서인하의 귀를 울렸고, 몸을 울렸고, 마음을 울렸다.

4장

 창밖은 진작 어두워졌다. 주희는 밤 10시쯤 됐을 거라고 짐작했다. 수사관과 시보들을 눈짓만으로 퇴근시키고 한 시간쯤 지났을 것이라고 생각했다. 하지만 힐끗 본 벽시계는 11시 50분을 지나고 있었다. 꼬박 반나절이 넘어가는 진술이었다.
 최선우와의 만남부터 그 첫여름의 강렬했던 경험을 진술하는 서인하의 목소리는 낮았고 묘사는 집요했다. 팩트 중심의 진술만을 유도하며 다그치던 주희는 어느 순간 서인하의 노골적인 묘사를 그냥 들어주는 것으로 방향을 바꿨다. 최선우의 피부, 체취 등에 대해 떠드는 것을 그냥 내버려두자 서인하에게서 그동안 볼 수 없었던 '틈'이 보이기 시작했기 때문이다.
 뒷동산에서 만난 큰 개에 대한 묘사를 하다가 엄마의 맞장구에 신이 나서 개가 곰으로, 곰이 외계인으로 둔갑하며 엄마가 가지 말라고 했던 뒷동산 방공호에 들어간 것을 실토하는 어린아이 같은

161

빈 틈. 주희는 그런 틈이 보일 때마다 서인하가 눈치채지 못하도록 메모를 해놓았다. 서인하의 얘기는 무인호텔 이후의 대학 시절로 넘어가고 있었다.

"벌거벗은 채로 그 방에 누워서 선우의 마지막 말을 다시 새기고 새겨보았습니다."
"자기를 아느냐고 했던 말?"
"네. 자기를 모르면서, 알지도 못하면서 사랑한다고 떠드는 게 가소롭다는 것처럼 들렸지만 아니었습니다."

서인하는 다시 달뜬 얼굴이 되어가고 있었다.

"선우는 누군가 자신을 알아주기를 간절히 바라고 있었던 겁니다."
"그래서?"
"제가 선우를 알아봐주어야 했습니다."

세 시간 전쯤 보였던 틈이 확실하게 열리는 느낌이었다. 주희는 자정이 되어가며 흐트러지기 시작했던 신경이 바짝 조여지는 것을 느꼈다.

"어떻게? 다시 찾아간 건가?"
"아니요. 그럴 필요는 없었습니다. 다시 찾아가봐야 만나주지도 않았을 겁니다. 선우의 진짜 모습은 아무도 없을 때, 혼자 있을 때만 나타나니까요."
"관찰?"

서인하는 입맛이 같은 친구와 맛있는 메밀국수를 먹은 것 같은 표정이 되어 주희를 보고 웃었다.

"예를 들면, 선우가 학교에서 운전할 때 말이죠."
"오늘은 여기까지 합시다."
"아니, 조금만……."
"시간 늦었어."

주희는 교도관을 호출하기 위해 인터폰을 들었다. 눈동자는 인터폰을 향했지만, 모든 신경은 일그러지는 서인하의 얼굴을 향하고 있었다. 서인하는 더 말하고 싶어서 안달이 나 있었다.

'들어! 지금부터 진짜라고!'

그렇게 외치는 목소리가 공기를 타고 주희에게 전달되는 듯한 느낌이었다. 주희는 세 시간 전에 본 서인하의 틈이, 조금 전 확인한 그것이 맞다는 확신이 들었다. 그렇다면 지금부터는 사실 확인이 함께 들어가야 한다.
내일. 수사관들은 바쁠 것이고, 가장 극적인 이야기를 하고 싶었지만 기회를 박탈당한 서인하는 초조해질 것이다.

고향을 떠나고, 이름과 전화번호를 바꾸고, 헤어스타일을 바꾸면 인생의 흔적을 지우고 새롭게 시작하는 것이 어렵지 않은 시절이 있었다. 편지와 유선전화 이외의 수단으로는 먼 곳에 사는 이의 소식을 알 길 없던 세상에서는 작은 읍내로 스며들어가 숨죽이며 살다 보면 어지간한 죄가 흐릿해지는 세월을 보낼 수 있던 때도 있었다.

그 익명성을 깨뜨리기 시작한 것은 인터넷이었다. 그 뒤를 모바일과 SNS가 뒤따르며 착실하게 숨어 있는 사람들을 찾아냈고, 영화를 찍을 수 있을 만큼 성능 좋은 카메라들로 개인사와 비밀을 만천하에 공유하며 즐기기 시작했다. 다른 세상을 만들기 시작한 사람들은 다른 차원의 익명성을 만들며 즐기기 시작했다. 범죄도 그에 따라 발달했고, 수사와 조사도 그에 맞춰 진화했다. 물론 수사기관의 기법과 기술과 전문 인력은 범죄를 꿈꾸는 사람들보다 매우 느리고 보수적이다. 하지만 본인도 기억하지 못하는 삶의 흔적을 찾아내는 일에는 첨단기술보다 뚝심이나, 범죄의 증거를 찾겠다는 수사관의 집념이 훨씬 중요한 요소였다.

1998년 여름 이후 서인하의 삶. 그리고 같은 기간 최선우의 삶. 두 인생의 편린을 모으고 재조립하면서 주희는 자신의 판단이 옳았다는 생각만큼이나 이미 죽은 최선우의 삶이 이토록 생생하게 재현된다는 사실에 두려움을 느꼈다. 실체를 알 수 없는 공간에 남아 있는 삶은 결코 죽지 않고, 결코 지워지지 않고, 결코 잊히지 않을 것이라는 공포. 죽음 이후 살아 있는 자들에 의해 재구성될 자신의 인생 이야기에 대해 사람들은 얼마나 인식하고 살고 있을까 하는 의문도 들었다. 서인하는 특히 그런 종류의 인식을 한 적 없는 유형인 것이 분명했다. 마치 누군가 자신의 행적을 쫓아와 자신을 발견해주기를 바란 것처럼 모든 자료가 생생하게 남아 있었다.

조각들을 차곡차곡 맞추면서 한편으로 지난번에 발견한 최선우의 초상화처럼 서인하의 사고를 마비시킬 수 있을 만큼 압도적인 증거물이 나오면 좋겠다고 생각할 즈음 전화가 울렸다.

"검사님, 이 형사입니다."

통화를 하면서 주희는 의자를 돌려 창밖으로 시선을 돌렸다. 함께 일하는 동료들이라 해도 들키고 싶지 않은 표정이 있기 때문이다. 비릿한 웃음. 피의자의 숨통을 완벽하게 제압할 수 있는 증거물이 발견되었을 때, 입술을 비집고 흘러나오는 웃음이다. 누군가가 범죄자라는 것을 확인하는 증거.

강력반이다 보니 그 범죄라는 것이 살인, 강간, 방화같이 폭력적이고 강력한 것들이다. 그러므로 그 범죄를 확인한다는 것, 누군가가 그런 범죄를 저질렀다는 확실한 증거라는 것은 한 사람이 범죄자로 확증되는 것이고, 이제 그의 남은 인생은 그 대가를 치르기 위해 10년, 20년 혹은 죽을 때까지 교도소에 갇힌다는 것을 의미하는 일이었다. 죄의 대가라 해도 한 사람의 인생을 그렇게 가둬버릴 증거가 우연히 굴러들어온 것을 기뻐하며 흘리는 웃음은 절대 건강한 것일 수 없었다.

주희는 그런 웃음을 들키고 싶지 않았다. 그래서 가능하면 그런 증거 앞에서 담담하려고 애쓰는 편이었다. 하지만 이 형사가 전화로 전해주는 이야기는 웃음이 나올 것이 분명했기 때문에 의자를 돌린 것이었다. 이 형사는 지시받은 수사 내용 보고를 마치고 보너스 선물을, 본 상품보다 더 확실하고 훌륭한 것을 슥 내놓았다.

"서인하를 체포했던 그 저수지 낚시터 말입니다. 거기서 그 수상좌대를 수선할 일이 생겨서 뒤집었는데 말이죠……."

발견한 그대로 풀어보지도 말고 직접 들고 오라는 지시를 하고 전화를 끊었다. 전화를 끊고도 웃음을 완전히 지우기까지는 시간이 좀 필요했다. 이 형사가 발견한 것이 주희가 생각한 그것이 맞다면, 주희는 서인하를 만나서까지 이렇게 웃게 될지도 모르겠다는 생각을 하며 표정 지우는 연습이 필요하다고 느꼈다.

서인하는 계속해서 한 가지 생각에 집중하고 있었다. 강주희 검사가 자신의 이야기를 끊은 시점. 단순히 시간이 늦어졌다고 해서, 피곤하다는 이유로 하던 일을 멈출 사람이 아닌 것은 분명했다. 자신이 최선우의 본질을 파악해 나가기 시작한 이야기를 하려는 순간에 멈춘 것은 분명히 의도가 있는 행동이었다. 그리고 그 중단에 대해 서인하 자신이 어떻게 반응하는지를 살피는 것도 느껴졌다.

'뭐지……? 뭘 알아차린 거지?'

밤이 지나고 날이 바뀌었지만 강주희는 서인하를 부르지 않았다. 오후 정도에는 틀림없이 부를 거라고 생각했지만 서인하는 방치되었다. 그다음 날까지 연락이 없자 서인하는 느긋하게 누워서 휘파람을 불 기분이 들지 않았다. 강주희의 의도대로 뭔가가 진행되고 있었다. 서인하가 들려줄 본격적인 이야기와 상관없이 강주희가 할 수 있는 일이 생긴 게 분명했다.

"내 얘기를 들으란 말이야!"

서인하는 마치 눈앞에 강주희가 있는 것처럼 소리를 지르고 말았다. 또 다시 튀어나온 독방의 습관……. 큰 소리가 나자 교도관이 가까이 다가와 눈으로만 살피고 멀어져 갔다. 사고가 나지 않는 한 간섭하지 말라는 지시라도 받은 게 분명했다. 오히려 이런 식으로 서인하가 혼자 있는 시간에 혼자 떠드는 것을 보고하고 있는지도 모를 일이다.

'좋지 않아, 이 흐름은…….'

서인하는 아직 한 번 정도는 자신의 의도대로 흐름을 바꿀 기회가 있을 거라고 스스로를 안심시키며 침대에 누웠다. 하지만 잠이 오지 않았다. 강주희가 손에 쥔 패가 무엇이고, 그것이 이 판을 어디로 끌고 갈지, 미치도록 알고 싶은 마음이 커져갈 뿐이었다. 서인하는 애써 최선우의 얼굴을 떠올리기 위해 생각을 집중하기로 했다.

오랜만에 그 그림을 보았기 때문일까. 1998년 초여름. 한 아름 꽃을 안은 채 자신을 뒤돌아보던, 조금 놀라 동그래진 눈으로 자신을 바라보던 얼굴만 떠올랐다.

이 형사가 갖고 온 꾸러미 안에는 1998년 가을부터 최선우가 결혼 발표를 한 날까지 최선우와 서인하가 어떤 삶을 살았는지, 충분히 이야기를 구성할 수 있을 만큼의 조각들이 모여 있었다.

이후 최선우는 서인하를 철저하게 외면했다. 사람들이 많은 곳에서 알은 체할 때도 최선우는 예의 바르게 응대할 뿐, 결코 개인적인 인사를 나누지 않았다. 최선우의 주변에는 개인적인 관계를 주장하며 나서는 남학생이 많았고, 최선우는 모두에게 늘 예의를 다해 대했으므로 서인하가 특별한 존재로 부각될 수 없었다.

서인하는 그때부터 미친 듯이 그림에 몰두했다. 화풍이 완전히 바뀐 그의 그림은 대회를 휩쓸기 시작했다. 여성의 신체를 해부하듯 분해해 자신만의 논리에 따라 캔버스 위에 재구성한 그림은 평론가들을 열광시켰고 인터넷 세대에게 '말할 거리'를 제공했다. 그의 '여자' 연작은 늘 화제를 만들었다.

'여성의 비대한 심장 속에 위치한 저거, 혹시 뇌인가요?'
'여성의 감성이 여성의 이성을 먹었다는 뜻?'

'이번 그림에 여성의 성기가 숨어 있다는 데 혹시 찾으신 분?'
'이번 작품에는 눈이 아흔아홉 개인데 사실 한 곳을 보고 있다는 데…….'

21세기를 맞이하는 사람들의 불안, Y2K의 공포와 서인하의 그림은 화학적 작용을 일으켰다. 서인하는 그렇게 자신의 세계를 구축했다.

최선우는 모든 사람이 예측한 그대로의 길을 걸어갔다. 졸업 전에 박무현과 약혼했고, 졸업 전에 아나운서 시험에 합격했다. 신입 아나운서였으나 인기와 명성은 이미 연예인에 가까웠다. 그녀는 실력으로 그 명성이 허상이 아니라는 것을 입증해갔다.

두 사람은 이렇게 각자의 인생을 착실하게 살아온 것으로 보인다. 그러나 이 형사가 갖고 온 조각들은 아무 연관 없어 보이는 이 두 인생 사이에 흥미로운 다리를 놓고 있었다. 주희는 이 다리에 대해 서인하의 이야기를 들어볼 때가 되었다고 판단했다.

서인하는 13세 이전 부모 사망의 사유로 군 면제를 받았다. 졸업을 하자 기다렸다는 듯 화상(畵商)들이 붙어서 그가 원하는 것을 다 들어주겠다고 했다. 강남에 오피스텔과 작업실을 얻어주겠다고도 했고, 프랑스 사치에서 숙식하며 작업에만 몰두하는 프로그램에 넣어줄 수도 있다고 했다. 하지만 서인하는 서울 근교의 중학교 미술 선생이 되었고 작업실과 겸할 수 있는 집 하나를 얻어주되 개인전은 서인하가 원하는 때 열게 해주겠다는 조건을 내건 화상의 손을 잡았다.

대회에서 상을 받은 작품 외에도 '여자' 시리즈는 차곡차곡 쌓여 갔다. 서인하는 학교 선생 역할도 착실히 해서 학교 측과 학생들에게 칭찬과 사랑을 받았다. 서인하에게 에이전트로 낙점 받은 조 사장은 끈질기게 기다렸다. 한 달에 한 번 정도 서인하의 허락을 받고 작업실에 들러 작품을 볼 때마다 안타까웠지만 서인하는 개인전에 대한 어떤 계획도 내비치지 않았다.

조 사장은 그날도 큰 기대 없이 서인하의 작업실로 갔다. 서인하가 좋아하는 커피와 치즈와 와인과 필요하다는 재료 몇 가지를 챙겨 갔다. 손님 대접 같은 것에 익숙하지 않은 서인하이다 보니 안부를 묻는 것 외에는 말없이 그림을 그리기 일쑤라 조 사장은 혼자 시간을 보내기 위해 며칠 동안 보지 못했던 신문들을 챙겨 갔다.

서인하는 역시 아무 말 없이 작업을 했다. 그가 착실히 작업을 하고 있다는 것을 확인한 조 사장은 느긋한 마음으로 신문을 폈다. 주요 일간지와 경제 신문과 스포츠 신문까지 다 읽고 슬슬 돌아갈 채비를 하려는데 서인하가 캔버스에 시선을 둔 채 불쑥 말을 꺼냈다.

"전시회 하죠."

조 사장은 자신의 귀를 의심했다. 어떤 기색도 없었던, 그야말로 기습 같은 제안이었다.

"저, 전시회 해, 해야죠, 서 작가님. 올 가을이나 겨울로 잡을까요? 아니면 충분히 준비해서 내년 봄이어도 됩니다."
"다음 달에 해야겠습니다."

"다음 달요?"

"다음 달 20일 전에, 기간은 1주일도 좋고 2주일도 좋습니다. 정 안되면 3일이어도 되고요."

"아, 아니, 왜 그렇게 급하고 짧게……."

서인하는 물끄러미 그림을 보았다. 역시나 '여자' 시리즈였다.

"다음 달 20일 전이 아니면, 안 하겠습니다."

서인하의 목소리와 표정은 편안하고 느긋하기까지 했지만 그가 뱉은 말을 바꾸지 않을 것이라는 점을 충분히 알 수 있을 만큼 단호한 분위기였다. 조 사장은 그동안의 은둔 작업으로 시장에서 그의 작품을 매우 궁금해하고 있는 상황이고, 아주 잊히지 않을 만큼 정보를 흘려왔으니 이렇게 기습적으로 전시회를 열어도 나쁘지 않을 거라고 판단했다.

"알겠습니다. 제가 어떻게든 준비하겠습니다. 그럼, 저는 지금 올라가서 작업을 시작해야겠으니 이만……."

"신문 좀 두고 가시겠습니까?"

"네?"

서인하는 그제야 조 사장을 돌아보았다. 아니, 조 사장이 옆구리에 잔뜩 끼고 있는 신문에 시선을 두고 있었다. 조 사장은 알다가도 모를 지점에서 난반사(亂反射)해대는 예술가들을 제법 만나온 내공으로 별다른 의문을 제기하지 않은 채 신문 꾸러미를 고스란히 두고 나왔다.
조 사장이 두고 나간 스포츠 신문 1면에는 최선우의 사진이 대문짝만하게 실려 있었다.

아나운서 최선우 재벌2세 외교관과 세기의 결혼

조 사장은 최대의 수완을 발휘했다. 다섯 개의 전시관을 운영하는 갤러리의 기획전시에서 전시관 하나를 빼내는 데 성공했다. 갤러리 관장 역시 말로만 듣던 서인하를 세상에 끌어낼 수 있다는 점에 매료돼 협조를 아끼지 않았다. 팸플릿 제작과 잡지, 방송 등의 인터뷰, 오프닝 행사 등 잡다한 일이 산더미 같았지만 서인하는 예상 밖으로 잘 따라주었다. 그런데 서인하가 전혀 예상하지 못한 폭탄을 터트렸다.

"개별 판매를 하지 않겠다니요?"
"이 시리즈는 개별 작품으로는 의미가 없는 거나 다름없어요."
"아니, 그래도, 그러니까, 그렇게 되면 팔지 않겠다는 거나 마찬가진데……."

총 열세 개 작품. 작은 것이 30호다. 50호, 100호 작품들은 하나만 사기도 부담스럽다. 작품이 뛰어나고 흥행 작가의 가능성이 있기는 하지만, 그렇다고 새파랗게 젊은 신인 작가의 작품을 그런 식으로 구입할 사람이 없을 확률이 높았다.

서인하는 준비 과정에서 대관료와 팸플릿 제작 비용 등을 모두 자신이 부담했다. 조 사장이 그럴 필요가 없다고 하는데도 서인하는 조 사장의 부담과 위험을 줄여주고 싶다고 했다. 서인하는 손해 보지 않게 해줄 테니 자기 뜻대로 하겠다는 뜻을 전한 것이다.

울컥하는 마음에 조 사장은 '네 맘대로 해라!'라고 소리치고 돌아서고 싶었지만, 그래도 혹시 그런 작가의 의도를 알아주는 호사가를 만날 수 있을지도 모른다고, 지금이 아니라 5년 후라도 그런 사람이 나와준다면 시간을 투자할 만한 일이라고 판단해 서인하의 요구를 수용했다.

"한 가지 더……. 빔 프로젝터가 필요합니다."
"설치 작품도 있습니까?"
"아뇨. 1번 위에 그림을 하나 영사할 겁니다."

'여자' 시리즈 1번 그림 위로 다른 그림의 이미지를 아주 짧게 반복적으로 영사하겠다는 계획이었다. 영사되는 그림은 아주 잠시 잠깐 보이다 사라질 것이고, 그렇게 반복될 것이기 때문에 관람객은 조명이 바뀌는 정도로 인식할 것이라고 했다. 조 사장은 그 이미지를 찍어 미술관 쪽 스태프를 시켜서 이미지를 영사하도록 조치하겠다고 했지만 서인하는 이 작업은 자신이 직접, 전시회 오픈 전날 밤에 혼자 하겠다고 했다.

"그래서 첫 번째 그림 위에 이미지로 쏜 그림이, 최선우를 처음으로 그린 그 그림이라는 건가?"
"역시, 제가 그 전시회를 왜 열고 싶었던 건지 알아주시는군요."

주희는 서인하가 환한 표정이 되어 웃는 얼굴을 무표정하게 바라보았다. 서인하는 마치 전시회를 준비하던 그날 밤으로 돌아간 듯 상기된 표정이었다. 저렇게 진심인 얼굴로 하는 얘기는 들어봐야겠다는 생각이 들었다.

"최선우가 결혼을 포기하고 와주기라도 할 것 같았나?"
"설마……!"

서인하는 진심으로 놀라고 진심으로 실망한 얼굴이었다.

"그런 게 아니라, 내가 그 사람을 잊지 않고 있었다는 것을, 나는 내 방식으로 당신을 기억하고 알아가고 있었다는 것을 전하고 싶었습니다. '여자' 시리즈는 제가 필사적으로 그 사람을 알아가면서 발견한, 어쩌면 선우만이 아니라, 여자만이 아니라, 모든 사람이 겪고 있는 자아의 갭(gap)과 그 폭이 만들어낸 갈등과 고민을 이미지화한 거니까요."
"최선우의 내면에 그런 골이 있었다는 건가?"
"그 사람은, 선우는 다른 사람보다 그 갭이 컸고, 그래서 더 깊이 괴로웠던 거죠."

예전에는 중고등학교 때, 조숙한 요즘 아이들은 초등학교 4학년 정도에 겪는다는 사춘기. 그 언저리에 배우게 되는 개념 혹은 단어들. 자아. 내면. 자신과의 갈등. 사회적 인격.

치열하게 고민하고, 그것 때문에 죽고 싶은 느낌이 들기도 하지만 시간이 지나고, 자신이 대충 어느 정도의 삶을 살 것인지 파악되면 고통은 사라진다. 아니, 무뎌진다. 갭을 만드는 두 개의 자아 가운데 하나를 버리고 하나를 취해 가족들에게, 친구들에게, 동료에게 그 자아만이 자신이라는 것을, 진솔하고 확실한 인격이라는 것을 증명하면서 살아간다. 그렇게 어른이 되고, 그렇게 자기 삶을 받치고 있는 발밑을 다지는 것이다. 그런데 최선우는 그중 하나를 버리지 못했던 것일까? 주희는 서인하가 하는 이야기의 주제를 자신이 납득하고 있다는 사실이 그다지 반갑지 않았다.

"선우는 인격 정리를 당한 케이스였습니다."
"인격 정리?"
"한없이 자유분방하고 호기심도 많고 고집스럽고 깃털처럼 가볍게 날아오르고 싶은 인격을 갖고 있는 사람인데, 그런 기색을 내비쳐보지도 못했으니까요."
"여성스럽고 완벽하고 우아한 쪽을 본인이 선택한 것 아닌가?"
"아뇨, 그 대단한 집안에서, 학교 선생님들이 그런 모습밖에 없는 사람이라고 강제한 거죠."
"그러다가 서인하가 꽁꽁 숨겨둔 최선우의 그림자 인격을 발견했다?"

"발견……. 뭐 비슷하네요. 1998년 여름, 나한테 그 모습을 들켜서 화를 냈던 겁니다."

웃을 뻔했다. 주희는 이 형사가 발견한 조각들이 아니었다면, 어쩌면 자신이 서인하의 말을 믿었을지도 모른다는 생각이 들었다. 그만큼 서인하의 얼굴은 진실한 표정을 짓고 있었다.

"그리고 아주 긴 시간 동안 내가 발견한 또 하나의 최선우를 사랑하고 있었다는 것을, 나는 그림으로 증명했던 겁니다."
"그래서 전시회에 최선우가 나타났나?"

서인하는 고개를 가로저었다.

"아니요."
"최선우는 예정대로 결혼을 했고?"
"네, 하지만 전시회 마지막 날, 그러니까 선우 결혼식 전날, 전화가 왔습니다."
"최선우에게?"
"아니오, 어떤 남자였습니다."
"……?"
"그림을 전부 사겠다고 했습니다."

"작품을 구입하겠습니다."

"작품은 시리즈 전체로만 판매됩니다."

"알고 있습니다. 모든 작품을 구입하겠습니다."

"그러면 에이전트나 화랑을 통해 연락하시면 됩니다. 연락처를 드릴까요?"

"아닙니다. 이 시리즈가 판매됐다거나 누구에게 넘어갔다는 얘기가 나가지 않았으면 해서 작가님께 직접 연락드린 겁니다."

"……."

"에이전트를 통해 구입하는 것과 동일한 작품비를 드릴 테니까 수고료나 경비를 직접 지불하시면 되지 않겠습니까?"

"왜 이렇게 하시는지 이유를 알고 싶습니다만."

"작품을 그리시는 이유와 소재를 선택하신 이유에 대해 설명할 수 없는 것처럼, 작품을 사는 이유와 방법을 설명할 수 없을 수도 있는 것 아닐까요?"

남자는 마치 서인하의 질문을 예상하고 있었던 것처럼 대답했다. 서인하는 이 남자가 자신의 작품을 본 적 없다는 느낌을 받았다. 이 정도 규모의 그림을 구매하는 사람이라면 전시장에 적어도 세 차례 이상 나타나 그림을 꼼꼼히 살펴보고, 이런저런 질문을 하고, 작가를 직접 만나게 해달라고 요구하는 게 정상이다. 개별 작품을 구매하겠다는 의뢰가 여러 번 있었기에 조 사장은 몇 번이나 서인하에게 작품을 나누어 팔 수 없는가 질문했을 뿐, 일괄구매에 관한 문의가 있다는 얘기를 한 적은 없었다. 남자는 전시장에 온 적 없는 사람이 분명했고, 그림을 구매했다는 사실이 외부로 알려지기를 바라지 않는 것도 분명했다. 서인하는 논의를 진전시킬 필요가 있다고 생각했다.

"알겠습니다. 어디로 보내드릴까요?"
"작가님, 전시된 모든 작품이라고 말씀하신 것 다시 한번 확인하겠습니다."
"맞습니다. '여자' 시리즈 1번부터……."
"아니죠. 시리즈 1번 위에 투사된 0번의 초상부터 카운트되어야 합니다."
"……!"

서인하는 남자 뒤에 최선우가 있다는 것을 직감했다. 전시회 전날 밤, 서인하가 혼자 작업했다. '어떤 이미지'를 영사할 것이라고 들은 조 사장조차 영사되는 이미지를 파악하지 못했다.

"무슨 그림이 있나? 전혀 뭔지 모르겠는데……."

몰라야 했고, 모르라고 한 것이니 서인하의 의도대로 된 것이었다. 그런데 그 그림을 알아보았다면, 그럴 수 있는 사람이 있다면, 그것은 오직 그 그림을 알고 있는 사람. 세상에 그 그림의 존재를 알고 있는 것은 단 두 사람. 그린 자와 그림 속 주인공.

"작가님, 듣고 계십니까?"

서인하는 남자를 다그쳐봐야 그가 최선우에 대해 한마디도 하지 않을 것이라고 확신했다.

"알겠습니다. 어디로 보내야 할까요?"

남자는 자신이 전시회장으로 사람들을 보내겠다고 했다.

"작품비는 그 자리에서 받으실 수 있을 겁니다. 다른 사람들이 전시장에 남아 있지 않도록 조치해주시기 바랍니다."
"알겠습니다."

은행 입금의 흔적도, 작품을 전달받을 곳도 알려줄 생각이 조금도 없다는 뜻이었다. 철저하게 계산되고 모든 것이 준비된 게 최선우다웠다. 전화를 건 남자와 시간 약속을 하고 전화를 끊었다.

조 사장은 작품이 팔리지 않은 게 아니라 팔지 않은 것임을 강조하기 위해 온갖 미술 전문 잡지와 주요 매체의 인맥을 총동원했다. 전시회 기간 내내 손님을 접대했는데, 전시회 마지막 날은 그 접대의 하이라이트였다.

"전체 작품을 일괄판매하겠다는 배짱과 결정이 먹혔습니다. 흐름이 나쁘지 않아요. 내일 기자들 쫙 모아놓고 제대로 한번 이야기만 해주시면……."

"내일 저녁에 일정이 있습니다."

"작가님!"

예상대로 조 사장은 펄쩍 뛰었다.

"작품을 완판했다고 가정했을 때, 50%를 드려야 하죠?"

"무슨……? 혹시 작가님께 누가 직접 연락한 겁니까?"

"아니요, 이 작품들은 그냥 묻을 거라서요."

"묻어요?"

"작업실이며 그간 애써주신 부분에 대해 보상해드리고 그렇게 하는 게 맞을 것 같군요."

"아니, 아니, 잠깐만요."

"내일 기자들을 만나서 마무리해주시면, 그에 대한 수고비는 따로 드리겠습니다."

자존심을 돈으로 환산할 수 있는 사람과 이야기하는 것은 쉽고 빠르다. 조 사장은 더 묻지 않는 대가로, 궁금해하지 않는 대가로 예상 밖의 수익을 얻을 수 있다고 판단하자 깔끔하게 입을 다물었다. 전시관 측 사람들이 얼쩡거리지 않도록 조치하는 것까지 기꺼이 맡았다.

전시회의 마지막 손님이 나가는 것을 확인한 서인하는 전시관으로 들어섰다. 전화 속 남자와 약속한 대로 최선우의 초상화를 갖고 들어와 1번 그림 옆에 세워두었다. 조명을 끄고 프로젝터에 연결된 노트북 파일을 조정했다. 최선우의 초상화가 1번 그림 위에 고스란히 영사되었다. 여전히 그림이 분명히 보이지 않았지만, 원작 그림이 나란히 놓여 있으니 이미지가 선명하게 파악되는 게 당연했다. 전시관 한가운데 의자를 놓고 앉아 자신의 작품을 바라보면서 서인하는 눈앞에 있는 모든 것이 최선우라는 생각을 했다.

최선우를 눈앞에 두고, 같은 공기를 호흡하며 그린 초상화. 결코 자신을 알 수도, 이해할 수도 없을 것이라는 선언을 듣고 시작된 그녀의 내면에 대한 서인하의 해석. 그것을 그림으로 표현하기 시작한 그 첫 작품. 잿빛으로 그려진 여성의 신체 위에 입술과 심장과 음부만 강렬한 붉은색으로 표현된 그림이었다. 그리고 그 위에 빛으로 영사되는 그녀의 초상화. 마치 실체가 존재하지 않는 것 같은, 손으로 잡을 수도, 느낄 수도 없는 이미지. 결국 어느 한 작품도 그녀에 관한 온전한 이해나 묘사가 아니라는 생각에 서인하는 쓰게 웃었다.

그때 전화가 왔다.

"배송인력이 들어갈 겁니다. 그전에 0번 그림을 포장해두시기 바랍니다."

'그래야겠지.'

배송인력이 최선우의 초상화라는 것을 알게 되면 곤란할 테니, 그럴 거라고 생각했다. 서인하는 이를 예상하고 준비해두었던 포장재로 최선우의 초상화를 싸기 시작했다. 포장을 끝낼 즈음 불 꺼진 전시장 안으로 불쑥 택배기사가 들어왔다.

"아무도 없어요?"

서인하는 전시관 직원들을 찾아온 것이라고 생각했다.

"아, 사무실은 여기가 아닌데······."

직원은 묵직해 보이는 박스 위의 배송표를 확인하고 물었다.

"서인하 씨, 여기 안 계십니까?"

서인하는 설마, 하는 생각으로 택배를 받았다. 그리고 설마, 가 맞아버렸다. 현찰 3억 원이 신문지에 둘둘 싸인 채 테이프로 단단하게 말려 있었다.

'택배 직원이 내용물을 알았다면 어떻게 했을까? 이렇게 많은 돈을 현금으로 만드는 게 그렇게 쉬운 일일까? 이걸 한 손으로 들 수 있을까? 3억 원이 맞는지 세는 데 시간이 얼마나 걸릴까?'

정말 엉뚱한 생각들이 꼬리에 꼬리를 물고 이어졌다. 그만큼 3억 원의 현찰 뭉치가 주는 시각적 충격은 컸다. 서인하의 정신을 일깨운 것은 예의 그 남자가 걸어온 전화 벨소리였다.

"확인하셨죠? 이제 나오시면 저희가 들어가 마무리하겠습니다."
"알겠습니다."
"구입자에 대해……."
"궁금하지 않습니다."
"다행입니다."

너무 분명해서 궁금할 이유가 없을 뿐이었다. 그녀를 추적하지 않겠다는 뜻은 아니었다. 서인하는 조 사장을 통해 수배해놓은 승용차 트렁크에 돈뭉치를 집어 던지듯 넣었다. 전시관 주차장에서 나와 좌회전했다. 그림을 싣고 주택가로 들어가지는 않을 테니 시내로 향하건 교외로 빠지건 우선 왼쪽으로 나갈 수밖에 없다. 미행을 전문적으로 해본 적은 없지만 지극히 평범한 승용차로 미술품 배송에 쓰이는 무진동 특수차를 따라가는 것은 어려울 게 없었다.

두 시간 정도 시간이 흐른 뒤 배송차가 주차장에서 나왔다. 서인하는 앞에 다섯 대 정도 차를 두고 뒤를 따라갔다. 새하얗고 덩치가 큰 차였기에 멀리서도 얼마든지 방향을 가늠할 수 있었다.

차는 멀지 않은 곳에 있는 호텔로 진입했다. 그런데 사전에 얘기가 되어 있었던 듯 고객 주차장이 아닌 식품배송차량 출입구로 들어갔다. 서인하는 망설이지 않고 고객 주차장으로 향했다. 30분. 작품을 객실로 올린다면 그 정도 시간이면 충분할 것이다.

30분 뒤 서인하는 차에서 내렸다. 그리고 준비해둔 그림을 꺼냈다. 잘 포장돼 있는 20호짜리 소품이었다. 통할지 통하지 않을지 모르지만 서인하에게는 마지막 기회였다. 이런 시도조차 하지 않은 채 최선우가 누군가의 아내가 되는 것을 지켜만 본다면 최선우에게도 서인하 자신에게도 돌이킬 수 없는 후회가 남으리라 생각했다.

서인하는 호텔 로비로 들어가 곧바로 직원에게 다가갔다. 졸업식 사진을 찍을 때도 입어본 적 없는 양복을 입고, 학교 임용 면접을 볼 때도 지은 적 없는 미소를 지으며 다가가자 직원은 경계를 풀고 응대했다.

"조금 전 배송된 미술품을 내보낸 화랑에서 왔습니다. 고객께 꼭 챙겨드렸어야 하는 작품이 하나 누락됐습니다."

여자 직원의 표정이 급격하게 굳어졌다.

"저희는 잘 모르는……."
"곤란하게 만들어드릴 생각은 없습니다. 분명히 아직 고객께서 도착하지 않으셨을 테니까, 직원 분 입회하에 제가 그림만 살짝 놓고 올 수 있도록 부탁드립니다. 저희 입장에서는 이런 실수를 해서는 안 되는 고객이십니다."

여자는 상급자를 찾아 보고하려는 듯 고개를 돌렸다. 서인하는 급하게 손을 뻗어 여자의 손을 잡았다. 여자는 매우 놀랐지만 손을 빼지 않았다. 순간적으로, 아주 짧은 순간 얼굴이 붉어졌다. 늦은 밤이었고 데스크에는 그녀뿐이었다.

"제가 자리를 비울 수 없어서……."

"키를 주시면 진짜로 그림만 갖다 놓고 돌아오겠습니다. 제가 여기 핸드폰을 두고 가면……."

절박한 서인하의 표정에 여자는 카드 키를 건넸다.

"빨리 돌아오셔야 해요."
"정말 고맙습니다. 정말 감사합니다."

여자는 하얗게 웃으며 다시 한번 얼굴을 붉혔다.
서인하는 펜트하우스로 들어갔다. 그림들은 포장된 그대로 거실 한쪽 벽에 기대 세워져 있었다. 그림들 사이에 들고 온 소품을 끼워놓았다. 펜트하우스 출입구는 두 개였다. 서인하는 침실에 붙어 있는 출입구를 열고 얇은 종이 한 장을 끼워놓았다. 어차피 침실에 들어가보지도 않을 테니 들킬 일은 없을 것이다. 서인하는 곧장 로비로 내려가 여자에게 카드 키를 돌려주었다.

"덕분에 살았습니다. 고맙습니다."

진심이었다. 여자가 안심하도록 로비를 가로질러 지하 주차장으로 향하는 엘리베이터를 탔다. 주차장에서 내렸다. 그리고 비상계단으로 갔다. 상식적으로 걸어서 올라가기엔 무리인 층수였다. 하지만 어차피 상식을 넘어선 거래였고, 도박이었다. 올라갈 수 없는 절벽도 아니고 계단인데, 계단일 뿐인데. 서인하는 자신이 기억하는 최선우의 이미지를 하나씩 하나씩 되새기며 계단을 올라갔다.

종이를 끼워놓은 침실 쪽 문은 그대로 열려 있었다. 조심스럽게 문을 열고 들어갔다. 침실 밖, 거실 쪽 불이 켜져 있었다. 서인하는 열린 틈으로 사람을 확인하기 전에 확신했다.

'그녀다!'

빛이 그렇게 말하고 있었고, 공기가 그렇게 전해주고 있었다. 저 문 너머, 그녀가 자신의 초상화를 보고 있다고.

서인하가 감격스러운 최선우와의 재회를 이야기하려는 순간, 주희는 다시 흐름을 끊었다. 서인하는 노골적으로 분노를 드러냈다.

"왜 이러는 겁니까?"
"뭐가?"
"왜 꼭 이런 순간에 내 얘기를 끊느냐는 말입니다!"

강주희는 서인하를 물끄러미 바라보았다. 그리고 시선을 들어 벽시계를 보았다. 시간은 12시를 조금 지나고 있었다. 물론 점심시간이라서 끊은 것은 아니었다. 서인하의 이런 반응을 다시 한번 확인하고 싶었을 뿐이다. 서인하는 분노를 감추고 싶은 마음과 억제되지 않는 분노 사이에서 깊이 갈등하며 주먹을 불끈 쥐었다. 손등의 핏줄이 피부를 뚫을 기세였다. 어쩌면 손톱에 눌린 손바닥에서 피가 날지도 모르겠다는 생각이 들 정도였다. 그래도 화가 가라앉지 않자 서인하는 필사적으로 화를 참으며 고개를 숙였다. 순간 강주희는 서인하의 입술을 주목했다.

'씨발, 다 죽여버릴 거야.'

강주희는 서인하를 남겨두고 개인 사무실로 들어갔다. 개인 사무실 테이블 위에는 이 형사가 갖고 온 백 속의 내용물이 날짜별로 정리되어 놓여 있었다. 물속에 꽤 여러 날 잠겨 있었는데도 어찌나 꽁꽁 여러 겹으로 싸놓았는지 내용물 중에 습기가 스며든 게 하나도 없었다. 그 긴 세월 차곡차곡 쌓아올리며 아이템처럼 모아온 이 모든 증거물이 자기 자신을 판타지의 세계에서 현실 세계로 소환할 무기가 되어 돌아올 줄은 꿈에도 생각하지 못했을 것이다.

강주희는 잠시 후 서인하 앞에 이 증거물들을 내놓았을 때 그가 얼마만큼 분노할지, 얼마만큼 현실을 직시할 수 있을지 가늠이 되지 않아 가볍게 한숨을 쉬었다. 이 증거물들이 그의 판타지를 깰 수는 있겠지만 그가 살인을 저질렀다는 증거가 될 수는 없기에 결국 서인하의 자백이 필요하기 때문이었다. 그런 생각에 잠겨 있는데 갑자기 밖이 소란스러워졌다.

"뭐하는 거예요?"
"야, 이 새끼야, 너……!"

보미와 수사관들의 목소리가 들리는가 싶더니 쾅, 문짝이 부서질 듯 열렸다. 서인하가 뛰어 들어오는 것과 수사관들이 뒤미처 쫓아와 그의 목덜미를 잡아챈 것은 거의 동시였다.

"그렇게 만나서 선우가 인정한 거라고! 자기 안에 있는 모순된 자아와 내가 그걸 알아봤다는……."

수사관들이 팔을 꺾으며 무릎을 꿇리는 순간, 서인하는 테이블 위의 증거물들을 발견하곤 말문이 막힌 듯 입을 다물었다. 그의 뒷덜미를 잡고 선 수사관들은 서인하의 표정이 바뀌는 것을 보지 못하고 서둘러 사과했다.

"죄송합니다. 밥 시키려고 메뉴 받는 동안……."

주희는 손을 들어 수사관에게 괜찮다는 표시를 했다. 그리고 서인하의 얼굴에 시선을 고정시킨 채 그가 자신을 바라보기를 기다렸다. 그러나 서인하는 주희를 바라보지 않았다. 마치 증거물들을 통해 더 깊은 곳에 만들어놓은 자기만의 세계로 들어가버린 느낌이었다.

"서인하 씨."

서인하는 시선을 들지 않았다.

"서인하."

서인하는 소리에 반응하듯 고개를 돌렸다. 그러나 그의 시선은 텅 비어 있었다.

"이게 뭔지 알아봤나 보네. 최선우 씨에 관한 모든 신문, 잡지 기사 스크랩, 망원렌즈로 찍은 사진들······. 1998년부터 졸업 때까지는 교내와 학교 주변, 집 근처도 있고. 최선우 씨가 졸업한 후에는 방송국······. 신기해. 방송국 내부에 외부인이 카메라를 들고 들어가서 사진 찍기가 쉽지 않았을 텐데."
"이, 이거를, 어떻게······."
"우리가 이걸 어떻게 찾았는지 중요해?"

서인하는 서서히 자신의 상황을 인지하는 듯했다. 주희는 비행기 표들을 집어 들었다.

"최선우 씨 비행기 표가 아닌 게 있기에 출입국 관리소에 문의했더니 같은 날 최선우 씨가 출장을 가거나 여행을 갔더군."
"그, 그건, 그러니까 내가 따로 가서 해외에서 만나 우리가 밀회를······."

주희는 벌컥 화가 나서 서인하에게 들고 있던 비행기 표를 던졌다. 그리고 날카롭게 이야기했다.

"최선우가 신혼여행지에서 딴 남자를 만났다고?"

비행기 표는 서인하에게 닿지 못하고 바닥에 툭 떨어졌다. 그 순간, 서인하는 포효하듯 소리를 지르며 몸부림쳤다. 베테랑 수사관들이 아니었다면 그를 제압하지 못했을 것이다. 그랬다면 강주희가 어떤 방식으로든 데미지를 입었을, 그만큼 격렬한 반응이었다.

"으어어! 우어! 아아아악!"

짐승 같은 소리였다.

"최선우는 내 여자야! 내 여자였다고! 처음부터 내 여자였어!"

서인하는 울기 시작했다. 그런 서인하를 보며 주희의 머릿속에는 문장이 떠올랐다.

'서인하는 고 최선우 씨를 오랜 세월 스토킹해왔습니다. 그 과정에서 망상에 사로잡혀 최선우 씨와 자신이 연인관계라고 믿었으며, 끝내 그녀를 납치, 강간, 살해한 것입니다.'

재판의 첫 번째 검사 발언 문장이 완성되었다.

1장

 재판은 비공개로 진행됐다. 강주희는 박무현이 당연히 그런 선택을 할 것이라고 생각했다. 주희 입장에서도 그쪽이 편했다. 최선우의 팬인 대중과 서인하의 팬인 극성 소수가 만나게 될 방청석이라니.
 재판 전, 박무현이 만나자는 연락을 해왔지만 강주희는 재판 준비로 정신없다는 이유를 들어 약속을 잡지 않았다. 대한민국이 실질적으로 사형 폐지 국가가 된 지 오래이니 사형을 언도 받더라도 집행되지 않겠지만, 상징적 의미로라도 박무현에게는 서인하의 사형이 절실했다.
 그래야 최선우의 고결함과 박무현 본인의 억울함과 분노가 명확해진다고 생각할 것이 분명했다. 사형이 아니라면 이 재판에서 패배했다고 느낄 것이 분명했다. 그러나 사형을 이끌어낼 근거가 부족했다. 서인하가 오랜 세월 최선우를 스토킹해왔다는 명백한 증거들이 있고, 따라서 서인하가 인정하건 인정하지 않건 그의 납치까지는 확실하다. 납치라고 했을 때, 강간과 화간의 애매함을 묻어버리며 강간으로 몰아붙일 수도 있다. 그러나 고의적인, 치명적인, 잔인한 살인이 아니었다. 교살의 의도가 있었더라도 직접적 사인은 추락에 의한 경추 골절. 하지만 서인하가 살인 목적으로 밀었다는 증거는 없었다.

15년.

재판부가 박무현을 의식해, 그의 아버지를 존중해 판결하더라도 납치, 강간, 과실치사로 끌어낼 수 있는 형량은 30년을 넘기 어려웠다. 주희 자신 역시 30년을 요청할 근거가 부족했다. 세상 모든 유가족들이 그러하듯 결코 만족할 수 없는 형량이었다. 사람이 사람을 죽여달라고, 죽여 마땅한 놈이라고 요청하기 위해 얼마나 많은 법적 근거와 검토와 되짚음이 있어야 하는지 유가족들은 생각하지 않는다. 아니, 생각할 수 없다고 생각한다. 생각해서는 안 된다고, 그런 생각 따위를 하는 것은 죽은 내 가족에 대한 사랑이 부족함을 인정하는 것이라고 믿는다.

'당연히 그렇지. 알기는 아는데……'

강주희는 종종 법이 늙은 여배우와 비슷하다고 생각했다. 화려한 분장을 하고 화려한 의상을 입고 무대에 서면 모두를 장악하고 모두를 매료시킬 수 있지만, 그 껍데기를 벗고 나면 무기력하고, 그 무기력함이 때론 추해 보이기까지 하는, 하나의 인격 안에 깃들어 있는 두 개의 영혼 같은 속성. 법의 권력과 법의 무기력. 양쪽 모두 진창이기는 마찬가지였다.

국민의 90%가 알고 있고, 사랑하고 신뢰하는 인물이라 해도 최선우는 개인이었다. 한 개인의 죽음을 이유로 한 생명을 사회로부터 영원히 격리시키는 결정을 하지 않는 것이 현재의 법이었다. 게다가 직접적인 살인을 입증할 증거도 없는 상황이고, 서인하는 줄기차게 자신들이 연인 관계였다고 주장하고 있었다.

방청객이 없는 재판이라 해도 자료 공개는 신중해야 했다. 서인하의 집요한 스토킹을 입증할 자료를 공개하고 충분하게 설명한 뒤, 이후의 납치에 관한 추정은 추정이 아닌 것처럼 가볍게, 강간은 짧고 강하게 넘어가고, 그 과정에서 필사적으로 도망치려는 최선우를 밀어뜨린 것으로 결론짓는다. 그 후 자신의 시나리오를 완성하기 위해 증거물을 챙겨 들고 가서 태연하게 낚시를 즐기던 모습을 설명하는 데서 다시 충분히 시간을 갖고…….

"배 안 고파?"

시뮬레이션하던 주희의 책상을 똑똑 두드린 것은 선배인 이 검사와 남 검사였다. 이런 상황, 이런 시간에 속사정을 알아주는 것은 확실히 남편보다 동료였다.

"치킨?"

주희가 웃으며 일어섰다.

남 검사는 순식간에 프라이드 2인분을 해치우고 양념 치킨 조각을 집어 들었다.

"임신했냐?"

이 검사가 농담하며 남 검사를 째려보았다. 와이셔츠 단추를 뚫고 나올 것 같은 남 검사의 배를 쿡쿡 찌르며 7개월에서 8개월은 된 것 같다고 하자 남 검사는 한숨을 푹 쉬며 맥주를 집어 들었다.

"잠을 못 자니까 자꾸 먹고, 나 석 달 새 5킬로그램이나 쪘어요."
"왜 잠을 못 자? 일이 많나?"
"차라리 일이 많은 게 낫죠. 꿈에 얼굴 없는 새끼가 나타나서 자꾸 불을 지르잖아요."

남 검사는 방화 연쇄 살인이 이대로 미궁에 빠지는 것은 아닌지, 해결의 실마리도 없는 상태에서 세 번째 방화가 일어나는 것은 아닌지 초조해하고 있었다.

"이 새끼가 한 날 밤에는 내 와이프를 끌고 가서 태우고, 다음 날에는 너도 태우더라."
"아이고, 내일 재판 있는 동기한테 참 격려되는 말씀이십니다."
"아, 미안. 근데 나 너무 불쌍하잖아."

그러면서 남 검사는 어느새 또 양념 치킨을 집어 들고 먹기 시작했다. 충분히 이해되는 직업병이었다. 최선우의 집안만큼은 아니지만 남 검사가 맡고 있는 사건의 피살자들도 자기 분야에서 이름이 알려진, 소위 젊은 여성 리더들이었다. 가족뿐만 아니라 SNS의 팔로어들이 눈에 불을 켜고 사건의 추이를 지켜보고 있었다. 실마리조차 잡지 못한 채 시간이 흐르자 검경의 무능함에 대한 여론이 일고 있었다. 최선우 사건이 터진 후 잠시 관심 밖으로 밀려났지만 서인하에 대한 판결이 나기 전까지 남 검사는 뭐라도 건져야 했다.

"미치겠네, 진짜."

강주희는 남 검사를 보며 다음 날 저녁 때쯤 자신이 남 검사와 같은 말을 하고 있게 되지 않을까 생각하며 씁쓸히 웃었다. 박무현은 결코 15년형으로 만족하지 않을 것이고, 강주희에게는 사형을 구형할 근거가 없었다.

"콜라 하나 주세요."

식은 치킨을 맥주 없이 마시려니 목이 뻑뻑해 주희가 콜라를 주문하자 그새 취기가 올라온 남 검사가 농담처럼 소리를 질렀다.

"콜라 마시지 마! 콜라 마시지 말라고!"

남 검사의 사건에서 인화 물질이 담겨 있던 페트병이 콜라 용기였다. 이 검사가 남 검사의 뒤통수를 치며 낄낄거렸다.

"에이, 소심한 자식아."

주희는 식도를 넘어가는 탄산의 느낌을 즐기며, 다음 날 오후 재판정에서 이 느낌을 상기해야 할 일이 생길 것 같다고 생각했다.

그러나 재판은 다소 어이없이 끝나버렸다. 시작은 차분했다. 주희가 사건의 개요와 서인하의 범죄 사실에 관한 이야기를 풀어 나갔다. 지난밤 준비한 대로 스토킹에 관해 길게 설명했다. 힐끗 본 박무현은 전혀 알지 못했던 대학 시절부터의 스토킹 사실에 혐오와 분노를 드러낸 얼굴로 서인하의 뒤통수를 노려보았다. 주희는 이후의 납치, 강간, 살해에 관해 간단명료하게 설명했다. 서인하는 자신을 변호하는 모두발언에서 모든 혐의를 부인했다.

서인하의 옆에는 국선변호사가 앉아 책상 아래로 스마트폰을 보고 있었다. 서인하 쪽에서 변호사를 거부했지만 이 정도의 사건에 변호사 없이는 재판 자체가 열리지 않기에 선임된 국선. 서인하가 국선변호사를 만난 첫날 아무것도 하지 않아도 된다고 선언했다는 소문이 퍼졌다. 피해자 가족에 대한 부담감으로 잔뜩 찌푸리고 있던 국선변호사는 진심으로 서인하에게 고마워했고, 진심으로 아무 일도 안 했다는 이야기도 들려왔다.

변호사는 이 재판에 아무 관심도, 책임도 없다는 것을 온몸으로 웅변하고 있었다. 서인하는 변호사에게 신호를 주어 발언 기회만 얻었을 뿐, 모든 변론을 스스로 해내고 있었다.

"우리는 사랑하는 사이였습니다. 스토킹이 아니었습니다. 나는 그녀를 동경했고, 그건, 사고였습니다. 사고였을 겁니다. 내가 보지 않았으니 그녀가 스스로 떨어진 건지, 실수로 떨어진 건지는 모르지만 어쨌건 그건 사고일 겁니다. 내가 내 손으로 사랑하는 여자를 죽일 이유가 없지 않습니까?"

스토킹에 대한 혐의는 명백했다. 최선우의 해외 일정은 모두 직장 워크숍, 친구들과의 여행, 가족 여행같이 동행이 있는 여행뿐이었다. 같은 날짜에 같은 목적지를 오간 서인하의 비행기 표가 그의 스토킹 사실을 완벽하게 설명해주었다.

"결혼 전, 그러니까 제 전시회 마지막 날 다시 만나기 전까지는, 그래요. 내가 쫓아다닌 게 맞지만, 그건 내가 그녀의 내면을 알기 위한 예술가로서의 여정 같은 것이었습니다. 하지만 그 이후는 아닙니다. 그 이후에는 그녀가 요구했습니다."

판사는 서인하의 발언을 제지했다. 제지하면서 힐끗 방청석의 박무현을 보며 그의 만족도를 살피는 듯했다. 서인하는 판사의 시선을 따라 박무현을 돌아보았고, 이 재판의 흐름이 몹시 마음에 들지 않는 듯 얼굴을 일그러뜨렸다.

급격한 파국은 전혀 예상치 못한 지점에서 발화했다. 최선우의 사망 원인과 사망 시각에 관한 얘기였다.

"최선우 씨의 직접 사인에 관한 최종 보고서를 보면 경추 골절에 의한 뇌출혈이라고 되어 있습니다. 그러니까 최선우 씨는 골절 후 꽤 긴 시간 살아 있었고, 그 시간 동안 적절한 응급조치를 받았다면 지금 이 자리에서 자신에게 벌어진 일을 직접 증언할 수 있었을 겁니다. 백번 양보해서 피고인이 직접 밀어 떨어뜨린 것이 아니더라도 사고 후 죽음에 이르기까지 방치하지 않았다면……."
"선우가 떨어진 걸 몰랐다니까요. 내가 집을 나간 후에 벌어진 일이란 말입니다."

서인하의 항변에 강주희는 물끄러미 서인하를 바라보았다. 서인하는 매우 유치한 반항의 눈빛으로 주희를 쏘아보았다. 자신이 최선우를 스토킹했다는 증거물이 발각된 이후, 서인하는 외부 세계를 받아들이는 자신만의 쿠션을 모두 빼앗긴 상태가 되어 날것의 초조함과 적개심을 그대로 들키곤 했다.

"최선우 씨의 사망 시각이 23일 오후 3시에서 5시 사이이고, 서인하 씨는 그날 2시 반경 집을 나섰다고 진술했습니다. 그래서 최선우 씨의 사고와 사망을 알지 못했다고 주장했습니다. 맞습니까?"
"그렇다고요!"
"다급하게 갖고 나간 증거물이라 이게 자신의 짐 속에 섞여 들어간 걸 잊었나 보네요."

주희는 팩스 용지 하나를 증거물로 제출했다. 화구상에서 서인하의 작업실 팩스로 보낸 물품 확인서였다. 팩스 수신 시간은 사건 발생일인 23일 오후 3시 30분으로 되어 있었다. 서인하가 그의 주장대로 2시 30분에 집을 나갔다면 3시 30분에 도착한 팩스를 갖고 낚시터로 갈 수는 없는 일이었다. 극적 효과를 노린 것은 아니었지만 주희는 언성이 높아졌다. 살인에 대한 분노보다는 자신의 범죄를 덮기 위해 한 여자가 정성을 다해 가꾼 인생을 난삽하게 만든 행태에 대한 분노가 더 컸다.

"서인하는 고 최선우 씨를 긴 세월 스토킹하다 납치 감금, 살인하고 마지막 생명을 살릴 수 있는 시간까지 잔인하게 방치하여 끝내 사망에 이르게 한……."

주희가 마지막 살인에 대한 이야기를 하려 할 때 갑자기 서인하가 주희를 향해 달려 나왔다.

"안 죽였다고! 내가 죽이려고 했으면 그렇게 지저분하게 안 해! 다 불 질러버렸지! 너도 죽여버릴 거야!"

서인하는 강주희의 옷자락에 손도 대지 못하고 제지당했다. 방청석 가장 앞줄에 앉아 있던 이 형사가 거의 반사적으로 뛰어 넘어와 서인하를 제압했기 때문이었다.

'저 덩치에 어떻게 저렇게 빠르지? 형사는 다르네.'

주희는 고래고래 소리를 지르는 서인하가 아니라 이 형사를 보며 엉뚱한 생각이 들었다. 원하는 대로 주희를 잡지도 못하고 주희의 관심조차 끌지 못한다고 느낀 서인하는 더 크게 발악하며 소리를 질렀다.

"너도 태워 죽일 거야! 강주희, 너도 각오해!"

판사는 서인하를 끌고 나갈 것을 명령하며 휴정을 선언했다. 서인하를 인계한 이 형사가 다가와 주희를 챙기며 물었다.

"괜찮으십니까?"

박무현도 다가왔다.

"놀라셨겠습니다."

박무현은 이 형사에게도 인사를 건넸다. 어떤 상황에도 당황하지 않고 판세를 가늠하고 정리하고 주도하는 직업군의 사람다운 태도였다. 아내를 강간하고 살인한 범인의 재판에서도 흐트러지지 않는 모습이 무서울 만큼 단정했다.

"그만큼 빠르게 반응하지 않으셨으면 강 검사께서 다치셨을지도 모르는데, 애쓰셨습니다."

박무현이 이 형사를 치하했다. 이 형사가 이 정도는 기본입니다, 하는 느낌으로 설명했다.

"남편 분을 돌아볼 때 눈동자가 하도 이상하게 돌아가서, 저 새끼 사고 칠 것 같다고 생각하고 있었거든요."

그러나 주희는 두 사람의 대화에 반응하지 않았다. 박무현이 주희의 상태를 살피며 이야기했다.

"많이 놀라신 것 같은데, 병원으로 가시죠. 제 차로 모시겠습니다."
"아니……."

주희가 뭔가 계속 생각에 잠긴 채, 박무현의 몸짓을 멈추게 했다. 의아하게 바라보는 이 형사와 박무현을 보지도 않고 주희는 혼잣말처럼 중얼거렸다.

"마지막에 뭐라고 그랬죠?"
"검사님을 죽이겠다고……. 그거야 그냥 발악한 거죠."
"아니, 아니. 그냥 죽이는 게 아니라, 분명히 태워 죽이겠다고 말했죠?"
"그랬던 것 같습니다. 경황이 없어서 잘 듣지는 못했지만."

박무현이 곰곰이 기억을 더듬었다.

"그전에, 달려들면서도 비슷한 얘기를 했던 것 같습니다. 자기가 죽이면 그렇게 하지 않는다고……."
"그렇죠? 죽이려고 했으면, 불 질러버렸다고. 맞죠?"

이 형사는 도통 기억 나지 않는 듯한 얼굴이었고, 박무현은 그것이 도대체 무슨 상관인가 하는 얼굴이었다. 주희는 검사석 아래 처박아둔 가방을 찾아 서둘러 핸드폰을 꺼냈다.

남 검사는 주희가 설명하는 3분 동안 얼떨떨했다가 심각해졌다가 희망을 품었다가 의심스러운 표정으로 바뀌었다. 주희는 그 표정 변화를 보며 남 검사가 얼굴 껍데기가 이렇게까지 얇을 줄은, 자기 느낌과 생각이 다 드러나는 인간인 줄은 몰랐다는 생각을 했다. 옆에 앉아서 열 손가락에 양념을 다 묻혀가며 치킨을 먹는 번잡한 모습으로 "무슨 소리야?" "응? 넌 알아들었어?" "나만 몰라?" 등의 쓸데없는 추임새를 넣고 있는 이 검사와 나란히 앉아 있어서 그 예민함이 더 도드라진 것인지도 몰랐다.

"그러니까, 정리하면 강 검사는 서인하가 내가 맡고 있는 연쇄방화 살인 사건의 범인일 수도 있다는 거야?"

이 검사가 치킨을 툭 떨어뜨렸다. 주희가 냅킨을 집어 떨어진 치킨을 주워들며 간단히 "응"이라고 대답했다. 이 검사가 입을 쩍 벌리며 뭔가 이야기하려고 하는 순간 남 검사가 빠르게 말을 이어 입을 막았다.

"심증?"
"심증."

주희의 대답도 간략했다. 남 검사가 다시 자기만의 생각에 빠져들었다. 이 검사가 냅킨으로 열 손가락을 닦으며 질문을 쏟아내기 시작했다. 그 질문에 주희가 해줄 수 있는 답은 하나밖에 없었다.

"아니요, 아니요. 아무것도 확인되지 않았습니다."

이 검사가 알고 싶어 하는 아주 사소한 단서조차 없었다. 그냥 오직 느낌뿐이었다. 주희는 솔직하게 인정했다.

"그냥 법정에서 끌려가면서 한 그 한마디가 걸린 것뿐입니다."

이 검사는 쓰읍, 실망한 표정이 되어 다시 치킨을 집어 들었다.

"에이, 그럼 뭐……."

남 검사가 마음을 굳힌 듯 주희를 대신해 입을 열었다.

"'죽여버리겠다'까지는 쉽게 말할 수 있지만 '불태워버리겠다'는 불을 질러본 놈들 아니면 쉽게 나오는 얘기 아닙니다……."
"그렇지? 나도 거기에 걸린 거야."
"그럼 상호간 자료 까. 뭘 고민해."

추릅추릅 소리까지 내며 양념 치킨을 먹던 이 검사가 간단히 정리하듯 이야기를 던졌다. 수사 도중 여죄를 밝히는 경우는 있어도 검찰로 넘어온 사건의 재판 도중에 전혀 다른 사건과의 연결점을 발견하는 경우는 극히 드물었다. 공조의 매뉴얼 같은 것도 없었다. 단순한 직감만으로 이래도 되는 것인지 망설이던 주희와 남 검사에게 이 검사가 간단히 불을 지핀 것이다. 눈이 마주친 주희와 남 검사가 동시에 벌떡 일어났다.

"내 방에서 봅시다."
"내가 갈게."

두 사람이 동시에 말하고는 뛰듯이 움직였다. 밤 11시 20분이었다.

무현은 선우가 사라진 이후 늘 그래 왔듯이 따뜻한 물에 위스키를 섞어 넉넉하게 한 잔을 만들었다. 스트레이트로 알코올을 퍼붓고 싶은 마음을 꾹꾹 누르며 스스로 정한 양 이상을 넘기지 않도록 조심했다. 한번 둑이 무너지면 걷잡을 수 없을 거라는 예감이 강했기 때문이다.

　늘 그래 왔다. 따분한 사람이 되지 않을 정도의 오락과 취미를 유지했지만 중고등학교 때도 도를 넘어서본 적이 없었다. 도를 넘어서는 즐거움을 모르는 것이 아니었다. 즐거울 것이고, 재미있을 것이라는 친구들의 유혹을 믿지 않은 것이 아니었다. 그러나 그 즐거움과 재미에 어떤 방식으로든 대가가 따를 것임을 일찌감치 알아버렸다.

　아버지의 교육이 그러했다. 유년 시절부터 모든 선택권을 주었지만 그에 따른 대가를 스스로 책임지게 했다. 담력시험을 한답시고 친구들과 어울려 높은 곳에서 뛰어내렸다가 다리가 부러졌을 때, 그 모든 병원 비용을 용돈에서 스스로 지불하게 했고, 두 달 동안 단 한 번도 승용차로 통학하지 못하도록 엄명을 내렸다. 각별히 도덕적인 아버지여서가 아니라 절제 없는 인생에 대해 몸으로 느끼게 하는 것이 가장 효율적인 교육이라는 판단하에 선택한 방법이라는 것을, 스무 살쯤 깨달았다. 정감 넘치는 부자지간이 되는 것은 기대할 수도 없는 상황이지만, 무현은 그런 아버지를 인정하고 존경하며 자랐다.

　선우는 그런 부자에게 정말 완벽하게 어울리는 아내였고, 며느리였다. 10세 이전부터 온몸으로 절제를 배운 무현에게조차 선우의 절제는 때로 답답하게 느껴지는 부분이 있었다. 특히 잠자리에 대해선 조선시대가 무색할 정도였다.

　24시간 브래지어를 하는 것이 몸에 좋지 않다는 기사나, 부부가 알몸으로 자는 것이 건강에 좋다는 기사를 읽고 시도해보자고 했을 때, 선우는 그야말로 토끼처럼 눈을 동그랗게 뜨고 무현을 바라보았다. 그리고 무현이 농담했다고 판단한 듯 웃어버렸다. 그 순박한 반응에 무현 역시 말도 안 되는 농담을 한 것처럼 웃으며 대화를 마무리했다.

서인하가 증언하는 선우는 선우가 아니라 다른 어떤 여자로도 무현이 만나본 적 없는 인격이었다.

"나와 있을 때 선우는 완전히 다른 사람이었습니다. 노브라에 노팬티에 그물 스타킹에 새빨간 가발을 쓰고 시골장터를 돌아다녔습니다. 내가 뒤에서 자신을 안고 걸어가는 것을 좋아했습니다. 내 몸이 자기 몸에 반응하는 것을 엉덩이로 느끼며 걸으면 행복하다고 했습니다."

말도 안 되는……! 망상이라 해도 용납할 수 없는, 아니 이해할 수 없는 작태였다. 많은 사람들이 오가는 시장에서 남녀가 뒤엉켜 서로의 몸에 반응하는 것을 즐기다니. 대체 무슨 생각으로 살면 그럴 수 있을까. 무현은 고개를 흔들며 생각을 털어버리려 했다. 그러나 서인하가 진술한 정사. 차 안에서, 공중화장실에서, 그늘진 골목에서 벌였다는 음탕한 장면이 자꾸 그려졌다. 무슨 주문에 걸린 것 같았다.

"통이 넓고 긴 치마를 입고 나가는 날은 어김없이 노팬티였습니다. 벤치에 앉은 내 위에 앉아, 다정한 연인이 그저 껴안고 있는 것처럼 보였겠지만 사실 우리는 인터코스를 즐기고 있었습니다. 그런 여자를 어떻게 최선우라고 생각할 수 있겠습니까? 그래서 우리는 마음껏 돌아다녔지만 아무도 최선우를 목격하지 못한 겁니다."

'1000만 분의 1. 만약 선우가 그럴 수 있는 여자였다면…….'

무현은 자신의 생각이 그 가정에서 한마디도 더 나아가지 않는 것을 깨닫고는 쓰게 웃었다.

선우가 뜨거운 몸을 가진 여자일 수 있다는 생각은 했다. 선우의 의식과 통제를 벗어난 선우의 몸 깊은 곳은 그렇게 반응했다. 뜨겁고, 격렬했다. 무현은 첫날밤 새삼스러운 시선으로 선우를 봤다. 그러나 선우는 그런 자신의 몸에 대해 아예 무지했다. 자신을 내려다보는 무현의 시선이 부담스러운 듯 무현의 가슴에 얼굴을 묻었고, 가늘게 떨리는 팔로 무현의 목을 감아 안았다. 무현의 몸을 감싼 선우의 몸속 깊은 곳이 드러내는 열기와 떨림은 그 여린 표정과 전혀 어울리지 않았다.

그러나 무현은 그 부조화가 좋았다. 선우 자신이 얼마나 굉장한 몸을 가진 사람인지 알게 해주고, 부부만이 누릴 수 있는 즐거움을 마음껏 누리며 살아갈 것이라 생각했다. 그러나 선우는 잠자리에 큰 관심이 없었다. 무현의 손길을 거부한 적은 없으나 먼저 무현을 자극하지도 않았다. 불을 켜거나 큰 소리로 신음 소리를 내는 것도 무서워했다. 체위를 바꾸려다가 잘되지 않으면 많이 민망해했고, 무현에게 미안해했다.

'그럴 수 있는 여자였다면…….'

무현은 자신이 선우에 대해 절제하지 못했을 것이라고 생각했다. 무현이 해외 근무를 나간 것도, 각자의 일에서 높은 성과를 올린 것도, 집안의 대소사에 모자람도 소홀함도 없이 칭찬받으며 참여할 수 있었던 것도 선우의 태도에 따라 무현이 절제할 수 있었기 때문이었다. 무현의 아버지는 선우의 완벽함과 자연스러운 절제와 그에 따르는 품위를 높이 칭찬했다.

'그럴 수 있는 여자였다면, 그렇게 살 수 없었지.'

문장을 완성할 수 있었다. 잠시라도 서인하의 망상에 마음이 흔들린 것에 대해 선우에게 미안한 마음이 들었다. 무현은 한 모금 정도 남은 잔을 보며 미칠 듯한 충동을 느꼈다. 그러나 가볍게 잔을 들어 건배하듯 이야기하며 아쉬움을 털었다.

"당신은 완벽한 아내였어."

가고 없는 사람이지만 선우에게 부끄러운 모습을 보이지 않겠다는 결연한 의지로 무현은 술을 더 따르지 않고 잠자리에 들었다.

'피부가 떨리는 건가?'

손가락이 덜덜 떨리거나 다리가 후들거리는 것은 아니었다. 그러나 법정에서 끌려나온 순간부터 온몸에 계속 진동이 느껴졌다. 서인하는 온몸의 피가 미칠 듯한 속도로 레이스를 펼치고 있다고 느꼈다. 그래서 혈관의 움직임이 피부로 전달되고, 피부가 그에 따라 파장을 일으키는 것 같았다. 옆으로 돌아누웠다. 옆구리가 아팠다. 법정에서 끌려나오면서, 호송차량에 올라타면서 서인하는 누군가에게 맞고, 몸부림치다가 스스로 부딪쳤다. 뼈를 다친 정도는 아니더라도 상당한 타박상을 입은 것이 분명했다. 여기저기 화끈거리는 느낌도 있었다. 그러나 그 모든 통증과 열감보다 혈액의 레이스가 강력했다. 쉽게 달래지지 않는 떨림이었다.

도박중독자가 판돈이 잔뜩 깔린 테이블 앞에서 마지막 히든카드를 받을 때의 느낌. 짐승같이 몸을 뒤섞은 이야기가 난무한 법정의 마무리가 방화라니……. 혈관뿐만 아니라 더 작은 단위의 세포까지 펄떡거리는 게 당연한 일이었다. 강주희의 마지막 표정이 정지 화면처럼 반복재생 됐다.

'알아차린 걸까?'

그저 놀란 것일 수도 있다. 지금으로선 판단하거나 계획을 세울 수 있는 정보가 없는데도 머리는 계속 돌았고, 몸은 거칠게 반응했다. 서인하는 별수 없다는 생각을 하며 바지 속으로 손을 넣었다. 정지해버린 머릿속 화면을 지우고, 펄떡이는 혈관을 잠재우기 위해서는 체액을 뽑아낼 수밖에 없었다.

독방에선 이런 일을 하고 싶지 않았지만, 마음을 먹자 그리 힘들

지 않았다. 서인하는 잡지나 포르노의 도움 없이 기억을 끄집어
내는 것으로 충분하다는 것에 만족감을 느끼며 천천히 손을 움
직였다.

주희는 남 검사의 사건 기록을 꼼꼼하게 살피고, 남 검사는 서인
하의 사건 기록을 보기로 했다.

남 검사가 맡은 방화 살인 사건은 3월과 4월, 약 한 달 간격으로
제법 유명세를 타고 있는 전문직 여성 두 명이 자신의 승용차에서
불에 타 죽은 사건이었다. 3월에 죽은 사람은 젊은층에게 인기를
얻고 있는 소설가였고, 4월에 죽은 사람은 이런저런 미용 프로그
램에 자주 얼굴을 내비치던 치과 의사였다.

실종 신고가 접수된 지 2~3주 만에 지방도로에서 전소된 차량
이 발견됐고, 그 안에서 그녀들의 시신이 나왔다. 시체가 너무 심
하게 훼손돼서 부검으로 많은 정보를 얻을 수 없었지만 '소사(燒
死)'가 아닐 수도 있다는 부검 결과가 있었다.

"불에 타서 죽은 게 아닐 수도 있다는 거야?"

주희의 질문에 남 검사가 안경을 벗고 눈을 비비며 대답했다.

"응, 죽이고 태운 건지 태워 죽인 건지 모르겠다는 거지."
"완전히 타버려서 호흡기의 이물질 검사가 안 된 거군."

"그렇지. 시너를 이용해서 불을 질렀기 때문에 순식간에 타버린 케이스라……."

주희는 조서를 넘기며 확인했다.

"시너를 이용한 방화인 거는 확인된 거구나."
"현장 주변에서 발견된 1.5리터 페트병에 시너를 담았던 게 확인됐고……."
"당연히 지문은 없었을 거고."
"그렇지."

주희는 열심히 조서를 넘기다가 멈칫했다. 자신의 기억 속에 있는 무엇인가와 남 검사가 이야기한 어떤 단어가 연결되는 느낌이 들었던 것이다.

"뭐라고?"

순간적으로 졸던 남 검사가 깜짝 놀라며 되물었다.

"뭐가?"
"좀 전에 뭐라 그랬어?"
"응? 뭐, 지문이 없었다는 거?"
"아니, 그전에."
"그전에?"

"응, 시너가 어디 담겨 있었다고?"
"상표를 떼낸 1.5리터 콜라 페트병."

일치!
주희의 머릿속에 흐르던 영상이 정지했다. 분명히 그곳에 있었다. 1.5리터, 라벨이 깔끔하게 제거된 페트병 10여 개. 왜 그것을 발견했을 때, 이 사건과 연결시키지 못했던 것일까. 순간적으로 자책까지 들었다.

'방화 사건이 아니었으니까. 게다가 최선우가 그런 모습으로 죽어 있었으니······.'

주희가 벌떡 일어섰다.

"가자."
"집에?"
"서인하 작업실."
"왜?"
"가면서 얘기해줄게."
"지금?"

새벽 4시가 넘어가고 있었다.
서인하의 작업실 앞에서 만난 이 형사는 뜨거운 아메리카노 석 잔을 캐리어에 들고 나타났다.

"이제 아침엔 찬바람이 좀 드는 것 같아서요."

밤새워 운전하고 온 사람에게 보석 같은 커피를 전해주면서 어쩐지 이 형사는 부끄럽다는 듯 변명을 했다. 주희와 남 검사는 고마워하며 커피를 받아 마셨다. 재판을 위해 입었던 정장 그대로인 주희는 터져나갈 것처럼 부어버린 몸뚱이를 카페인으로 달랬다. 이렇게까지 집착할 필요가 없을 수도 있다. 이 형사에게 사진을 찍어 보내고, 내용물을 확인시킨 후, 필요하면 들고 올라오라고 할 수도 있는 일이다. 그러나 궁금함을 안은 채 잠들 자신이 없었다.

"너도 태워 죽일 거야!"

살의라기보다 뭔가 악에 받쳐서, 뭔가 지독한 결박에 몸부림치는 것 같은 목소리였고, 얼굴이었다. 서인하의 그 눈빛과 목소리가 주희를 잠들도록 내버려둘 것 같지 않았다. 차를 타고 내려오는 동안 주희의 설명을 들은 남 검사는 오히려 컨디션이 짱짱해진 것 같은 얼굴이었다.

미제로 끝날지도 모른다는 캄캄한 상황에서 기대하지 않은 랜턴 불빛 하나가 반짝 떠오른 것 같은 느낌일 것이다. 그 빛을 따라가다가 혹시 정말, 만약, 진짜로 출구를 발견한다면……. 강력 사건에는 그런 경우가 없잖아 있었다. 범인의 터무니없는 실수, 이웃의 우연한 발견, 상관없는 접촉 사고……. 검사들이 이미 달달 외울 듯이 보고 또 본 조서를 되짚어 보는 것은 혹시 놓친 이런 균열이 있기를 바라는 간절한 몸부림이었다.

"얼른 들어가봅시다."

남 검사가 더 기다릴 수 없다는 듯 뜨거운 커피를 꿀떡꿀떡 마시고 재촉했다. 이 형사가 문을 열고 옆으로 비켜섰다. 주희가 앞서고 남 검사가 거의 밀듯이 따라 들어왔다.

"어느 책상 밑이라고?"
"저쪽."

주희가 작업대 책상 아래쪽을 가리켰다. 최선우가 발견된 위치와도 상관없고 흉기가 발견된 곳도 아니었기에 별다른 조사를 하지 않았다고 이 형사가 변명처럼 이야기했다.

"이게, 저기 미술에 쓰이는 재료라던데요."
"네, 유화 붓 세탁할 때 쓴다고 하더군요."
"서인하가 화가라서 거기에 쓰는 걸로 알고 있었는데요."

이 형사는 설명이 필요하다는 얼굴로 주희를 돌아보았다. 하지만 주희는 섣불리 자신의 의심을 공유할 수 없었다.

"아마 그렇게 얘기하겠죠."

남 검사는 수사 현장에서 쓰는 라텍스 장갑을 끼고, 바닥에 엎드려 페트병을 하나 꺼냈다. 병뚜껑을 본 남 검사는 혼잣말처럼 중얼거렸다.

"일단 같은 브랜드 콜라병이기는 한데……."
"그것만으로는 얘기 시작도 못 해보지."
"얘기 시작은 할 수 있어."

남 검사가 페트병을 하나씩 꺼내며 말했다.

"요즘엔 붓 세척을 위한 전용 크리너가 잘 나와서 냄새 지독한 시너를 쓰는 사람이 거의 없다고 하더라고."
"그래?"
"이렇게 유명하고 돈도 잘 버는 화가가 뭐 때문에 시너를……. 게다가 이렇게 많이."

책상 밑에서 나온 페트병은 열세 개였다.

"이 정도면 붓을 빠는 게 아니라 뭔가를 불살라버리겠다는 거지."

이 형사는 놀랐고, 남 검사는 확신에 가까운 느낌으로 웃었다.

"원래 시너로 붓을 빨았고, 모든 재료를 넉넉하게 구비해두는 편입니다. 서울에서 작업하는 사람들처럼 손쉽게 재료를 구할 수 있는 게 아니니까요."
"그럼 이건 뭐에 쓴 건데?"

남 검사는 서인하의 작업실에서 찾아낸 붓 크리너를 내밀었다. 서인하가 잠시 크리너를 보았다.

"화가라고 하니까 학생들이며 친구들이며 이런저런 선물을 합니다. 그중에 있던 거겠죠."
"그럼 왜 작업실에는 시너로 붓을 뺄 때 쓰는 그 흔한 페인트 통 하나 없었을까?"
"붓을 세척하면 그때그때 처리하고 버리니까요. 냄새 나잖아요?"

서인하는 남 검사를 똑바로 바라보고 미소까지 지어가며 대답했다. 망설임도 주저함도 없었다. 매직미러 건너편의 다른 방에서 취조 과정을 지켜보던 이 검사가 입술을 괴상한 모양으로 일그러뜨리며 쯥쯥쯥 불만족스러운 소리를 냈다.

"쉽지 않겠네. 알리바이는?"
"피해자들이 죽은 날짜나 자동차를 불태운 날짜가 명확하게 나오지 않아서 알리바이는 큰 의미가 없어요."

이 검사처럼 괴상한 소리를 내지는 않았지만 주희도 초조한 느낌이 들었다. 연쇄 살인, 방화 사건에서 진전이 없다면 최선우 살인 사건에 집중해서 재판을 이어갈 준비를 해야 했다. 서인하의 주장을 뒤집을 만한 근거는 없었다.

그러나 서인하의 막힘없는 대답이 주희에게 확신을 갖게 했다. 서인하는 많은 준비를 해둔 듯했다. 자신이 법정에서 끌려 나가며 흘려버린 말실수에 대해 이 사건에 대한 수사가 진행될 수도 있다는 생각을 해둔 듯했다.

'준비를 했다. 왜?'

감출 것이 있으므로 들키지 않을 준비를 한 것이다. 그렇다면 감추고 싶은 것을 찾아내주어야 했다. 주희는 서인하를 남 검사에게 맡겨두고 소회의실로 향했다. 회의실에는 남 검사 방의 시보와 직원들, 주희 방의 멤버들이 함께 대기하고 있었다. 넓은 테이블 위에는 서인하 관련 자료가 차곡차곡 쌓여 있었다. 주희가 들어가면서 물었다.

"도착했습니까?"

그때 보미가 문을 열고 들어왔다.

"지금 왔습니다."

보미 뒤로 20여 개의 상자를 나눠 실은 캐리어 세 개를 밀며 경비들이 따라 들어왔다.

"아이고, 이 안에 뭐가 들었기에 이렇게 무겁대?"

늘 궁금한 게 많은 정씨가 박스를 내리며 중얼거렸다. 남 검사 방의 젊은 수사관들이 붙어서 척척척 박스를 내렸다. 주희가 모두를 향해 이야기했다.

"최선우 살해 용의자 서인하의 작업실에서 수거한 물품입니다. 주로 책과 스크랩 자료 등이고, 전산 자료는……."
"노트북 한 대가 있어서 내용물 조사를 시작했습니다."
"좋습니다. 최선우 살인 사건에 대한 자료를 포함하여, 이 건과 상관없다는 판단으로 배제되었던 모든 자료를 전면 재검토합니다. 재검토하는데, 최선우 살인 사건이 아니라 두 건의 방화 살인 사건에 초점을 맞추겠습니다."
"예!"

거의 군대식 대답이 돌아왔다. 남 검사의 방은 돌파구를 찾았다는 느낌에, 주희의 식구들은 헛다리라면 빨리 되돌아가 최선우 사건을 종결해야 하기에 빨리 결론을 짓겠다는 의지 때문에. 주희가 자리에 앉으며 가볍게 손바닥을 쳤다.

"시작합시다!"

"당신 작업실에 있는 모든 붓을 성분 조사 했어. 시너 성분은 발견되지 않았고."

"쓰던 붓은 다 버렸습니다. 지금 작업실에 있는 붓들은 새로 장만했고, 그 붓들은 선물 받은 크리너로 세척하면서 썼습니다."

⁀

"시너를 산 곳이 어디야?"

"잘 기억나지 않네요. 술 마시고 돌아다니다가, 홍대 근처 어디겠죠."

⁀

"시너를 페트병에 직접 소분한 건가? 모두 콜라 페트병으로 한 건 이유가 있어?"

"모두 콜라 페트병이었습니까? 저도 몰랐네요."

⁀

"소설가 송지영, 치과 의사 이정아 두 사람과 개인적으로 만난 적 있어?"

"이름도 처음 들어봅니다."

"이름을 처음 들어본다고?"

"선우하고 개인적 관계가 아니었다면, 나는 최선우도 모르고 지냈을 겁니다. 텔레비전을 안 봅니다. 인터넷도 거의 하지 않습니다."

"……."
"증거도 못 찾았으면서 엉뚱하게 힘 빼지 맙시다."
"……?"

요지부동이던 서인하 앞에서 점점 확신을 잃어가던 남 검사는 서인하의 비아냥에 번쩍 하는 느낌을 받았다. 남 검사는 물끄러미 서인하를 바라보았다. 서인하는 당당한 시선으로 남 검사를 바라보았다. 남 검사가 일어서며 서인하에게 이야기했다.

"일어나."
"왜요? 뭐요?"

남 검사는 의자를 발로 차서 빼면서 동시에 서인하의 뒷덜미를 잡아 일으켰다.

"증거물 찾으러 가자."
"뭐……?"
"증거도 없으면서가 아니라, 증거도 못 찾으면서, 라고? 우리가 못 찾는 거네. 그럼 네가 찾아야지."
"그게 무슨, 내 말은……."

남 검사는 그대로 서인하를 질질 끌고 취조실을 나섰다.
쾅. 남 검사는 거친 소리가 나도록 소회의실 문을 열어젖혔다. 서인하의 작업실을 옮겨온 수준의 자료 더미에 묻혀 있던 주희와 멤버들 앞으로 서인하가 남 검사에게 떠밀려 쓰러지듯 들어와 섰다. 주희는 눈으로 남 검사에게 무슨 일인지 물었다.

"책상 위 좀 치웁시다."

남 검사가 서인하를 의자에 앉히며 말하자 다들 주희를 바라보았다. 몇날 며칠에 걸쳐 나름대로 분류해놓은 자료들이 한가득 쌓인 책상을 갑자기 치우라는 지시를 따라야 할까 하는 질문을 담고 있는 시선이었다.
똑똑. 노크 소리가 들리고 쭈뼛거리며 직원 하나가 들어왔다. 카메라 가방과 삼각대를 들고 있었다. 그런데 카메라도 세 대, 삼각대도 세 대였다.

"남 검사님, 세 대 요청하신 것 맞죠?"
"예, 녹화 테이프랑 배터리 넉넉하죠?"
"예, 부족하면 바로 채워드리겠습니다."

남 검사는 별다른 설명 없이 삼각대를 펼치고 카메라들을 설치

하기 시작했다. 주희는 서인하를 보았다. 서인하는 이 공간을 가득 채우고 있는 것이 자신의 짐이라는 것을 알아차린 듯 시선이 혼란스럽게 움직였다. 자신이 긴장한 것을 들키지 않으려고 움직임을 최소화했지만 테이블 아래로 내린 손은 바지를 쥐었다 놨다 반복하며 초조하게 움직였다. 주희가 남 검사를 슬쩍 보았다. 남 검사는 각각의 카메라로 서인하의 얼굴, 서인하의 손, 서인하의 발이 잡히도록 앵글을 조정하고 있었다.

주희가 멤버들에게 조용히 지시했다.

"분류한 거 섞이지 않게 바닥으로 옮겨주세요."

주희가 말하자 멤버들은 더 이상 질문 없이 움직이기 시작했다. 남 검사는 주희가 자기 의도를 알아차릴 것에 추호의 의심도 없었던 듯, 설명 없이 자기 계획대로 움직였다.

"다들 나가서 좀 쉬시고, 한 시간씩 교대로 들어오시는 걸로 합시다. 최 형이 먼저 시작해주시죠."
"뭐, 뭐를요?"

책상 위는 말끔하게 치워졌고, 서인하 옆에 첫 담당인 수사관이 붙어 앉았다. 최 수사관은 서인하 앞에 서인하의 앨범을 펼쳐놓고 한 장씩 넘겼다. 그리고 그 앨범을 바라보는 서인하의 표정, 움직이는 손과 발이 고스란히 카메라에 찍히고 있었다.

한 시간이 지났을 때, 수사관이 서인하에게 보여준 자료는 책 일

곱 권과 앨범 다섯 권이었다. 다음 차례로 50대 수사관이 들어갔다. 두 사람이 교대할 때 직원이 들어가 테이프를 갈았다. 50대 수사관도 똑같은 방식으로 서인하의 집에서 수거해 온 물건들을 하나하나 서인하 앞에 놓고 보여주는 작업을 이어갔다.

남 검사는 직원이 들고 나온 테이프를 받아 자료 검토실 플레이어에 넣고 모니터에 띄웠다.

"드디어 해외연수의 성과를 보는 건가?"

주희가 옆자리에 앉으며 남 검사에게 커피를 건넸다. 며칠 동안 서인하와 씨름한 남 검사나 자료에 파묻혀 있던 주희나 온전한 정신 상태는 아니었다. 위는 더 이상 커피를 받아들일 수 없다고 독하게 반항했지만, 뇌는 카페인 없이는 깨 있지 않겠다고 안개를 뿌려대고 있었다.

"증거가 이 안에 있다면 서인하가 가르쳐줄 거야."
"리드 테크닉, 키네식 테크닉……."
"절대로 숨기지 못해."
"증거가 있다면."
"있어."
"있어?"
"있어. '증거도 못 찾았으면서'라는 말은 증거가 있다는 뜻이고, 아까 자기 짐이 쌓여 있는 거 보고 순간적으로 무릎이 꺾였어."

주희는 남 검사가 치고 들어오는 기세에 놀라 잠시 서인하의 반응을 놓친 자신에 대해 쯧쯧 하는 심정이 되었다. 과학수사를 테마로 갔던 해외 연수에서 경험한 다양한 테크닉, 특히 행동관찰을 통해 범인이 자백하지 않은 사실을 파악해내는 기술이나 진술 분석을 이렇게 본격적으로 써보는 것은 남 검사나 주희에게나 첫 경험이었다.

눈앞에서 관찰하는 것이 효과적일 수 있지만, 서인하가 본인도 모르게 느슨해질수록 반응을 숨기지 못할 것이기 때문에 검사들 없이, 촬영만 하는 게 나을 수도 있었다. 그리고 녹화된 테이프를 반복 재생하면서 확인하고, 비슷한 패턴을 파악해내는 것도 확실히 도움이 되는 방법이었다.

"일단 강 검사가 먼저 좀 자라."

남 검사가 첫 번째 테이프를 재생시키며 말했다. 같이 들여다보고 싶은 마음이 굴뚝 같았지만, 최소한 꼬박 하루, 24시간은 걸릴 일이었기에 주희는 두 시간 뒤 교대를 약속하고 먼저 휴식을 취하기로 했다.

서인하는 자기 선택이 아닌, 자기 손으로 넘기는 것이 아닌 자신의 인생 기록 앞에서 자꾸 눈물이 날 것 같은 상태에 당황했다. 존재하는 줄도 몰랐던 사진들, 쓴 기억도 없는 유치한 일기, 준 사람의 얼굴도 기억에 없는 생일 카드……. 너무 보잘것없지만 결코 잊을 수 없는 스케치.

 '달빛이 너무 좋았지. 눈으로, 살갗으로 젖어드는 달빛을 그릴 수 있을까, 그런 생각이었지.'

 연습장에 샤프펜으로 그린 조악한 그림 한 장이 순식간에 그를 20년 전, 바닷가로 끌고 갔다. 수학여행에서 빠져나와 혼자 찾은 바닷가였다. 눈으로 흡수한 달빛은 사진으로도 그림으로도 남겨지지 않았다. 언젠가 이렇게 '느낀' 달빛을 '그릴' 수 있기를 바라며 그렸던, 뜨거웠던 그 마음이 생생하게 되살아나 눈두덩이가 벌겋게 달아올랐다.
 순간, 눈을 들어 카메라를 바라보았다. 카메라 렌즈 너머, 테이프를 통해 자신을 바라볼 검사들이 마치 눈에 보이는 듯 서인하는 복잡한 시선을 던졌다.
 몇 시간 뒤, 그 테이프를 보던 주희는 카메라를 똑바로 응시하는 서인하의 시선에 움찔했다. 서인하의 눈이 무엇인가를 이야기하고 있었다. 지금까지 보아온 눈빛, 표정과 너무 달랐다.

 '슬퍼……? 왜……?'

 주희는 서인하의 눈빛에 사로잡혀 눈도 깜박이지 못하고 화면 속 그를 바라보았다. 10초 정도였을까? 자료를 넘기던 직원이 탁탁 자료를 치며 집중하라는 사인을 보내자 서인하는 시선을 거뒀다. 주희는 그 장면을 다시 돌려 보았다. '슬픔'이 확실했다.

'뭐지? 뭐가 슬픈 거야?'

주희는 카메라를 바라보게 만든 그 그림을 갖고 오게 해서 유심히 바라보았다. 아마추어가 꽤 잘 그린 수준의 연필 스케치였다. 그 연습장 종이에는 어떤 다른 메모도 없었다. 그래도 혹시나 하여 포렌식팀에 넘겨, 보다 정밀한 검사를 하도록 의뢰했다. 그러나 그 그림에서 뭔가가 나올 것이라는 기대를 한 것은 아니었다.

서인하에게 기대한 반응은 '긴장'이지 '슬픔'이 아니었다. 주희가 느끼고 남 검사가 확신했다면 서인하가 방화 살인범일 확률은 상당히 높았다. 자신의 여죄가 드러날 상황에서 여유를 가장할 수는 있지만 슬플 수는 없는 일이다.

"저거, 잠깐."

뒤편에서 자던 남 검사가 부스스 일어나다가 다급하게 말했다. 주희가 급하게 화면을 정지시켰다. 정지된 화면 속 서인하는 좀 전에 보였던 슬픔과 완전히 동떨어진 표정으로 입술을 일그러뜨리고 있었다. 하지만 그 입술은 0.5초 만에 제자리로 돌아가 아무런 동요도 보이지 않았다. 주희와 남 검사는 반사적으로 옆의 모니터를 보았다. 나란히 놓인 세 대의 모니터는 같은 시간 흐름으로 서인하의 얼굴, 손, 발을 재생시키고 있었다. 서인하가 빠르게 입술을 정상적으로 돌린 직후, 책상 아래 다리를 떨기 시작했다. 그 옆의 모니터에서 서인하의 검지가 마치 무전을 치듯 빠르게 움직이고 있었다.

남 검사와 주희는 동시에 서로를 쳐다보았다. 남 검사가 모니터 옆의 인터폰 수화기를 들었다.

"일단 오늘은 여기까지 합시다. 회의실에 펼쳐놓은 자료는 그대로 두고 서인하는 돌려보내세요."

남 검사가 수화기를 내려놓고 가볍게 숨을 내뱉었다. 주희가 자리에서 일어나며 남 검사의 어깨를 툭툭 쳤다.

"가서 봅시다!"

보라색 클리어 파일이었다. 투명 비닐 포켓이 스무 개 정도 내지로 묶여 있어 내용물을 위에서부터 끼워 넣는 형태의 파일. 자료를 찾고 저장하고 공유하는 것이 사이버상에서 이뤄지기 이전, 대학생들과 회사원들에게 인기 있던 아이템. 신문 스크랩이나 복사한 자료를 하나하나 끼워두고, 표지에는 '정치-신문 스크랩', '논문 목차 복사본' 같은 파일명을 손글씨로 써서 끼워두며 뿌듯해하던 자료철.

서인하가 바라보며 지극히 짧은 순간 입술을 뭉갠 그 자료였다. 주희는 현장에 나갔을 때 그 자료를 본 기억이 났다. 혹시나 싶어

표지를 확인했다.

인물 사진 자료

기억이 맞았다. 안에는 분명······.
조심스러운 마음으로 첫 장을 펼쳤다. 자신이 무엇을 놓친 것일까? 드물게 직접 현장까지 나가서 현장에서 최선우의 그림을 발견할 만큼 꼼꼼하게 보았다고 생각했는데, 뭔가 결정적인 것을 놓친 것일까?
아니었다.
주희의 기억 속에 있는 그대로였다. 주로 여성 잡지의 화보를 스크랩한 것이었다. 패션모델이나 배우들을 전문 포토그래퍼가 촬영한 사진들이었다. 전신사진을 그대로 스크랩한 것도 있고, 손이나 발 부분만 잘라 스크랩한 사진도 있었다. 어떤 페이지는 오려낸 신체 일부를 백지에 붙이고 나머지 부분을 색연필이나 만년필로 그려 넣은, 작품 비슷한 분위기를 풍기는 것도 있었다. 그렇게 연장된 여성의 몸은 사람이 아니라 식물, 동물, 혹은 사물로 확장돼 있어서 다소 기괴한 느낌을 주기도 했다.
주희와 남 검사는 첫 장부터 마지막 장까지 신중하게 보았다. 마지막 장을 넘겼지만 연쇄 살인과 연결될 만한, 추정해볼 만한 작은 근거도 발견하지 못했다. 혹시나 하는 마음으로 남 검사와 주희는 각자, 혼자서 파일을 다시 훑었다.

"하, 씨!"

남 검사가 파일을 책상 위로 던지듯 밀며 탄식을 터트렸다.

"그 자식, 분명히 이걸 보면서 흔들렸는데……."

갑자기 극심한 피로가 밀려오는 느낌에 주희는 눈을 감았다. 재판 전날 밤잠을 거의 못 잤으니 50시간 넘게 수면을 취하지 못한 상태였다. 만약 확실한 단서가 발견되고, 서인하를 연쇄 방화 살인 용의자로 신문할 수 있는 근거만 발견됐다면 다시 50시간을 버틸 수 있을지도 모르지만, 아니었다.

"잠자고 나와."

이 검사가 생과일주스 두 잔을 들고 들어왔다. 엉거주춤 일어서려는 남 검사와 주희를 손짓으로 앉히며 이 검사가 자리에 앉았다. 이 검사는 스트로 포장을 벗겨 토마토 주스 잔에 꽂아 주희 쪽으로 밀었다.

"이거 마시고."

마시고……. 이 검사가 "마셔"라고 문장을 매듭짓지 않는 순간, 주희는 주체할 수 없이 밀려오던 피로감이 쩌적, 소리를 내며 얼어붙는 느낌이 들었다. 다급한 마음에 눈을 들어 보았지만 이 검사는 눈을 마주치지 않았다. 이 검사가 뒷말을 잇기 전에 먼저 말을 뱉어야 할 것 같은 느낌에 주희가 입을 열었다.

"선배님, 저희 아직……."

이 검사가 빨랐다.

"최선우 사건부터 매듭짓자."
"선배님!"

남 검사가 먼저 소리를 지르듯 반응했다. 캄캄한 사건의 터널에서 처음 만난 빛을 이런 식으로 다시 놓칠 수는 없다는 절박함에 언성까지 다소 높아진 반응이었다.

"뭐? 왜? 최선우 사건으로 매듭지어놓고, 너는 너대로 서인하 향해서 파고 가! 연쇄 방화 살인으로 다시 엮어서 별도 사건으로 재판하면 되잖아!"
"그래도……."

남 검사는 튕기듯 반항하며 대답을 시작했지만 마무리하지 못했다. 이 검사의 말이 틀린 것은 아니기 때문이었다. 이 검사는 달래듯 이야기를 했다.

"알잖아. 최선우 그 남편이랑 시아버지랑 그 양반들이 이 사건 질질 끌고 늘어지는 거 좋게 보겠어? 서인하 그 새끼 눈 뒤집어져서 휴정된 거는 뭐 우리 책임 아니니까 그렇다 쳐도……."
"24시간만 더 주세요."

주희가 단숨에 주스를 들이켜고 이야기했다.

"강 검사!"

주희는 이 검사를 잠시 보다가 다시 주스 잔을 보았다. 생과일을 그대로 갈아 만든 주스인지 제법 굵은 알갱이들이 바닥에 붙어 있었다. 주희는 뚜껑을 빼고 스트로를 들어 그중 가장 큰 토마토 알갱이를 찌르며 말했다.

"사형, 힘들어요."
"뭐?"
"알잖아요, 선배도."

주희는 아주 신중하게 토마토 알갱이를 스트로 끝으로 찔렀다. 뭉개지지 않도록, 그러면서도 끌어올리는 동안 떨어뜨리지 않으려면 제법 섬세한 집중력이 필요했다. 주희는 온 신경을 토마토 알갱이에 쏟아부었다.

"살인, 안 되는 거냐?"
"예."

이 검사가 손으로 마른세수를 하며 낮게 욕을 중얼거렸다. 이 검사도 알고 있던 사실이었다. 왜 안 되느냐는 질문은 하지 않았다. 서인하가 최선우를 스토킹해왔고 납치, 강간한 것까지는 본인의 자백 없어도 밀어붙일 수 있지만 살인은 아니었다. 서인하가 살인을 목적으로 최선우를 떨어뜨린 것이라고 입증할 수 없었다. 기껏해야 최선우를 살릴 수 있는 시간에 적극적 구명 행위를 하지 않은 죄를 더할 수 있을 뿐이었다. 그렇다면 아마도 15년 정도로 결론이 날 것이다. 정상적인 재판이라면.

"몇 년 구형하려고 했어? 15년?"
"25년요."

25년. 입증한 증거만으로 우기기엔 과한 것이었지만, 혹시라도 대법원으로 올라가는 동안의 변수를 감안한 것이었다. 형량이 감해지더라도 최소한 15년이 될 수 있도록.
하지만 연쇄 방화 살인이 더해진다면 사형을 확정지을 수 있다. 주희는 신중하게 끌어올린 토마토 알갱이를 먹기 위해 혀를 내밀었다. 새끼손톱 크기의 토마토 알갱이일 뿐이지만 어쩐지 시원하게 들이킨 한 컵의 주스보다 쾌감이 컸다.
이 검사가 주희를 돌아보며 물었다.

"24시간?"
"네, 저희……."

대답하려던 주희는 토마토 알갱이에 들러붙었던 분진이 목에 걸려 발작적으로 기침을 했다. 그렇게 작은 알갱이가 그렇게 끈질긴 기침을 유발할 수 있다는 게 믿어지지 않을 만큼 주희는 눈물까지 찔끔거리며 기침을 해댔다. 이 검사는 주희의 등을 두드리고 티슈를 꺼내주며 혀를 끌끌 찼다.

"알았어, 알았어. 24시간 벌어볼 테니까 죽지만 마."

서인하의 사형.
인터넷상에 서인하 팬클럽이 만들어지고 온갖 상상이 난무하며 초미의 관심을 끌고 있는 사건에 지나친 구형을 할 수 없다는 것을 이 검사 역시 잘 알고 있었다. 서인하에게 사형이 선고되면 이전에 벌어진 끔찍한 사건들. 여성을 상대로 한 성범죄에 대해 내린 판결들이 죄다 수면 위로 떠오를 것이다. 법이 대체 누구의 편이냐고 울부짖던 피해자의 가족들. 피살된 사람이 유명인이라, 유력한 집안의 며느리라, 예쁘고 돈이 많아서, 그런 사람을 죽이면 제대로 처벌 받고, 그렇지 못하면 다섯 살 아이가 20대가 되었을 때 소녀를 강간한 남자가 세상에 나와 돌아다니는 것을 견뎌야 하는 것이냐는 이야기가 나올 것도 자명했다.

'서인하는 사형을 받아야 하고, 그에 대한 대중의 잡음도 없어야 한다.'

이 사건에 대해 기대하는 이런 최상의 결말을 끌어내려면 연쇄방화와 엮는 것이 맞는 일이다. 하지만 박무현이나 언론에 방화 살인과의 연관성에 대해 아직 알릴 수 없는 상황에서 하염없이 재판을 미룰 순 없었다.

"24시간, 더 가보자."

이 검사가 주희의 등을 툭툭 두드렸다.

"파이팅!"

주희는 파이팅보다 양치질과 갈아입을 속옷이 훨씬 더 필요하다는 생각을 했다. 24시간. 그중에서 2시간 40분 정도는 사람으로 돌아오기 위해 써도 될 것 같았다.

'우선 집에 가자.'

현관을 열고 들어오며 주희는 신발을 벗는 것과 동시에 스커트의 단추와 지퍼를 풀었다. 거실로 올라서며 스타킹을 내렸고, 양발을 번갈아 밟아가며 스타킹을 벗었다. 동시에 브래지어 후크를 풀며 숨을 내쉬었다. 블라우스 단추를 두 개만 풀고는 티셔츠를 벗듯 위로 올려 벗어 던졌다. 하얀 블라우스에 화장품이 잔뜩 묻을 테지만 아예 못 입게 된다 해도 지금 단추 하나를 덜 푸는 게 낫겠다는 마음이었다.

현관부터 화장실까지 일직선으로 애벌레 허물처럼 옷을 늘어뜨리고 걸어가 욕실로 들어가려는 순간, 전화벨이 울렸다. 검찰총장이 건 전화라도 무시했을 테지만, 꽃 같은 얼굴로 웃고 있는 둘째

딸의 얼굴이 떠 있는 화상통화였다. 주희는 웃지도 울지도 못하는 심정이 되어 욕실에서 목욕 수건을 꺼내 대충 몸에 두르고 전화를 받았다.

"엄마!"

전화기를 뚫고 나올 듯 청명한 목소리였다. 주희는 그대로 욕실 기둥에 기대앉아 무릎 위로 팔을 뻗어 얼굴을 보여주었다.

"어? 엄마가 왜 이 시간에 집에 있어? 아파? 어? 옷 벗고 있었네. 아, 야해!"

새처럼 재잘거리는 목소리는 '어린아이' 혹은 '소녀' 그 자체의 싱그러움으로 가득했다. 반나절 이상 고민을 끌고 갈 만한 문제를 만나보지 않은 인생만이 가질 수 있는 목소리. 어쩌면 잠보다 좋은 보약일 수도 있었다.

검찰청에 있을 만한 시간이라는 것을 알면서도 둘째는 용감하게 화상전화를 걸 수 있는 성격이다. 그러다 연결되지 않거나 통화 거절을 받아도 다시 걸면 되지 뭐……. 그럴 수 있는 밝음이 주변을 기분 좋게 만들곤 했다.

첫째는 많이 달랐다. 첫째라, 첫 아이라 부모나 양가 조부모나 기대도 많았고, 조심스럽기도 했고, 잘 키울 수 있을까 하는 두려움도 있었다. 그러다 보니 부모 모두 엄격해졌다. 주희가 조금 더 심하게 엄격했다. 첫째는 그래서 자신에게 엄격한 아이가 되었다.

엄격하고, 단정하고, 알아서 잘하고, 책임감 있고, 깔끔하고……. 거절 받을 만한 일은 아예 시작도 하지 않는 성격이었다. 상황에 따라, 상대에 따라 거절을 당하면 말할 수 없이 분노했지만 그 분노를 밖으로 잘 드러내지 않았다. 흐트러짐 없는 아이가 되어 소리 내어 웃는 일조차 드물어졌다는 것을 깨달았을 때는 이미 늦었다.

둘째는 완전히 반대 성격으로 자랐다. 덜 엄격하고, 덜 무서워하면서 키운 둘째는 하염없이 밝았고, 하염없이 자유로웠고, 당당했다. 주희는 자신이 그렇게 키운 것을 알면서도 첫째보다 둘째가 편하다는 느낌을 종종 받았고, 미안한 마음이면서도 첫째의 사소한 실수에는 여전히 엄격한 판단을 내리곤 했다.

둘째가 킬킬거리며 떠들다가 제 언니를 바꾸었다. 흔히 있는 일은 아니었다. 화면 속에 나타난 첫째는 어른처럼 주희의 건강과 맡고 있는 최선우 사건의 진척을 물었다.

"그러지 않아도 돼. 어른처럼 엄마 안부 챙기지 말고, 그냥 너 편한 거, 너 필요한 거 얘기해도 돼."

불쑥 튀어나온 말이었다. 첫째는 뜬금없는 엄마의 말에 놀란 듯 화면 속에서 눈을 깜박였다. 말을 뱉은 주희 쪽도 놀라기는 마찬가지였다. 화면에 나타난 첫째가 어쩐지 서인하가 스토킹하며 찍어 놓은 젊은 시절 최선우의 모습과 비슷하다는 느낌을 받은 순간 튀어나온 말이었다.

세상 모두에게 칭찬을 받고 사랑을 받아도 저 혼자 외로운 얼굴……. 서인하가 허황되게 꾸며낸 이야기 속 최선우의 모습일 뿐인데도, 어쩐지 그 얼굴에 그 이미지가 겹쳐져버린 듯했다. 남편 박무현의 이야기 속에서 최선우는 하염없이 행복했고, 한없이 다정했고, 수줍고, 따뜻했을 뿐인데. 그리고 그 모습이 진짜 최선우의 모습일 텐데. 어느 순간부터 주희의 머릿속 최선우의 모습은 견딜 수 없는 슬픔을 지닌 모습으로 남았다. 서인하가 꾸며낸 모습이라도 더 길게, 더 자세히 들었기 때문일 거라고 생각했지만 딸의 얼굴에서 그런 표정을 발견하고 덜컹했다는 건 왜곡된 정보가 뿌리를 내렸다는 증거일 수도 있었다.

'피곤하구나, 강주희.'

주희는 자기도 모르게 눈을 감았다. 감았다기보다는 눈이 감겼다는 게 더 정확하겠지만. 둘째가 방울 같은 목소리로 부르자 데인 듯 놀라 눈을 떴다.

"엄마, 자?"
"안 자. 뭐라고 그랬지?"
"한국에서 받은 상장 찍어서 보내달라고."
"아, 상장. 엄마가 내일⋯⋯."
"안 돼, 안 돼. 엄마 집에 있는 시간 맞추기 힘들어. 그거 내 방 책꽂이에 정리돼 있어. 폰으로 찍어서 보내줘도 돼. 행복한 기억에 관해 토론하는 자료로 쓸 거거든."

옆에서 첫째가 엄마 시간 날 때 다시 전화하라고 이야기하는 게 들렸지만 둘째는 꿋꿋하게 자신이 상 받은 '이야기 대회'와 '수영 대회'와 '미술 대회'에 관해 이야기할 거라고 재잘거렸다. 벌어놓은 24시간 가운데 2시간 40분 정도 뺄 수 있을 거라 생각했는데 채 두 시간이 남지 않게 되었다는 생각을 하며 아이들이 쓰던 방으로 향했다.

떠나기 전, 이런 일을 예견이라도 한 듯 남편은 모든 물건에 라벨링을 해놓았다. 그리고 그것을 사진으로 찍어 갖고 갔기에 어떤 물건을 찾을 때, 영국에서 날아오는 지시는 무서울 만큼 정확했다.

"내 책꽂이 둘째 칸 왼쪽에서 세 번째. 어, 그거!"
'아, 맞아. 이 파일이 보라색이었구나.'

서인하의 스크랩 파일을 보면서 익숙하다는 느낌을 받은 것은 바로 이 상장 모음 파일 때문이었다.

"내 대회 상장, 내가 뭐라 했지?"

아이들은 종종 어른이 되는 역할 놀이를 즐겨했다. "엄마가 뭐라고 했지?" 그런 식으로 아이들에게 확인하던 엄마의 말투를 적절하다 생각할 때 써보는 놀이. 엄마는 그때 자식의 위치에서 대꾸를 해주며 몇 분간 역할놀이를 하며 즐거워하는 것. 하지만 호응해줄 여력이 없었다. 시간은 없고 체력은 방전되었고……
툭. 파일을 빼내던 손에 힘이 빠졌다. 그리고 바닥에 떨어진 파일은 위아래가 뒤집히며 주희의 발등을 찍었다.

"아!"

주희가 낮게 신음했다. 파일에서 빠져나온 상장들이 방바닥에 어지럽게 흩어졌다.

"엄마, 다쳤어?"

둘째가 소리를 치자 큰딸이 큰 소리를 냈다.

"그러게 왜 엄마 피곤한데 이걸 지금 해달라고 해?"
"엄마가 괜찮다고 했단 말이야!"

전화기 속에서 태평양 건너에 있는 딸들이 제 성격대로 걱정을 하고 있었다. 그러나 주희는 흩어진 상장들을 바라보며 꼼짝도 할 수 없었다.
　파일을 떨어뜨리자 파일 속 상장들이 빠져나왔고 흩어졌다.
　어떻게 검찰청으로 돌아왔는지 기억에 없었다. 하루도 빠지지 않고 출퇴근하던 길이라 습관적으로 밟았고, 습관적으로 멈췄고, 습관적으로 회전했을 뿐이다. 주희의 머리를 가득 채운 것은 오직 파일에서 빠져나와 흩어진 상장, 그 이미지뿐이었다.
　검찰청으로 돌아가자 남 검사는 다른 것을 보고 있었다. 보라색 파일 전에 서인하에게 보여주었던 화집이었다. 그 화집 속에서 서인하가 뭔가 단서가 될 만한 걸 보고 조금 시간이 지난 후에 반응이 나타난 것은 아닐까 하는, 지푸라기를 잡고 있었다. 보라색 파일은 테이블 한쪽으로 밀쳐져 있었다. 단 한 장의 자료도 삐져나오지 않은 채로. 남 검사가 테이블 위로 파일을 쭉 밀었을 때도, 운반하는 중에도 그 파일에서는 단 한 장의 자료도 미끄러져 나오지 않았다.

"벌써 왔어? 옷도 안 갈아입었어?"

주희는 씻고 옷 갈아입고 오려다가 허물처럼 벗었던 옷을 반대 순서로 꿰어 입고 뛰쳐나왔다. 집에 갈 때보다 더 후줄근한 상태였다.

"왜 그래?"

제대로 대답도 하지 않고 보라색 파일로 달려드는 주희를 보고 당황한 남 검사가 걱정스레 물었다. 역시……. 파일의 윗면, 자료를 넣고 빼는 부분이 꼼꼼하게 밀봉되어 있었다. 테이프로 거칠게 붙이거나 스테이플러로 찍은 것도 아니었다. 성능 좋고 투명한 접착제로 매우 깔끔하게 봉한 것이었다. 스쳐 지나가면서 본다면 그것이 봉해졌다는 것을 눈치챌 수 없을 만큼 깔끔하고 정교했다.

"칼! 없으면 가위도 돼."

파일을 잡고 거꾸로 흔들며 주희가 이야기하자 남 검사와 의아한 눈길을 주고받던 수사관 하나가 달려 나갔다. 잠시 후 걱정스러운 얼굴로 칼을 들고 쫓아온 것은 보미였다. 칼을 달라고 손을 뻗자 보미가 앞으로 나섰다.

"뭐 자를까요? 제가 할게요. 잘못하면 다치세요."
"아……."

손이 다치는 게 문제가 아니었다. 피곤한 손놀림으로 칼을 잡았다가는 파일 내 자료에 손상이 갈 수도 있어 주희는 보미에게 파일을 넘겼다.

"최대한 붙인 부분만 커트해……."

파일을 넘겨받은 보미는 조심스럽지만 능숙하게 20여 장의 파일 내지 접합 부분을 떼어냈다. 조용한 긴장감으로 아무도 선뜻 손을 뻗지 못했다. 이제 남 검사도 주희가 무엇을 확인하기 위해 정신없이 되돌아왔는지 깨달았기에 긴장한 표정으로 파일과 주희를 번갈아 보고 있었다. 주희가 심호흡을 하고 파일 쪽으로 손을 뻗는 순간 장갑을 낀 수사관의 손이 불쑥 들어와 파일을 잡았다.

"증거물이 될 수 있으니까 내용물 확인은 제가 하겠습니다."

주희가 기꺼운 마음으로 고개를 끄덕이며 물러섰다. 수사관이 두툼한 손을 팽팽하게 감싼 라텍스 장갑을 낀 채로 조심스레 파일 첫 페이지의 내용물을 꺼냈다. 앞면은 몇 년 전 톱스타였던 여배우의 전신 패션 화보였고, 그 뒷면은 외국 모델의 옆얼굴 사진이었다. 랑콤이나 샤넬의 화장품 광고 사진인 듯했다. 모두 잡지에서 스크랩한 듯 광택이 있고 얇은 종이질이 비슷했다. 두 사진은 비닐 안에 밀착되어 있어서인지 별다른 접착제 없이도 붙어버린 듯했다. 수사관이 조심스럽게 두 장을 떼어냈다. 그러자 나타난 것은 또 다른 잡지 스크랩이었다. 여성의 전신사진과 인터뷰 기사가 같이 실린, 화보와 비슷한 종류의 잡지에서 스크랩한 것이었다.

주희는 기대가 어긋난 느낌에 낮은 신음을 흘리며 의자에 앉았다. 그러나 그 순간, 남 검사가 앞으로 다가섰다.

"이거……."

주희는 깊게 가라앉을 것 같은 몸을 일으켜 남 검사를 보았다. 남 검사는 손으로 집지 못하고, 맘대로 집어 들지 못해서 더 떨리는 것 같은 목소리로 말했다.

"이거, 내 사건 첫 번째 희생자야."
"송지영? 소설가 송지영?"

벌떡 일어난 주희가 다가가 확인했다. 소설가 송지영이었다. 해외 문학상을 수상한 후 여성지에서 자신들의 취향대로 꾸미고 입혀서 화보처럼 찍은 사진이었다. 본인의 소설책 띠지에 싣는 흑백 사진과 느낌이 너무 다른 모습이라 주희는 한눈에 알아볼 수 없었지만 몇 달째 이 사건에 매달린 남 검사는 한눈에 알 수 있었던 것이다.

주희와 남 검사가 재촉하지 않아도 노련한 수사관은 이미 다음 장의 자료를 빼내고 있었다. 신윤복의 미인도 프린트물과 네일아트 된 여성의 손을 찍은 사진 사이에서 컴퓨터로 출력한 송지영의 프로필과 경력들이 나왔다. 수사관의 손이 빨라지는 것과 함께 주희 역시 호흡이 가파르게 빨라지는 것을 느꼈다.

2장

재판은 공개로 전환되었다. 검사석에는 남 검사와 주희가 함께 앉았다. 주희는 한결 편안한 느낌이 드는 자신을 발견하고 쓴웃음이 났다.

'뭐에 안심을 하는 걸까?'

보라색 파일 안에선 소설가 송지영의 자료 몇 가지가 더 나왔다. 대부분 인터넷 검색 결과를 출력한 것이었다. 송지영의 자료 뒤에는 치과 의사 이정아의 자료가 비슷한 분량, 비슷한 내용으로 나왔다. 그리고 최선우의 스크랩도 나왔다.

발견된 자료들을 서인하 앞에 내놓았을 때 서인하는 놀란 듯 잠시 주희를 바라보았다. 그리고 희미하게 웃었다. 그리고 고개를 숙였다. 그리고 아무 말도 하지 않았다. 부정을 하지도 않았고 재판정에서처럼 난동을 부리지도 않았다.

갑자기 언어기능을 완전히 상실한 사람처럼, 아니 의식의 문을 닫은 것처럼 깊은 침묵으로 자신만의 세계를 만들어버린 느낌이었다. 남 검사가 호통을 치기도 했고, 협박과 회유를 번갈아 써보기도 했지만 서인하는 반응하지 않았다.

이 검사는 자백이 없더라도 바로 재판에 넘기자는 부장님의 의견을 전달했고, 남 검사와 주희는 다행이다 싶은 마음으로 재판 준비를 시작했다. 이 모든 과정에서 주희는 계속 안도했고, 자신이 무엇에 대해, 왜 안도하는지 의아해했다.

'뭘까……?'

편안하다는 느낌이었다.

'뭐에 대해 편안한 거야?'

자신에게 불쑥, 매우 강하게 타박하듯 질문을 던졌다. 큰 사건을 혼자 담당하지 않아도 된다는 것에 대한 것인지, 박무현과 그 집안을 혼자 상대하지 않아도 된다는 것에 대한 편안함인지……. 아니었다. 큰 사건을 두려워하는 성격이라면 강력계 유망주가 될 수 없다.

'찝찝했던 거지.'

강력한 질문에 비해 찌질한 대답이 떠올랐다. 어렵게, 어렵게 수사를 이어가면서 여러 번 바뀐 서인하의 모습을 떠올리며 주희는 자신이 서인하의 진짜 얼굴을 본 적 없는 건지도 모른다는 생각을 했다. 다중인격이나 정신분열증 환자가 범인인 경우도 없지 않았다. 하지만 서인하의 경우는 처음부터 달랐다.

이 형사를 통해 보고받은 서인하의 모습과 처음 대면한 서인하의 모습은 너무 달랐다. 최선우의 초상화가 발견된 이후 서인하는 전혀 다른 사람처럼 사랑에 대해 이야기했다. 스토킹 증거가 나온 후 폭주했고, 방화 살인에 대한 증거가 나오자 마치 유체이탈이라도 한 듯 묵언수행하는 수도자처럼, 어쩌면 이 형사가 처음 신문을 할 때와 같은 모습으로 되돌아가 있었다.

'민낯도 보지 못했으면서 사형까지 끌고 갈 자신이 없었던 건가 보네.'

주희 내면에서 큰언니 강주희, 둘째 언니 강주희, 막내 강주희가 대화를 하는 것 같았다. 세게 야단치다가, 우물쭈물 대답하면 옆에서 변명해주고. 어쨌거나 그런 기분 속에서 남 검사가 나서서 대신 이런저런 총대를 메는 것에 안심이 되었다.

"최선우 사건이 종속처럼 돼버려서 남 검사가 주도하기는 하지만, 그 결정적 고리를 발견한 게 강 검사라는 거, 우리 청 전체가 다 알고 부장님이 박무현 쪽으로도 슬쩍 말씀 흘린 것 같으니까, 너무 서운하게 생각하지 말고."

사람 좋고 생각의 폭이 좁고 판단 빠른 이 검사는 주희가 느끼는 홀가분함을 밥그릇 뺏긴 서운함으로 읽었다.

"저 완전 괜찮습니다."

진심으로 괜찮아서 괜찮다고 대답해도 이 검사는 어른스럽게 서운함을 감추는 주희를 칭찬하는 것처럼 어깨를 툭 쳤다. 주희는 서인하에게 사형을 구형하는 역할을 남 검사가 맡아주어 진심으로 안심했다.
서인하가 재판정에 들어섰다. 산책 시간에도 독방에 틀어박혀 나오지 않고, 밥을 거의 먹지 않고 물만 조금씩 마시고 있을 뿐이라는 정보대로 서인하는 매우 얇고 투명한 사람이 되어 나타났다. 주희와 남 검사에게는 눈길조차 주지 않고 자리에 앉았다. 방청석은 한참 전부터 만석이었다. 기자들과 세 사건 피해자의 가족들만으로도 적지 않은 숫자인데 세 피해자의 팬, 지인들이 합쳐졌다. 서인하가 방화 사건 용의자로 부상했다는 보도 이후 서인하의 팬클럽은 엄청난 비난 여론에 공식적인 활동을 중단했지만 방청석에는 그 팬클럽의 열혈 멤버로 보이는 20대 아가씨들도 있었다.
주희는 방청석 가운데 있는 이 형사를 발견하고 눈인사를 했다. 자연스럽게 이 형사 옆에 앉은 여중생에게로 눈이 갔다. 어젯밤 이 형사가 재판에 오겠다고 하면서 난감한 목소리로 이야기했다.

"그, 최선우 씨 시신을 처음 발견한 학생이, 굳이 재판에 따라오겠다는데 괜찮을까요?"

주희는 딸과 비슷한 또래의 소녀가 시체를 발견했다는 사실만으로도 끔찍한 일이라고 생각했다. 그것도 목이 꺾인 나신의 여성. 하루라도 빨리 이 사건에서 벗어나야 할 아이였다.

절대 안 된다고 했지만 이 형사는 계속 난감한 목소리로 설명했다.

"저도 처음엔 야단도 치고 그랬는데, 이 학생이 유달리 서인하를, 미술에 아주 소질이 있는 학생인가 봅니다. 그러다 보니까 서인하한테 많이 배우고, 뭐 한 치 용서할 가치도 없는 인간이지만 작가로나 선생으로는 나쁘지 않았던 모양이죠."

서인하가 면회도 거절하고 있고, 편지에도 전혀 답하지 않고 있어서 볼 수 있는 기회가 재판뿐이라며 자기에게 데려가달라고 부탁했다는 설명이었다. 데려오지 않는 게 맞는 일이라는 것을 안다고 하면서 계속 설명을 이어가는 이 형사의 얘기를 들으면서 학생이 얼마나 간절하게 요청했을지 짐작이 갔다.

'얼마만큼 좋은 선생이었기에······.'

학생을 보던 시선을 드는데, 이 형사가 민망한 표정을 지었다. 주희가 살짝 고개를 끄덕여 괜찮다는 표시를 하는데 판사가 입장했다. 몇 가지 형식적인 것들이 지나가고 재판은 곧장 본론을 향해 치달았다. 남 검사의 스타일이었다. 동기들 가운데 가장 온화한 캐릭터가 남 검사였다.

"동기 중에 1등 신붓감이 누군지 알아? 남 검사야, 남 검. 강 검사보다 100배 낫지."

선배들이 농담 삼아 이렇게 말해도 소년처럼 웃는 사람이었다. 그러나 재판에 임할 때는 완전히 다른 모습이었다. 마치 억눌렸던 모든 공격성과 포악함을 피고인들에게 쏟는 것 같았다. 법조인이 되지 않았으면 위험하고 잔인한 사이코패스 범죄자가 되지 않았을까 의심스러울 만큼의 공격성이었다.

"서인하의 작업실에서 발견한 C사의 콜라 1.5리터 페트병에 담긴 시너는 두 건의 방화 사건 현장에서 발견된 인화 물질이며 동일한 용기입니다."

언론에 알려지지 않았던 사실을 공개하며 사건 연관성을 입증해가자 방청석의 술렁이는 기운이 소리가 되어 나왔다. 각자가 호흡으로 내뱉은 놀라움이겠지만 많은 사람이 모여 같은 타이밍에 호흡을 내뱉으니 그것이 소리가 되었다. 주희는 반사적으로 방청석의 여중생을 보았다. 여중생은 흔들림 없는 시선으로 꿋꿋하게 서인하의 뒷모습에 시선을 고정하고 있었다. 그렇게 보다 보면 마음이 전해질 것이라고 믿는 것 같았다. 마음이 전해지면 선생님이 돌아봐줄 것이라고 믿는 것 같았다.

주희는 여중생의 첫사랑이 안쓰러웠다. 서인하를 보았다. 서인하는 이곳에 있지 않았다. 서인하의 껍데기만 피고인석을 얌전히 지키고 있을 뿐이었다. 피고인이 이렇게 무반응으로 일관하면 검사 입장에선 맥도 빠지고 어쩐지 불안한 느낌이라도 들 법하건만 남 검사는 훨씬 더 우렁찬 목소리로 말을 이어갔다. 서인하의 무반응 따위에 흔들리지 않을 수 있는 확신과 확증으로 가득한 모습이었다. 남 검사는 서인하의 파일에 숨겨져 있던 피해 여성들의 사진을 법정 모니터에 차례로 띄웠다.

"파일 속에 교묘하게 감춰놓은 피해자들에 관한 자료입니다. 개인 신상정보를 최대한 수집한 것으로 보입니다. 송지영 작가와 치과 의사 이정아 씨의 자료 뒤에는……."

남 검사는 잠시 숨을 고르며 말을 끊었다. 방청석의 모든 사람이 눈과 귀를 활짝 열고 남 검사에게 집중했다. 남 검사는 애도의 마음을 더 깊이 담은 듯 낮은 목소리로 이야기했다.

"그의 집에서 시신으로 발견된 고 최선우 앵커에 관한 자료가 있었습니다."

앞서보다 더욱 강력한 신음, 탄성이 법정을 채웠다. 판사가 정숙을 요청할 만큼의 반응이었다.

"정숙하세요."

주희는 남 검사의 테크닉이 일취월장했다고 느꼈다. 최선우에 대한 애도를 목적한 것이 아니라 큰 목소리로 이어가던 연설의 볼 률을 급감시키며 주목도를 높이는 연극배우 같은 행동이었다. 남 검사가 배심원 제도가 일반화된 국가에서 검사 일을 했다면 진작에 스타가 됐을 거라는 생각이 들 정도였다.

어쨌거나 최선우 파일로 넘어간 지점에서 주희가 배턴을 이어받았다. 이전 재판에서 흐지부지 끝난 사건 내용에 대한 설명 후 추정을 내렸다.

"그렇게 사망한 최선우 씨의 시신 역시 앞선 사건과 마찬가지로 승용차와 함께 태우려 했던 것으로 추정됩니다. 단지 시신이 본인의 예상보다 빨리 발견되고, 빨리 체포되어 이행하지 못한 것으로 보입니다."

주희는 자리에 앉으며 다시 여중생을 보았다.

'우는 건가……?'

여학생의 시선은 흔들림 없이 서인하를 보고 있었지만 눈가가 시뻘게져 있었다. 그리고 잠시 후 기어이 여학생의 고개가 떨어졌다. 남 검사가 최선우의 자료 다음에 꽂혀 있던 자료를 공개하고 설명을 이어갈 때였다. 최선우 다음 파일에서 나온 것은 조각가 문숙이었다. 역시 30대 초반의 유명 인사였다.

"문숙 작가는 최선우 앵커, 피고인 서인하와 대학교 동문으로 서인하와는 미대 동기이기도 합니다. 아마도 다음 피해자로 정해놓고 자료를 모으고 있었던 것으로 추정됩니다."

서인하는 그저 물끄러미 먼 곳을 바라보고 있었다. 이의 제기가 있었다면 남 검사의 다음 이야기가 훨씬 더 극적이었겠지만 남 검사는 스스로 극적 분위기를 만들며 설명을 이어갔다.

"서인하는 아시는 것처럼 낚시터에서 체포되었습니다. 그런데 본 자료가 나온 후 조사한 결과, 매우 경악할 만한 사실이 확인되었습니다."

주희도 처음 듣는 얘기였다. 재판 준비가 정신없이 분담되어 진행되느라 미처 공유되지 못한 자료인 모양이었다.

"서인하가 체포된 낚시터가 문숙의 아버지가 운영하는 곳이었습니다."

방청석은 이제 웅성거리기 시작했다. 판사가 정숙을 요청했지만 법정에서 정숙한 것은 서인하뿐이었다. 남 검사는 자신의 목청으로 방청석을 잠재웠다.

"서인하는 최선우를 살해, 시신을 방치한 상태에서 다음 살인 계획을 실천하고 있었던 것입니다!"

주희의 자리에서 여학생의 얼굴이 보이지 않을 만큼 떨어뜨려졌다. 남 검사는 승리의 즐거움을 얼굴에 드러내지 않을 만큼 노련했지만 이마가 밝게 빛나는 것까지 통제할 순 없었다. 검사는 아직 사형을 구형하지 않았고, 판사는 아직 사형을 언도하지 않았지만, 남 검사의 마지막 말에 서인하의 사형은 기정사실이 되었다.

이후의 재판은 무척 싱겁게 끝나고 말았다. 서인하는 묵비권으로 일관했고, 판사는 검사의 구형을 그대로 언도했다.

"사형."

서인하는 끝내 법정 안 그 누구와도 눈을 마주치거나 감정을 드러내지 않고 재판정을 빠져나갔다.

"선생님!"

여중생이 마지막 용기와 마지막 힘을 짜내 외치듯 불렀지만 그의 귀에 닿지 않았다. 여학생의 "선생님!"은 기자들이 전화를 해대고, 유가족들의 울음이 뒤덮인 재판정의 소란을 일순간 조용하게 할 만큼 강력한 부름이었다. 모두가 들었고, 모두가 일순 조용해질 만큼이었다.

그러나 서인하는 걸음조차 멈추지 않았다. 마음을 닫으면 뜨고 있는 눈을 닫을 수 있고, 열려 있는 귀를 닫을 수 있다는 걸 보여주는 것 같았다. 여학생은 주저앉아 울음을 터트렸다. 몇몇 기자는 그 모습을 사진 찍었다. 이 형사는 기자들에게 화를 내며 여학생을 달래 일으키려 했다. 그러나 서인하는 그저 걸어 나갔다.

  주희가 시선을 들었을 때 서인하는 막 문을 나서고 있었다. 주희의 시선에서 그의 옆모습이 보였다. 시종 전방 15도에 시선을 내리깔고 걷던 서인하는 문을 지났다고 생각한 순간 고개를 들었고, 웃었다. 0.5초도 안 되는 순간이지만 주희는 그 미소를 보고 말았다. 설마, 하며 확인하려 했지만 서인하는 문을 나갔고, 동시에 남 검사가 그 앞을 가로막았다.

"뭐 좀 먹자."

  주희는 그 순간이 너무 짧았고, 자신이 너무 배가 고팠기 때문에 잘못 본 것이라고 결론을 내렸다.

'이제 끝났으니까, 끝내자.'

진심으로 하루 빨리 이 사건에서 벗어나고 싶다는 마음이었다.

독방으로 돌아온 서인하는 긴 숨을 토했다. 참았던 숨을 한 호흡에 떨어트리는 한숨이 아니었다. 한숨을 토하면 갈비뼈 어딘가가 부서질 것 같은 사람처럼 가늘게 천천히 숨을 내뿜었다. 딱 그렇게 숨을 뿜을 만큼의 에너지밖에 남지 않은 사람 같았다. 그리고 꼭 그만큼 느린 동작으로 딱딱한 바닥에 누웠다. 저절로 눈이 감겼다. 처음 떠오른 것은 서인하 자신도 예상하지 못한 생각이었다.

'이제, 그림을, 그릴 수 없는 건가?'

글씨를 익히는 것보다 훨씬 먼저 시작한 것이 그림이었다. 대부분의 사람이 말과 행동과 표정으로, 옷과 자동차로 자신을 표현할 때, 서인하는 그림으로 말했다. 서인하는 자신이 방금 혀가 잘리고, 눈이 뽑히는 형벌을 선고 받았다는 것을 깨달았다.

'아쉽나?'

자신에게 물었다.

'아니.'

의외로 답은 간단하고, 심지어 경쾌하게 나왔다.
서인하는 눈을 떴다. 어느새 익숙해진 독방의 천장을 바라보았다. 얼룩진 면과 점이 보였다. 눈으로 그 지점들을 이었다. 어렵지 않게 하나의 얼굴이 완성됐다. 아름다운 얼굴이었다. 서인하는 기분 좋은 느낌으로 눈을 감았다. 이대로 잠들어 깨지 않는다면 자신이 세상에서 가장 행복한 사람이겠다는 생각을 하며 잠이 들었다.

사형 판결이 난 사건의 경우 상급 기관으로 자동 항소되는 시스템이라 재판 과정이 이어졌지만 형식에 불과했다. 서인하는 끝내 한마디도 하지 않았고, 재판정에 나타날 때마다 더 하얗고 더 얇아졌다. 어느 언론에서는 그가 깊은 참회를 하며 묵상과 금식을 하고 있다는 소설을 썼고, 어느 출판사에서 그에게 참회록을 써볼 생각이 없는지 섭외했다는 소문도 퍼졌다.

"사회지도층의, 전도유망한 여성들에 대한 치밀한 범죄와 …… 수법의 잔인함 …… 자신의 범죄를 감추는 악질적인……."

판사의 판결문은 적당히 길었다. 판사가 마침내 최종 사형을 선고했을 때, 서인하는 천천히 고개를 숙였다. 순간적으로 휘청이며 중심을 잃었지만 쓰러지지는 않았다. 법정 경찰은 서인하를 호송한다기보다는 부축한다는 느낌으로 붙잡고 재판정을 나갔다.
주희는 자신이 보았던 것에 대해 어느 쪽으로든 다시 한번 확인하고 싶은 마음에 그의 얼굴을 살폈다. 서인하는 첫 재판 때처럼 순간적으로 웃지는 않았다. 그는 시종일관 미소를 띤 얼굴이었다.

"미친놈이라 그래."

국제전화로 주희의 남편은 간단히 결론을 내렸다.

"사람을 스토킹하고 납치하고 강간하고 불태워 죽이는 놈이 자기 죽는단 소리에 웃었다는 게 뭐 그렇게 이상해. 좋은가 보지. 남이 죽으나 지가 죽으나."
"사형선고만 했지 집행도 안 되는데 뭐. 우리나라는 실질적인 사형 폐지 국가잖아."
"얼마나 더 할래?"
"뭐를?"
"서인하 얘기."
"응?"
"맡은 사건에 올인하는 거 모르는 거 아닌데, 이제 슬슬 서운하려고 그런다."
"그래?"
"응."
"왜?"
"끝났는데, 그렇게 빨리 끝내고 싶다고 했으면서 안 벗어나고 있잖아."
"……."
"주희야."
"사과는 안 할래."
"줘도 안 받아. 그딴 거 말고 너의 몸과 맘을 달라!"
"몸 주면 받을 수는 있나?"
"오, 영상통화 한번 해볼까?"

주희는 남편의 '적당함'이 좋았다. '어느 정도'라는 애매한 기준을 어렵지 않게 지켜내는 남편의 균형감각은 날아오르거나 추락하는 주희를 적절한 때에 붙잡아주곤 했다. "어이, 잊지 마라. 내가 너 사랑한다!" 뜬금없이 느끼한 드라마 대사를 흉내 내며 격려하거나, "나는 강주희 검사가 아니라 내 마누라 강주희가 필요하다! 필요하다! 필요하다!" 질책성 농담으로 주희에게 균형을 찾으라는 스위치를 누르곤 했다. 그런 남편이 서인하에 대한 이야기를 그만 듣겠다고 이야기했다면 빠져나와야 하는 타이밍이었다.

주희는 첫눈이 내리기 시작하는 밤 풍경을 보며 이제 정말 정리할 때라고, 정리할 수 있을 거라고 생각했다. 하지만 두 번째 눈이 내리던 날, 박무현의 전화가 다시 최선우를 상기시켰다.

"시간을 내주실 수 있겠습니까?"

주희가 무엇 때문인지 묻지도 못하고 초대에 응하지도 못하자 박무현이 덧붙였다.

"식사 대접을 하고 싶었습니다. 좀, 잠잠해졌을 때."

마지막 재판이 끝난 뒤로도 한동안 세상은 시끄러웠다. 네 번째 희생자가 될 뻔한 조각가 문숙은 이 사건으로 갑자기 유명세를 탔고 작품값이 세 배 이상 뛰었다는 소문이 돌았다. 그녀가 극심한 스트레스로 급성 위염에 걸려 응급실에 실려 간 것까지 방송에 보도되었다. 그런 시기에 박무현이 주희에게 식사 대접을 하겠다고 나서지 않은 것은 고마운 일이었다.

"알겠습니다."

가재는 죽지 않고 살아서 눈을 껌벅이고 있었다. 그럴 리 없겠지만 어쩐지 주희를 바라보는 것 같았다. 갑각류가 그 딱딱한 껍질을 강탈당한 채, 연분홍 살이 난도당한 채 접시 위에 누워 있었다. 최고급 일식집의, 최고 기술을 지닌 주방장이 최상위 고객에게 드리는 서비스라고 했다. 가재가 살아 있는 채로 회를 뜨는 기술.

"어……."

박무현은 당황했다. 최고의 손님이 늘 먹던 음식 앞에서 당황하자 주인도 당황했다.

"아, 검사님 드시겠으면……."
"아니요. 저도 살아 있는 쪽은……. 그냥 간단한 초밥 정도면 좋겠습니다."

눈에 띄게 안심하는 박무현의 얼굴이 어딘지 안쓰러웠다. 당황한 주인의 손에 들려 나가면서도 가재는 계속 살아 있었다.

"산 낙지도 못 먹게 됐습니다."

박무현은 그렇게 말하고 자조적인 웃음을 지으며 스스로 사케를 따랐다.

"최선우 씨는 살아 있었습니다. 응급조치를 했다면 살릴 수 있었을 겁니다. 하지만 서인하는 그런 상태의 최선우 씨를 강간……."

재판정에서 주희가 했던 말. 살아 있는 동안 그녀가 당했을 수치와 공포와 고통이 가능하면 생생하게 전해지도록 추정하고 목소리를 높였다. 살아 있는 가재를 똑바로 보지도 못하고, 산 낙지를 못 먹게 되었다는 박무현에게 주희는 약간의 책임감을 느꼈다.

"그리고 술이 좀, 늘었죠."

사케를 단숨에 비우고 다시 한 잔을 따르며 박무현이 말했다.

'말랐구나.'

마지막 재판 때까지 박무현은 단 한 번도 흐트러진 모습을 보인 적이 없었다. 언제나 깔끔하게 면도를 했고, 언제나 꼭 맞는 슈트에 고급스럽고 은은한 넥타이, 타이핀에 커프스, 얼룩 하나 없는 살롱화까지 완벽한 차림이었다. 기자들의 질문에는 "재판 중이니까요"라고 대답을 거절하는 예의 바른 대답을 했다. 아무 말도 하지 않고 기자들을 밀치며 빠져나가는 무례한 짓 따위도 하지 않았다. 그를 도발하기 위해 선정적인 질문을 해대는 기자에게조차 화내지 않는 초인적인 인내를 보여주었다. 그래서 박무현은 박무현대로 또 다른 팬클럽을 거느리게 되었다는 후문이 있었다.

그러나 지금 주희 앞에 있는 박무현은 티셔츠 차림이었고, 수염이 있었다. 무엇보다 양 볼이 푹 꺼질 만큼 눈에 띄게 말라서 흉한 느낌이 들 정도였다.

"복직, 안 하셨다고 들었습니다."
"예."

대답을 했으니 한 잔 더 마셔도 되지 않겠는가 하는 느낌으로 박무현은 사케를 마셨다.

"취하지는 않습니다. 사업하기 좋은 체질을 물려주셨습니다."
"가업, 이어가시려고요?"
"그럴 수 있기를 바라고 있습니다."
"……"
"제가 좀 망가졌네요."
"……"
"그 사람이 많이 보고 싶습니다."
"……"

"저한테 그 사람을 살릴 기회가 있었던 건 아닐까, 계속 그 생각을 하고 있습니다."
"불가항력이었습니다."

박무현은 고개를 끄덕였다. 도쿠리가 빌 때까지 박무현은 한 조각의 스시도 먹지 않았다. 그런 박무현 앞에서 뭔가를 먹고 삼킨다는 게 어쩐지 미안했다. 참치 뱃살이 탄력을 잃고 축 처져 접시에 길게 들러붙은 상태가 되었을 때 박무현이 요구했다.

"서인하가 여전히 묵비권을 행사하고 있다더군요."
"……"
"연쇄 방화 사건으로 이어지지 않았다면, 선우에 대해서만 생각해보면, 어쨌거나 계속 살인을 부인하고 있다가 갑자기 입을 다문 거죠. 그러니까 서인하는 여전히 선우에 대해 자백을 하지 않은 겁니다."
"……"
"혹시 서인하를 다시……"
"안 됩니다. 법으로도 서인하를 다시 재판에 소환할 수 없고, 있다 해도 그러지 않을 겁니다."

주희는 박무현의 말을 잘랐다.

"최선우 씨도, 부인도 원하시지 않을 것 같습니다."

박무현은 텅 빈 시선으로 주희를 바라보았다.

"서인하에게서 벗어나세요. 그리고 부인과의 좋은 기억만 남기세요. 마지막 순간에 대해서는, 관련해서 기억하고 계신 것들을 좀 접어서 어느 한편으로 밀어 넣어두시면 좋겠네요."

정신과나 심리학을 전공한 의사, 교수들이 들으면 기겁할 일일지도 모르지만, 주희는 박무현이 그 기억과 싸우지 않기를 바랐다. 그 기억을 마주할 만한 마음의 근육이 자란 뒤에 하나씩 마주하고, 지워 나가는 게 좋을 것 같다는 생각이 들었다.

분노의 힘으로, 서인하의 사형을 목표로 달려온 경주를 훌륭하게 마쳤으니 당당하게 다른 출발선을 향해 가기를 바랐다. 테이프를 끊어놓고, 아직 경주가 끝나지 않은 것 아니냐고 하는 것. 계속 그 경주를 할 수 없다면 그냥 쓰러질 것이라고 불안해하는 이런 모습이라면, 그 경주가 너무 무의미한 것이 되어버린다는 생각이 들었다.

"선우랑 같은 말을 하시네요."

고개를 푹 숙인 박무현은 들고 온 책 가운데에서 편지 한 통을 꺼내 의아해하는 주희 앞에 내밀었다.

"그 사람 책장에서 찾은 겁니다."

최선우의 필체였다. 두께가 제법 되는 고급스러운 종이에 음각으로 눌린 꽃문양이 손끝으로 느껴지는 백색 편지지였다. 녹색 잉크로 쓴 단정한 필체가 최선우답다는 느낌을 주었다.

당신 안에서 나는 완벽한 사람이 됩니다.
당신 앞에서 나는 정결한 사람이 됩니다.
당신 곁에서 나는 아름다운 사람이 됩니다.
무현 씨,
당신의 아내로 사는 것은 내게 이런 의미입니다.
아마 내가 아닌 다른 사람을 아내로 맞았어도
당신은 그런 아내를 만들 수 있었을 것입니다.
그러니
사는 동안
어떤 일을 만나더라도, 어떤 상황이 온다 하더라도
당신이 자책하는 일은 없기를 바랍니다.
당신이 행복하기를 바랍니다.
당신처럼 마음과 생각과 몸이 온전하게 조화를 이룬 멋진 사람은
충분히 그럴 자격이 있으니까요.
나 역시
당신 안에 그렇게 머물 수 있기를
그 시간이 오래 이어지기를 바라봅니다.

낯 뜨거운 사랑고백은 아니지만 깊고 진중한 편지였다.

"그 사람, 자신에게 불행한 일이 닥칠 걸 알았던 걸까요?"

박무현의 마지막 목소리에 물기가 얹혔다.

"여자들은 가끔 너무 행복할 때, 불행에 대한 두려움에 빠지곤 하니까요."
"검사님……."
"……."
"선우가 너무 완벽한 사람이라, 정말 단 한 가지도 흠이 없던 사람이라, 내가 그 사람을 너무 사랑해서, 그래서 우리한테 이런 일이 일어난 것 같습니다."

신의 질투. 충분히 이성적이고, 충분히 논리적인 사람들도 감당할 수 없는 부조리한 상황 앞에서 자신을 납득시키기 위해 끌고 오는 평계였다.
그날 저녁 박무현은 세 번 정도 물기 묻은 목소리로 최선우를 추억했고, 물기 젖은 눈으로 주희를 보았다. 하지만 눈물을 흘리지는 않았고, 얼굴이 붉어지거나 걸음이 흐트러지지도 않았다. 1인분에 30만 원이 넘는다는 일식집의 음식 대부분을 남기고 나오면서 박무현은 한사코 거절하는 주인에게 가재 값까지 챙겨주는 것도 잊지 않았다.
이틀 뒤, 주희가 박무현을 다시 본 것은 조간신문에서였다. 아버지 회사의 해외사업본부장이 되어 출근하는 사진이었다. 발령 받은 지는 좀 되었으나 그동안 기업에 적합한 인재로 준비하는 시간을 가지며 불운했던 개인사를 잘 정리했다는 덕담 같은 기사였다.
최선우가 써놓고 간 유서 같은 고백이 떠올랐다.

당신처럼 마음과 생각과 몸이 온전하게 조화를 이룬 멋진 사람은 충분히 그럴 자격이 있으니까요.

주희는 그렇게 완벽한 사람을 이렇게 흔들 수 있을 만큼 깊은 사랑을 받았으니 일찍 간 인생이 극도로 불행한 것만은 아니라는 생각을 했다.
세상은 최선우가 빠진 자리를 남은 사람들의 눈물과 추억과 흐르는 시간으로 채워 잘 굴러갈 수 있도록 만들고 있었다. 그리고 새롭게 맡은 사건에 매달리면서 주희는 이제 정말 온전하게 그녀를 보내고 서인하를 잊을 수 있을 것이라고 생각했다.
며칠간의 폭설로 세상이 흑백사진처럼 변했다가, 며칠 만에 모습을 드러낸 햇살이 그 풍경에 빛을 더하는 예쁜 오후, 주희의 전화가 울렸다.

"청송교도소장입니다. 5892번, 그러니까 서인하가 검사님을 좀 뵙고 싶다고 합니다."

은은한 음악이 흐르고, 테이블에는 뜨거운 아메리카노가 놓여 있었다. 촘촘한 쇠창살의 창문만 아니라면 일반 회사의 휴게실 정도로 느껴질 만한 공간이었다. 교도소장의 특별한 배려였다.

"그 친구가 수감자들한테 그림을 가르치는데, 반응도 좋고 교화 작업에도 아주 성과가 있습니다."

면회를 온 주희가 검사라서 접대하는 것이 아니라 서인하의 교도소 생활이 이런 처우를 만들었다는 얘기였다. 5892번, 번호로 부르지 않고 '그 친구'라는 표현을 쓰는 것도 이례적인 일이었다. 교도소장이 검사에게 직접 전화를 걸어서 면회 요청을 전달한 것은 유례 없는 일일 것이다.

"참 믿을 수 없습니다. 교도소에서 긴 세월 동안 정말 많은 종류의 사람을 봐왔지만 그 친구처럼 저질렀다는 범죄하고 사람이 어울리지 않는 경우는 처음입니다."

은퇴를 6개월 앞둔 교도소장은 자기 말에 자기가 놀라 경직된 얼굴로 주희를 보며 급하게 변명했다.

"아, 아니, 수사나 재판이 잘못됐을 거라는 뜻은 아닙니다. 그 친구도 죄를 부인하지 않았고요. 그렇게까지 흉악한 죄를 짓지 않을 수 있었을 텐데 안타깝다는, 네, 정말 그런 뜻이었습니다."

주희는 별다른 대꾸를 하지 않고 커피 잔을 들었다. 입으로 커피를 마시기 전에 손으로 잔을 감싸 커피를 느끼는 것이 기분 좋은 계절이었다. 손을 통해 전해지는 커피의 온도가 적절해졌다고 생각될 즈음, 교도관과 함께 서인하가 들어섰다.

'웃었나……?'

주희를 향해 자연스럽게 목례하는 서인하의 표정을 보고 주희에게 든 생각이었다. 웃는 것 같지는 않은데, 그를 둘러싸고 있는 공기가 웃는 느낌이었다. 교도소장은 주희를 돌아보고 수갑을 어떻게 할까, 눈으로 물었다. 주희에게 보이기 위해 수갑을 채웠을 뿐, 사실은 수갑을 풀고 자유롭게 돌아다니고 있는 것은 아닌가 하는 의심이 들 만큼, 교도소장은 그렇게 호의적이었다.

"그림을, 그리고 싶었다고 하시네요."

주희가 교도소장과의 관계에 적잖은 의심을 품은 시선을 던지자 서인하는 담백하게 대답했다.

"가정 형편 때문에 안정적인 직장을 찾다가, 평생 자신도 교도소 담장 안에 살게 됐다고, 은퇴하면 그림을 그려보고 싶다고 하셔서 기초적인 걸 가르쳐드리고 있습니다."

서인하는 미지근해진 커피 잔을 물끄러미 바라보았다.

"덕분에 이렇게 말도 안 되는 걸 누리기도 합니다."

"은퇴하시고 다른 소장이 오면 많이 불편해지겠네."
"아……."

거기까지 생각해보지 못했다는 듯 서인하는 잠깐 멈칫하는 시선으로 주희를 바라보았다. 그러더니 이내 살짝 미소를 지으며 커피 잔을 들었다.

"별로, 상관없을 것 같습니다."

주희는 살피는 시선으로 서인하를 바라보았다. 여러 가지 모습을 봐왔지만 지금의 서인하가 가장 자연스러운 모습이었다. 아니, 자유스럽다는 표현이 더 적절한 것 같았다. 교도소 안에 있고, 죽을 때까지 이곳을 벗어날 수 없는 인생인데, 마주 앉은 주희보다, 바깥 세상의 그 누구보다 자유로운 존재 같은 모습이었다. 그 자유로운 모습은 면회 용건을 꺼내려 할 때 조용하게 경직되어갔다.

"제가, 판단 착오를 한 부분이 있어서, 뵙자고 했습니다. 알고 계셔야 할 것 같아서……."

서인하의 조용한 경직에 주희는 상상 이상의 것이 튀어나올 것이란 느낌을 받았다.

"저는 아무도 죽이지 않았습니다."

교도소에서 나온 주희는 자동차 문을 열면서 바로 전화를 걸었다. 시급을 다투는 문제가 아니었지만, 1초라도 빨리 확인하지 않으면 스스로 터져버릴 것 같은 느낌이었기 때문이다.

"남 검사, 나야! 우리가 찾은 그 파일 속 희생자들 자료. 응, 프린트된 거. 그거 포렌식 의뢰해줘. 같은 날, 같은 프린터로 인쇄된 건지."
"무슨 소리야?"
"그냥, 일단 알아봐달라고!"
"강 검사!"
"빨리. 일단 그냥 좀 부탁하자."
"……."
"다른 직원 시켜? 말 나가게 만들래?"
"알았어."

전화가 끊겼다. 차에 앉아 교도소 건물을 돌아보았다. 조금 전 자신에게 이야기하던 서인하의 모습이 떠올랐다.

"제가 증거들을 조작했습니다. 제가, 연쇄 살인범이 될 수 있도록. 그렇게 믿으시도록 한 거니까 검사님 잘못은 아닙니다. 지금 제 말을 믿으시려면 그것도 증거가 필요할 테니까, 아, 그 파일이 좋겠네요."

그러면서 서인하는 연쇄 살인 당한 여자들과 연쇄 살인의 후보로 떠오른 화가 문숙에 관한 자료를 모아 감쪽같이 숨긴 보라색 클리어 파일에 대해 이야기했다. 주희가 기적처럼 발견한 단서. 거의 모든 것을 포기했을 때, 옷 갈아입으러 들어간 집에서, 해외에 있는 딸과 통화하다 번쩍 하고 떠오른 아이디어로 간신히 잡아낸 결정적 증거. 그것이 조작된 것이라고, 속으라고 심어놓은 거라고 서인하가 말했을 때, 반문하는 주희의 목소리는 갈라졌다.

"왜, 그거를, 내가 발견하지 못했으면, 그러면……."
"발견하실 거라고 생각했어요. 하지만 너무 쉽게 발견되면 의심하셨을 거고, 그러면 자료들을 면밀히 검토했을 거고, 그러면……."

맞는 얘기였다. 너무 쉽게, 보란 듯이, 뭔가 조작된 냄새가 나는 증거는 더 철저하게 조사하고, 함정이 없는가 거듭 잘라서 보는 것이 검사다. 꽁꽁 감춰둔 것을 찾아낸 것이라 생각해서 그 자료 자체에 대한 조사를 하지 않았다.
서인하는 같은 날, 그러니까 최선우가 죽은 그날, 그녀의 시체 옆에서 작업실 프린터로 뽑았다고 했다.

"요즘은 그런 것까지 밝혀내는 과학수사가 가능하다고 들었습니다. 제가 죽일 여자들에 관한 자료를 모으고, 죽이고, 또 다음 희생자를 찾고……. 그랬다면 그분들이 죽은 다음에 자료가 출력된 건 말이 안 되겠죠."

포렌식 검사 결과가 나와야 정확한 것을 확인할 수 있지만, 주희는 서인하가 지금에 와서 거짓말을 할 이유가 없기 때문에, 그의 말을 믿을 수밖에 없다고 생각했다. 아니, 사실은 서인하가 이야기하는 순간에 이미 그가 진실을 말하고 있다고 믿어버렸다. 그렇게 믿어버리는 자신이 싫을 만큼 믿고 싶지 않았지만 서인하가 담담히 이야기하는 모든 내용은 '명백함' 그 자체였다. 주희는 감정에 휩싸이지 않기 위해 매뉴얼대로 일을 해 나가기로 했다. 서인하가 알려준 화방의 전화번호를 검색했다.

"네, 호미화방입니다."
"지금 찾아뵈면 좀 오래된 판매 내역을 확인할 수 있을까요? 도착하는 데 세 시간쯤 걸릴 것 같은데……."

화방 주인은 주희가 확인하고 싶은 내용을 말하자 기다릴 테니 오라고 했다. 화방으로 차를 몰고 가는 동안 주희의 머릿속에서는 교도소에서 서인하와 이야기를 나누던 장면이 무한반복 재생되고 있었다.
서인하는 몸의 절반 정도를 다른 세계에 덜어내고 온 사람 같았다. 마지막 재판에서 가늘어진 느낌과는 달랐다. 낮은 목소리였지만 힘이 없어 듣기 힘든 부분은 없었다. 맞은편에 앉아 이야기하고 있는데 가까이서 귀에 대고 조곤조곤 이야기하는 것 같은 느낌이 들었다. 그 입에서 나온 말의 내용이 그렇게 충격적인 것이 아니었다면 무슨 비결로 그렇게 자유로운 상태가 되었냐고 묻고 싶을 지경이었다.

화방 주인은 문 닫을 시간이 지나서 도착한 주희를 기다려주었다. 서인하가 이야기한 대로 모든 물건 판매를 수기 장부로 기록해놓는 사람이었고, 그것을 매우 자랑스러워했다.

"이게 말입니다. 이런 식으로 정리해놓으면, 우리 화방에서 물감 사고 붓 사고 했던 학생들이 데뷔했을 때, 그 사람이 그렇게 되기까지 얼마나 많은 그림을 그리고, 시간을 들였는지 알 수도 있고요, 내가 판 물건이 예술가를 키웠구나 그런 생각이 들어서 좋거든요. 10년, 20년 전 장부까지 다 있어요."

주희는 주인이 자신의 업적을 즐기면서 장부를 한 장씩 넘기는 것을 기다리지 못하고 휙 자기 앞으로 돌렸다.

"제가 보겠습니다."

주희는 사법고시 합격자 발표를 확인하던 순간보다 지금 이 순간의 심박수가 높아진 것 같다고 느꼈다. 그때는 자신의 이름이 있기만을 간절히 바랐고, 지금은 확인해야 할 이름이 없기만을 바라는……. 하지만 있을 것 같다는 강력한 불길함에 눈으로 보일 만큼 손을 떨고 있었다. 귀에서는 서인하가 조용조용 이야기하던 목소리가 생생하게 재생되고 있었다.

"화방에 가시면, 아마 선우가 가던 날, 오후에 전화로 시너를 주문한 기록이 있을 겁니다. 20리터 주문이고. 주문자 이름은……."

20리터 시너……. 전화 주문이 있었다.

"여기, 이 사람이 주문한 거 맞아요?"

주희는 절망과 공포가 뒤섞인 표정이 되어, 마지막 희망을 붙들고 주인에게 장부를 들이밀었다.

"아, 이거. 맞아요. 한동안 시너 때문에 시끄러워서 나도 혹시나 서인하가 우리 화방에서 사갔나, 싹 다 봤는데. 다행이 여기서 사지는 않았더라고요."
"정말 이 사람 이름으로 주문된 거 맞아요?"
"맞다니까, 서인우."

서인하가 자조적으로 웃던 표정이 떠올랐다. 서인하는 교도소장이 준비해준 아메리카노를 한 모금 마시고 설명하기 시작했다.

"꽤 오랫동안 마음의 준비를 했다고 생각했는데, 막상 그 순간이 닥치니까 아무 생각도 나지 않더라고요. 아는 사람 이름을 쓰는 건 어쩐지 미안하고……. 그래서 제 이름 한 글자와 선우 이름 한 글자를 땄습니다. 인하의 인. 선우의 우. 서인우. 그 이름으로 주문하고, 송금했습니다. 그러니까 제 작업실에서 발견된 시너는 사실 방화 사건과 아무 상관이 없는 물건입니다."

도대체 왜 그렇게 공들여 증거를 만들었냐고 묻지 못했다. 그의 대답은 같을 테니까. 자기 자신을 연쇄 방화 살인범으로 믿고 기소하도록.

주희가 자신이 서인하의 의도에 완벽하게 말려들었다는 것을 완전히 받아들이는 것에 힘겨워하는 동안 발작적으로 전화벨이 울렸다. 자신의 전화벨이 울리는 것조차 인지하지 못하자, 화방 주인이 주희를 툭툭 치며 일깨워줬다.

"전화 왔어요, 전화!"

남 검사였다.

"이거, 어떻게 된 거야?"
"어떻게 나왔어?"
"한 프린트에서 나온 거는 이상한 게 아닌데……."
"그런데?"
"같은 시기에 프린트된 거고……."
"방화 사건 이후에 프린트된 걸로 나와?"
"강 검사……."
"그냥 말해."
"지금 어디야?"
"사무실에서 얼굴 보고 이야기하자."

남 검사의 당황스러운 목소리가 주희의 정신을 잡아 세웠다. 심박수가 차분하게 가라앉았고, 자신이 무엇을 해야 할지 하나씩 정리되기 시작했다. 주희는 서인우라는 이름으로 시너 20리터가 주문됐다는 것, 입금된 계좌를 핸드폰으로 찍고 나왔다. 겨울 저녁이 빠르게 불러들인 밤기운으로 가득한 도로를 달려오며 주희는 도대체 왜 이렇게 끔찍한 사건의 범인이 되기로 자처한 것인지에 대한 서인하의 대답을 복기했다.

"커피를 준비하고 있는데, 2층 난간에서 바닥으로 떨어지는 소리가 들렸습니다. 제가 갔을 때, 선우의 숨이 붙어 있었던 것, 맞습니다. 그런데 선우가 그냥 가고 싶다고 했습니다. 사고였는지, 정말 죽기로 작정하고 손을 놓은 건지는 여전히 저도 모릅니다. 만나면 물어봐야죠. 대답을 해줄지는 모르겠지만⋯⋯."
"최선우 씨와, 정말 연인 사이였다는, 건가요?"

어디부터, 무엇부터 확인해야 할지 모르겠다는 생각에 혼란스러웠지만 주희는 그렇게 두 사람의 관계에 대한 질문부터 시작했다.

"연인이었는지, 모르겠습니다. 그것도 물어봐야죠."
"그러면⋯⋯."
"제가 사랑한 건 맞습니다."
"두 사람이⋯⋯."

강간이 아니라면, 두 사람이 정말 그렇게 가학적이고 피학적인 섹스를 즐기는 관계였냐고, 그런 섹스를 즐겼으면서 연인이었던 건지 모르겠다는 게 말이 되느냐고 물어야 했지만, 주희는 말을 끊었다. 서인하에게 다시 놀아나고 있는지도 모른다는 생각, 서인하가 자신의 말을 증명하기 위해 내놓은 시녀 구입 증거와 출력된 자료 등을 과학적으로 검증하기 전에는 어떤 말에도 현혹되면 안 된다는 생각이 들었기 때문이다.

하지만 왜……?

서인하는 마치 주희의 질문을 들은 것처럼 대답했다.

"사실을 말씀드릴 생각은 없었는데, 이제야 그런 생각이 들었습니다. 진짜 연쇄 방화 살인범이 아직 밖에 있고, 그러면 언젠가 또 같은 범죄를 저지를 수 있다는 거……."

"……!"

서인하의 말이 사실이라면, 그가 연쇄 방화 살인범이 아니고 진범이 존재한다면, 일정 시간이 흐른 뒤, 안전하다고 생각될 때 진범이 똑같은 범죄를 저지를 확률은 매우 높았다. 서인하는 머리를 조아리듯 숙이며 사과했다.

"거기까지 생각 못 했습니다. 죄송합니다."
"아니, 아직 당신이 진범이 아니라고 내가 인정한 게 아니니까……."
"네, 나가셔서 충분히 확인하시고, 제가 그 사건의 범인이 아니라는 게 확인되면, 꼭 잡으세요."

"검찰을 걱정해주는 건가?"
"아니요, 선우에 대해 다른 얘기가 나오지 않아야 하기 때문입니다."

방화 살인 사건이 다시 일어나면 서인하가 진범이 아니라는 의견이 나오게 되고, 그러면 최선우 사건까지 의심을 받을 수 있다는 논리적인 예상이었다. 서인하의 주장이 맞는다면, 그가 정말 방화 살인을 저지르지 않았고, 최선우를 죽이지 않았다면, 그렇다면, 그렇다는 것은……. 최선우는 정말로 서인하와 깊은 육체적 관계를 맺고 남편인 박무현을 비롯한 전 국민을 대상으로 감쪽같이 사기 캐릭터를 연기하고 있었다는 얘기가 된다.

"그 모습도 최선우였고, 제 앞에서 드러낸 모습도 최선우였습니다. 모든 사람이 모든 사람 앞에서 자신의 모든 것을 보여주는 건 아니니까요. 선우가 갖고 있는 또 다른 모습을 인정하고 받아줄 수 있는 사람이 저밖에 없었기 때문에……."

서인하는 잠시 말을 끊었다. 설경이 빛이 되어 넘어오는 창문으로 시선을 돌렸다. 아프게 그리운 것을 추억하는 눈빛이 되어 말을 이었다.

"저를 사랑해서, 제가 보고 싶어서 제게 오는 게 아니었습니다. 숨을 쉴 수 없다면서 왔습니다. 숨을 쉬고 싶다고."
서인하를 사랑한 것이 아니라, 자기 안에 있는, 깊이 감춘 또 다른 자아를 알아준 사람이라, 서인하 앞에서는 모든 모습을 다 보여 줄 수 있어서 찾아갔다는 말이었다.

"뛰어나게 아름답고, 뛰어난 머리와 감각을 가진 사람으로 태어났고, 그렇게 자랐으니까. 사람들은 자신들이 원하는 모습을 요구했고, 그에 부응하는 그녀의 능력을 찬양했죠. 어렸을 땐 그런 관계를 즐겼던 것 같은데, 거기에 지쳤다는 걸 깨달았을 땐, 너무 늦었다고, 그렇게 얘기했습니다."

서인하는 자신의 추론을 자제했고, 세상 사람 아무도 모르는 최선우의 감춰진 모습을 알고 있는 단 한 사람으로서 으스대지 않기 위해, 혹시라도 그렇게 보일까 봐 조심하며 단어를 골랐다.

"수고를 끼치게 됐습니다. 죄송합니다."

서인하는 세상 밖에 아직 방화범이 존재하고 있다는 것을 주희가 믿을 수 있을 만큼만, 딱 그만큼만 설명하려 했다. 서인하가 주장하는 것이 맞을 경우, 주희가 확인하고 싶은 것들. 스토킹이 아니라 정말로 신혼여행지에 서인하를 부른 것인지, 강간처럼 보일 만큼 격렬한 섹스를 한 것인지, 그런 것에 대해서는 입을 다물었다. 지저분한 단어를 골라 써서 섹스를 묘사했던 남자라고는 상상도 할 수 없을 만큼 정사(情事)에 관한 진술을 불편해했다. 다른 이야기를 할 때도 '우연'과 '행운'이었을 뿐이라고, 자신의 '뛰어남' 같은 것은 전혀 없었다는 것을 드러내려 애썼다.

"그 여름, 대학 신입생의 첫 여름방학 동안 제 눈에 또 다른 선우가 비쳤던 것뿐입니다. 내 눈으로 세상의 본질을 꿰뚫으리라……. 1학년의 패기 같은, 그런 에너지여서 가능했을지도 모르죠."

이렇게 얘기할 때는 마치 대가의 인터뷰 중 겸손한 회상의 단락 같은 분위기였다.

"처음 선우에게 사랑을 고백했을 때는, 그때는 의기양양한 부분이 있었습니다. 세상 사람들은 몰라도 나는 안다. 내가 알아냈다. 그래서 선우를 몰아세웠고, 그래서 선우가 놀랐고, 그래서 그렇게 불같이 화를 냈던 거겠죠. 그후 오랜 시간 동안 선우는 더 깊이 또 하나의 자신을 감추는 데 몰두하고 살았고, 저는 제게 보였던 선우의 본질에 다가가기 위해 몰두했습니다."

최선우에게서 보았던 것이 결국은 모든 사람에게 존재하는 것임을 깨달았다고 했다. 사회 속의 인간, 관계 속의 인간으로 살기 위해 버려둔 또 다른 자아를 누구나 갖고 있다고.

"나중에 심리학 책을 몇 권 읽으면서 그걸 칭하는 용어도 있다는 걸 알았습니다. 하지만 그 모습이 이미지로, 색으로 내 눈앞에서 재조립된 건 선우가 보여준 완벽한 분리, 그리고 그걸 그림으로 형상화하려고 몰두한 내 훈련의 결과였습니다."

다른 사람들을 보면서 최선우가 지닌 괴리가 이 세상 누구보다도 깊고 넓고 지독하다는 것을 새삼 깨달았다고 했다.

"그래서 나의 방식으로 선우를 이해했고, 그것을 그렸습니다. 그림을 통해 이야기를 전하고 싶었습니다. 내가 이해하고 있다고. 내가 알고 있다고. 그러니까, 너무 혼자 힘들어하지 말라고. 그림을 보았을 때, 선우가 알아주었던 것 같습니다."

서인하는 자신이 한 말 가운데 오류는 없는지, 주희가 뭔가 오해할 만한 것은 없는지 복기하는 것 같은 얼굴로 말을 멈췄다. 그리고 보충설명을 하듯, 확신 없는 얼굴로 이야기했다.

"어쩌면, 그즈음에 많이 지쳐 있었기 때문에, 한계라고 생각해서 제 생각을 인정했는지도 모르겠습니다. 그러니까, 저한테 와서 숨을 쉴 수 있다고, 그렇게 말을 한 거였겠죠."
"결혼 직전이라, 그렇게 떠들썩한 결혼이라 더 그랬다는 건가요?"

주희의 질문에 서인하는 진심으로 놀란 표정을 지었다. 그리고 서둘러 설명을 이었다.

"선우는 견딜 수 있을 때까지 견뎌보고 싶어 할 만큼 박무현 씨를 존중했습니다. 늘 좋은 사람이라고 했습니다. 하지만 선우가 또 다른 얼굴을 보이면 견디지 못할 사람이라고……. 박무현 씨가 살아온 세상에서는 상상도 못 할 거라고 했습니다. 박무현 씨 쪽에서 제공한 원인은 한 가지도 없습니다. 그건 틀림없습니다."

그때, 주희의 머릿속에 녹색 글씨가 떠올랐다.

당신 안에서 나는 완벽한 사람이 됩니다.
당신 앞에서 나는 정결한 사람이 됩니다.
당신 곁에서 나는 아름다운 사람이 됩니다.

최선우가 남긴 편지의 그 구절. 주희는 소름이 돋는 느낌이었다. 박무현이 원하는 모습대로, 남편이 바라는 이상적인 모습으로 살아낸 아내. 주희는 아름답게만 보였던 최선우의 사랑 고백이 언제 닥칠지 모를 자신의 마지막 순간을 준비한 유서였다는, 충분히 그런 내용일 수 있다는 것을 깨달았다.

나 역시
당신 안에 그렇게 머물 수 있기를
그 시간이 오래 이어지기를 바랍니다.

그러니
사는 동안
어떤 일을 만나더라도, 어떤 상황이 온다 하더라도
당신을 자책하는 일은 없기를 바랍니다.

주희가 일단 증거들을 확인한 뒤 다시 오겠다고 자리를 박차고 일어난 것은 최선우가 편지를 남긴 목적이 다른 데 있었던 것이라고, 이 사건이 세상에 드러났을 때를 대비한 내용으로도 볼 수 있다는 판단이 섰을 때였다.

"일단, 말한 증거들을 확인하고 다시 올 테니까……."
"다시 오실 것 없습니다. 저는 끝까지 연쇄 방화 살인범으로 남을 겁니다. 제 진술은 뒤집어지지 않습니다. 제가 부탁드리는 건, 다시 사건이 발생하기 전에 진범을 찾아서 똑같은 일이 발생하거나, 선우 사건에 대해 다른 말이 나오지 않도록 해달라는 부탁뿐입니다."
"도대체 뭐하자는 거야!"

서인하는 분노와 수치감과 의문이 뒤섞여 얼굴이 달아오른 주희를 물끄러미 바라보았다. 그리고 깊이 머리를 숙였다.

"죄송합니다. 정말, 죄송하게 생각합니다."

주희는 서인하의 무엇에 대해 화가 치미는지 정리가 되지 않았다. 법을 농락한 것에 대해 분노한다기엔 강주희라는 개인이 대한민국 법을 대표하는 인물이 아니라 자격이 없는 것 같았다. 피의자가 검사를 속이는 건, 있는 죄를 없는 것처럼 만들기 위해 모든 범죄자가 하는 일이니 새삼스러울 것도 없다. 이건 오히려 반대의 경우다.

속은 쪽이 무능력한 것이다. 거짓말을 했으면 끝까지 거짓말을 할 것이지 왜 뒤에 와서 말을 바꾸느냐고 화를 내기엔, 서인하의 말대로 방화범이 활동을 재개했을 때 넋 놓고 있다가 당하는 것보다는 미리 알고 예방할 수 있도록 해준 것이니 화낼 일이 아니라 고마워할 일이었다.

왜, 무엇 때문에 화가 나는 건지 정리가 되지 않았지만 화가 났다. 어쩌면 이 화는 서인하에 대해서가 아니라 최선우에 대한, 그렇게 무책임하게 모든 것을 떠넘기고 저 한 몸 세상에서 빠져나간 여자에 대한 화인지도 모른다는 생각이 들었다.

그렇다면 이 화는 서인하에게 내서는 안 될 일이었다. 그렇게 떠나간 여자가 세상에 남긴 참혹한 흔적을 세상에 둘도 없이 아름다운 꽃밭으로 만들기 위해 남자는 연쇄 살인범을 자처하고 나서서, 지금 가슴에 빨간 수인표를 달고 사형수가 되어 있으니까. 그러면서 화를 내는 사람에게 머리를 조아리며 사과하고 있으니까.

주희가 자신의 화를 빠르게 정리하는 동안 서인하는 낮은 목소리로 사과를 이어갔다.

"제게는 선우를, 세상에 남은 선우의 이름을 살던 모습만큼 아름답게 지키는 일만 남았습니다. 다른 사람들이 어떻게 되건, 그걸 상관하고 마음을 쓸 만큼의 힘이, 없습니다. 정말 죄송합니다. 하지만, 꼭 부탁드립니다. 제가 선우를 죽인 것으로, 세상이 영원히 그 일에 대해 의문을 갖지 않도록 해주십시오."

주희는 문득 법정에서 울던 여학생의 얼굴이 생각났다. 짧지 않은 시간 동안 선생과 학생으로 만나 가르쳤고, 특별한 애정으로 꿈을 심어준 것이 분명해 보였지만 서인하는 여학생의 목소리도 존재도 인지하지 못했다. 오직 하나. 최선우의 인생을 곱게 개켜 정리하기 위해. 튀어나온 점 하나 없이 마침표를 찍기 위해.

"자기 자신의 인생 같은 건, 서인하 씨 당신 자신의 인생과 거기에 연결된 사람들을 다 던져서……."
"의미, 없잖아요. 저 혼자의 인생이라는 거."

서인하는 자신이 최선우라는 이름을 지키는 역할을 맡게 된 것으로 충분하다는 듯 웃었다.

"소실점, 을 아세요?"

2차원의 평면에 원근법과 입체감이 살아 있는 그림을 그리기 위해 기준이 되는 선을 연결하는 방법. 그 정도의 상식을 가진 주희에게 서인하는 조용히 그림을 그리며 설명하기 시작했다.

"소실점을 하나로도 할 수 있고, 둘로도 할 수 있고, 셋으로도 할 수 있습니다. 소실점 하나로는 소실점 셋을 써야만 그릴 수 있는 높은 빌딩 같은 것을 그릴 수 없죠. 어렸을 때, 처음 이 개념을 알고 난 후 너무 신기해서, 보이는 모든 걸 소실점 찍고 그려보고 혼자 감탄하고 그랬습니다."

어린 시절에 대해 이야기하는 서인하의 표정은 '평화롭다'는 수식어로 다 담을 수 없을 만큼 고요했다. 인생에 후회도 아쉬움도 없는 사람만이 가질 수 있는 무색의 평안. 사랑한다는 말 한마디 온전하게 해주지 않은 여자를 위해 자기 인생에 허락받은 모든 것을 걸어버린 남자가 어떻게 저런 얼굴을 할 수 있는지, 주희는 새삼 궁금했다. 게다가 그녀는 죽어버렸는데. 그의 말대로라면 깃털처럼 그렇게 자기 생을 놓아버렸는데. 이런 주희의 의문과 갈등과 상관없이 서인하는 담담히 이야기를 이어갔다.

"저는 최선우를 똑바로 보기 위해 매 순간 새로운 소실점을 찍고, 제 위치를 바꿔가며 그녀를 보고자 했던 것 같습니다. 있는 자리에서 결코 움직이지 않고, 자신이 한 번 찍은 소실점에 변동 없이, 그 구도 안에 선우를 밀어 넣은 사람들은 보지 못했던 모습을, 저는 그래서 볼 수 있었고, 저는 그래서……."

서인하는 말을 끊었다. 가장 정결한 언어를 고르기 위해 고심하는 작가 같은 눈이 되었다. 한참 후, 결정한 듯 개운한 얼굴로 서인하가 말했다.

"저는 행복했습니다. 제가 선우를 그렇게 볼 수 있는 사람이어서 행운이었다고 생각합니다."

서인하는 정말로 즐겁게, 마치 새로 장만한 별장에 관해 설명하듯 최선우에게 얽힌 자신의 인생을 이야기했다. 소실점에 대한 이야기까지 기억을 정리했을 때, 주희의 차는 검찰청 주차장에 들어갔다.

남 검사는 득의양양한 얼굴로 주희를 맞았다.

"이 새끼, 이거 뭐가 어떻게 된 건지 모르겠지만, 자료를 나중에 한꺼번에 출력하고 그런 거는 왜 그런 건지 모르겠지만, 이거 진범 맞아."

주희가 별다른 반응을 보이지 않자, 남 검사는 성질을 내듯 의자를 끌어와 주희 앞에 바짝 붙어 앉았다.

"휘둘리지 말라니까! 그 새끼가 와달란다고 뭐하러 가서 만나! 이거 진범 맞아. 진범이 아닌데 어떻게 페트병에 시너를 담아놓느냐고."
"왜? 페트병 얘기가 엠바고 걸린 거라서?"
"그렇지!"

방화 현장에서 사용된 시너가 콜라 페트병에 담겨 있었다는 얘기를 기사에 내보내지 않도록 엠바고를 걸었었다. 범인을 식별하기 위한 자료로 중요하기 때문에 상당히 강도 높게 정보 관리를 했고, 그래서 실제로 단 한 건의 기사도 나가지 않은 내용이었다.

"범인인 척하려고 증거를 조작하는데, 시너를 사다 놓을 수는 있어도 어떻게 현장에서 발견된 거랑 똑같은 페트병에 담아놓느냐고. 범인인 거지. 수사하면서 그걸로 우리도 확신했잖아."
"엠바고를 걸었다며."
"그러니까!"
"방송국 기자들은 알았다는 거 아냐?"
"방송국 기자야……."

말을 하던 남 검사는 그제야 페트병이 의미하는 것을 깨달은 듯 입을 다물었다. 놀라 굳어진 얼굴과 눈으로 주희에게 질문했다.

'앵커……. 최선우를 통해 정보를 들었다는 것인가?'

주희는 화방에서 찍은 시녀 구입 관련 장부의 사진을 보여주었다. 주문자의 이름에 얽힌 서인하의 설명도 덧붙였다.

"왜……?"

남 검사가 무너지듯 책상에 기대며 내뱉은 질문은 주희와 같았다. 그러다가 남 검사는 마지막 희망을 쥐어짜듯 질문을 하나 덧붙였다.

"어떻게……? 그 새끼가 법정에서 그 난리를 치고, 그런 게 다 연기였다고? 연기자야? 어떻게 그럴 수 있어?"

주희도 물었었다. 서인하는 씁쓸히 웃었다.

"처음만 좀, 처음에 보여드린 모습은 낚시터에서 연습도 하고, 마음의 준비도 많이 했습니다. 그다음은 제게서 듣고 보신 것, 그 하나하나가 다 진짜였어요."

처음. 몇 년 전에 서로를 처음 알게 돼서 섹스 파트너로 지냈다며 번들번들 이야기하던 것만 거짓말이라고 했다. 그다음 첫사랑을 이야기할 때는 사실 그대로를 회상하면 그만이었고. 스토커는……?

"화를 내고 울부짖고……. 선우가 손을 놓아버린 날부터 제가 진짜 토하고 싶었던 거니까. 소리를 지르고, 날뛰고 싶었는데 내내 정신을 차리려고 애쓰다가 고삐를 풀었던 것뿐입니다. 특별히 연기를 한 게 아니라, 태워버리겠다는 말을 잊지 않아야 한다는 것 빼놓고는 그냥, 정말 다 화를 냈습니다. 화를, 내고 싶었으니까요."

다시 근본적 질문을 할 수밖에 없었다. 그렇게 잔인한 범죄자가 되면서까지, 왜?
서인하는 최선우와 죽고 못 사는 연인 사이였다고 이야기하지 않았다. 최선우가 자신을 사랑한 건지 잘 모르겠다고 했다.

"사랑한다고 말한 적 없어요, 저한테. 고맙다는 말을 몇 번……. 마지막 순간에 미안하다고 했고요."

다른 남자의 아내가 되어 사회적으로 누릴 것 다 누리고 살던 여자가, 자신을 사랑한다는 남자의 손에 자신의 죽음을 맡기고 훌쩍 육신을 벗은 것. 남은 남자는 그녀가 살다간 시간 동안 그녀의 한 면만 보고 칭송해온 사람들의 마음속에 끝내 그 모습으로 남을 수 있도록 자신의 모든 것을 기꺼이 버린 것. 정리하면 그런 내용이었다. 그래도 대답이 되지 않았다.
왜. 아니, 어떻게?

"제가, 사랑한 거니까요."

최선우의 사랑과 상관없는 것이라고 했다. 그녀가 이미 죽은 사람이 된 것도 상관없다고 했다.

"선우가 저를 사랑하거나, 선우가 저와 같이 살거나, 언젠가는 선우가 제게 올지도 모른다는 기대를 갖고, 그런 전제에서만 사랑한 게 아니라, 그냥 선우를 사랑한 겁니다. 저만 볼 수 있었던 선우의 그 모습이 아프고, 안타깝고……. 선우가 원하는 대로, 해달라는 걸 해줬지만, 근본적으로 선우는 자신의 본질에 대해 고민했고, 괴로워했습니다. 그래서 선우는 그렇게 손을 놓은 겁니다."

서인하는 자신의 사랑이 의문에 대한 답이 되지 못하는 걸 이해하지 못했다. 최선우에 대해서는 아예 이해를 바라지 않았다.

"최선우 같은 사람이 죽을 이유가 도대체 뭐냐고 할 거라고, 자기라도 그럴 거라고 말하면서 웃었습니다. '복에 겨워 미친 여자'

정도가 자기가 들을 평가의 가장 점잖은 버전일 거라고 얘기한 적도 있습니다."

최선우는 자신이 처한 상황과 환경과 상식적인 기준에 대해 비교적 냉정하게 평가를 내릴 수 있는 이성적인 사람이라고도 했다.

"자기의 괴로움과 상관없이 맡은 일, 맡은 역할을 해내는 데 고도로 훈련된 사람이라, 자기 자신을 객관적으로 바라보고 냉혹한 편이었습니다. 어쨌거나 이해하실 수 없다는 걸 충분히 이해하니까, 방화범 문제만 부탁드립니다."

서인하는 마치 복잡한 2차 방정식 문제로 고민하는 학생 앞에서 양자물리학 책을 덮으며 애쓰지 말라고 위로하듯 이야기를 마무리했다.

주희와 남 검사는 서인하의 말을 검증하는 데 시간을 들이느냐, 서인하의 말을 믿고 방화범에 대한 별도 수사를 진행하느냐 결정해야 했다. 서인하가 이 시점에 거짓말을 할 이유는 없었다. 그렇다면 또 한 번의 방화 살인 사건이 일어나기 전에 중단됐던 수사를 조용히 재개해 진범을 잡는 것이 급했다. 서인하를 다시 만나 몇 가지 의문점을 푸는 것은 나중 문제였다. 그러나 주희와 남 검사는 끝까지 의문점을 풀지 못했다.

다음 날 새벽 교도소장이 서인하의 죽음을 알려왔기 때문이었다. 목을 매 자살했고, 유서는 없었다고.

"소등 때까지 평소와 너무 다름없어서 생각도 못 했습니다."

서인하는 그렇게 최선우를 납치 강간 살해하고, 그 이전 두 건의 방화 살인을 한 범죄자로 생을 마감했다.

에필로그

난간에 걸터앉은 선우는 위태로워 보였다.

"위험하다니까."

커피를 내려 오겠다고 말하고 계단을 내려가며 인하는 선우에게 주의를 주었다. 선우는 어린아이처럼 다리를 까딱거리며 물었다.

"내가 깃털처럼 가벼우면 떨어져도 다치지 않을 거야. 그렇지?"
"쇳덩이가 떨어져도 다치지 않아. 마루가 다치지."
"그렇네. 아주 가볍거나 완전히 무거워야 돼."
"초콜릿도 먹을래?"

인하는 계단 아래 주방 쪽으로 들어가며 물었다. 선우는 내내 가벼워지는 것에 대한 화두를 잡고 있었다. 인생을 무겁게 만드는 것들에 대해, 이름을 무겁게 만드는 것에 대해, 그것들이 본질과 얼마나 먼 것인가에 대해. 그런 질문에 사로잡히면 꽤 긴 기간 동안 우울해진다는 것을 알고 있는 인하로선 선우가 화제를 돌리기만을 바라고 있었다.

"방송국에 몇 시까지······?"

선우는 질문을 다 듣지 못했다.
인하는 선우가 시험 삼아 무거운 책을 던진 걸까? 생각했다. 비명도, 얕은 신음도 이어지지 않았기 때문이다. 인하가 시선을 돌려 확인해야 한다는 것을 인지한 것은 등 뒤로 전해지는 공기의 흐름이 몹시 뜨겁게 바뀌고 있다는 느낌 때문이었다. 천천히 고개를 돌렸을 때 매우 기괴하게 뒤틀린 선우가 보였다. 의도적으로 머리를 아래로 해서 떨어지지 않았다면 발목 골절 정도로 끝났을 실내 2층에서의 추락인데, 선우의 자세는 10층 정도에서 떨어진 사람과 비슷했다.
인하가 선우에게 다가갔을 때, 선우는 웃었다. 눈으로 인하를 불렀다. 인하는 무릎을 꿇고 얼굴을 가까이 했다. 선우는 호흡으로 이야기했다.

"미안해."
"곧 갈게······."
"안아줘."

인하는 지금 선우를 안을 수 있을까 생각했다. 하지만 머릿속으로 수없이 반복해온 시뮬레이션을 실행하기 위해서라도 인하는 선우의 몸에 설정(泄淨)해야 했다. 바지를 벗고 선우의 몸 위에 조심스럽게 몸을 포갰다.

선우는 마주 안아주지 못하는 것을 미안해했다. 선우의 몸은 빠르게 식어갔다.

선우를 두고 일어섰을 때, 인하의 머릿속에는 그동안 준비해온 일의 순서가 완벽하게 정리됐다. 시너를 주문하고, 콜라를 사고, 선우의 초상화가 미묘한 각도에서 눈에 띄도록 잡아놓고, 출력한 자료를 파일에 넣은 뒤 봉하고…….

형사가 발견해줄지, 검사가 발견해줄지 모르지만 반드시 발견되어야 했다. 그것도 감추려던 것을 발견한 것처럼, 온전히 그들의 뛰어난 능력으로 찾아낸 것처럼. 만약 그들이 발견해내지 못하면 의심하도록 자신이 단서를 흘려야 했다. 미친 방화범으로 여겨지도록. 인하는 그런 연기가 필요한 순간에 적절하게 소리 지르고 온몸으로 부딪칠 수 있어야 한다고 자신을 격려했다.

선우가 먼저 가고, 그게 어느 때이건, 어느 곳에서건 그 마무리를 인하 자신이 하게 될 것이고, 그럴 수 있기를 오랫동안 바라왔기에 인하는 슬픔에 빠지지 않을 수 있었다.

오직 하나. 이 마무리 작업이 오래 걸리지 않기를……. 선우가 기다리지 않을지도 모르지만 선우가 간 그곳으로 자신도 빨리 갈 수 있는 상황이 되기를 간절히 빌었다.

짐을 꾸리고 집을 나서기 전, 인하는 거실 유리벽을 가리고 있는 커튼을 미세하게 벌렸다. 밖에서 들여다보는 사람이 전체를 볼 수 있을 만큼, 커튼이 열려져 있는 게 아니라 실수로 벌려진 것 같은 정도의 틈. 밖에서 들어온 빛이 선우의 육체를 비추었다. 인하는 선우를 그려온 작업이 이제야 완벽해질 수 있는 소실점을 찾은 느낌이 들어 슬며시 웃었다.

"곧 보자."

차갑고 투명해진 최선우의 몸 위로 육중하게 닫히는 문소리가 덮였다.

작가의 말

"김 작가님은, 멜로는 잘 안 되시잖아요?"
"네, 저는 그냥 총질이나 음모론 이런 게 좋네요."

1년에 한두 번은 나누는 대화입니다. 작품 이력도 이 대화에서 벗어나지 않습니다. 필모그래피에 멜로가 아주 없지는 않지만, 오롯이 '나의 멜로'라 하기엔 어려운 작품들입니다. 생각을 해봤습니다.

'김희재라는 작가가 생각하는 인간의 사랑은 없나?'

없지는 않았습니다. 단지 예쁘고, 달콤하고, 짜릿하고, 상큼하고, 힘이 되는 그런 사랑이 아니었을 뿐입니다. 소설 『소실점』은 검사실과 재판정이 실시간 무대이고, 그 공간을 채운 이야기는 강간, 불륜, 살인, 방화 등입니다만, 사랑에 관한 이야기입니다.

'사람이 사람을 사랑함에 있어 끝까지 간다면, 무엇까지 가능한가? 무엇을 할 수 있다면 사랑이라 하겠는가?'

쉽게 떠올릴 수 있는 것은 '생명'입니다. '이 생명 다하도록', '목숨 바쳐' 이런 관용구가 낯설지 않으니까요. 그러나 현대를 살아가는 우리에게 생명을 요구하는 사랑은 현실적으로 받아들여지기 어렵습니다. 그때, 자연스럽게 떠오른 것이 '명예'였습니다.

명예, 사회적 생명.
사랑하는 사람을 위해 명예를 버린다. 무엇을 위해?
사랑하는 사람의 명예를 위해.
사랑하는 사람은 그 사랑에 답해줄 수 없다. 이미 죽은 사람이다.
이렇게 생각이 펼쳐져갔습니다. 그리고 정리가 되었습니다.

'사랑에 응답할 수 없는, 죽어버린 사람의 명예를 위해 자신의 명예를 던지고, 오명 속에 죽는다.'

이야기 속 남자 서인하는 그런 선택을 한 사람입니다. 어쩌면 이 이야기는 제가 가진 판타지일 수도 있습니다. 모든 사랑 이야기가 그러하듯 말입니다. 진한 미스터리의 외피를 두르고 있지만 멜로입니다.

소설이 나오기까지 많은 올댓스토리 식구들의 응원이 있었습니다. 저보다 훨씬 더 『소실점』을 아껴준 그녀들과 그들에게 깊은 감사를 전합니다.
언제나 그렇듯 딸은 가장 두려운 독자이며, 숨넘어갈 만큼 웃을 수 있는 시간을 나누는 고마운 존재입니다. 그녀의 반응이 궁금합니다.

저는 지금 다음 작품을 쓰고 있습니다. 작품에 함몰되지 않는 저만의 방법입니다.
이제 제 것이 아닌 『소실점』을 많은 분들께 보냅니다. 서인하의 사랑이 응원 받았으면 좋겠습니다.

김희재

소실점

초판 1쇄 2017년 2월 20일
초판 3쇄 2020년 12월 28일

지은이 김희재 | **펴낸이** 김희재
책임편집 강성삼 조민욱
기획편집 김지영
마케팅 김근형 박혜신 박초아
디자인 @freemayme

펴낸곳 ㈜올댓스토리
출판등록 2009년 11월 23일 제2011-000180호
주소 서울특별시 강남구 강남대로94길 67, 도연빌딩 503호
문의 (02)564-6922 | **팩스** (02)766-6922 | **홈페이지** www.allthatstory.co.kr
이메일 cabinet@allthatstory.co.kr

ISBN 979-11-950358-5-4 (03810)

- 캐비넷은 ㈜올댓스토리의 임프린트입니다. 이 책의 판권은 지은이와 캐비넷에 있습니다.
  이 책 내용의 전부 또는 일부를 재사용하려면 반드시 양측의 서면 동의를 받아야 합니다.
- 잘못된 책은 구입처에서 바꾸어 드립니다.